U0709650

探案犯罪小说系列

情感的针脚
Emotion between Seams

李双其◎著

群众出版社·北京

图书在版编目（CIP）数据

情感的针脚／李双其著. —北京：群众出版社，2015.4
ISBN 978 - 7 - 5014 - 5341 - 2

Ⅰ.①情… Ⅱ.①李… Ⅲ.①侦探小说—中国—当代 Ⅳ.①I247.5

中国版本图书馆 CIP 数据核字（2015）第 069051 号

情感的针脚

李双其　著

出版发行：群众出版社
地　　址：北京市丰台区方庄芳星园三区 15 号楼
邮政编码：100078
经　　销：新华书店
印　　刷：北京通天印刷有限责任公司

版　　次：2015 年 4 月第 1 版
印　　次：2015 年 12 月第 2 次
印　　张：8.375
开　　本：880 毫米×1230 毫米　1/32
字　　数：215 千字
书　　号：ISBN 978 - 7 - 5014 - 5341 - 2
定　　价：30 元

网　　址：www.qzcbs.com
电子邮箱：qzcbs@sohu.com

营销中心电话：010 - 83903254
读者服务部电话（门市）：010 - 83903257
警官读者俱乐部电话（网购、邮购）：010 - 83903253
文艺分社电话：010 - 83901330　　010 - 83903973

本社图书出现印装质量问题，由本社负责退换

版权所有　侵权必究

目　录

梆子 / 1

第一章　林安宇哪儿去了 / 6

第二章　是同一个人的吗 / 26

第三章　北源郊疑尸 / 38

第四章　南 AD23×1 / 55

第五章　从滨越到泉亭 / 74

第六章　聚焦金合 / 92

第七章　双线出击 / 107

第八章　转向 / 123

第九章　教授的活动空间 / 139

第十章　内心起因 / 154

第十一章　林安宇的风流往事 / 168

第十二章　林女伴现身 / 183

第十三章　淡定的教授 / 198

第十四章　可信任的哥哥 / 216

第十五章　天涯海角 / 232

第十六章　毁灭的逻辑 / 245

尾声 / 258

梆子

　　"木木"收到微信好友"天知道"发来的聊天信息：为何安宇这几天都没动静？她怎么啦？"木木"心不在焉地回复：不清楚，关心的话打电话问问。不一会儿，"木木"的手机有了动静，"天知道"打来了电话："木柯院长啊，不开玩笑。这很异常。你也知道，林教授在圈里是很活跃的，可好几天都没有她活动的迹象了。""我也不清楚啊！要不你打电话问问？""木木"回答。"我打了电话，她手机关了啊。""天知道"回答。"那就怪了。现在放假，也许她去干一些自己的私事了吧。""木木"说。"学院没有安排她什么事吧？""天知道"问。"没有。""木木"回答。"但愿不会出什么事！""天知道"说完就挂了电话。

　　"木木"、"天知道"、"安宇"分别是刘木柯、陈道林、林安宇在微信平台上的昵称。刘、陈、林三人是同事，他们都是东南政法大学刑事司法学院的教授。刘木柯是院长，林安宇、陈道林是该学院重要的学科带头人。他们三位和其他一些微信朋友经常会在朋友圈里聊天。这几天林安宇突然"消失"了，这引起了陈道林的关注。林安宇经常会在朋友圈里发布一些言论，可这几天，她"不见"了，空间里没有了她的踪迹。

陈道林是个热心肠的人，也很喜欢关注身边的人和事。林安宇突然没了踪迹，陈道林当然有些着急。"她经常在朋友圈里说话，怎么就没有动静了？这里面肯定有问题。"陈道林想着。于是，他拨打林安宇手机，可林安宇的手机死一般地静，没有任何回应。他又给刘木柯发信息、打电话。他知道刘木柯和林安宇的关系不错，而且刘木柯是领导。现在大学里的教师几乎都在"单干"，就算是平时，同一部门的教师一学期也难得见上一面，何况现在是假期，放假期间互相不联系是正常的。但陈道林认为，刘木柯毕竟是领导，林安宇如果因公外出，应该会告诉刘木柯的。可问了刘木柯，他居然也不知道！这就怪了。陈道林又问了一些可能知道的人，但大家都没有林安宇的消息。

陈道林想问问林安宇的丈夫，但他不知道林安宇丈夫的电话，且平时和林安宇的丈夫没有来往，贸然向他打探林安宇的下落也不太合适。"等等吧！也许人家度假去了。但愿不会出什么事吧！"陈道林想。

又过去了三天，林安宇依然没有任何动静。陈道林又急了。他又把那些该问的人都问了一遍，可结果与三天前完全相同。"都六天了。她就是出国也应该有消息啊！这不是安宇的风格，她是个耐不住寂寞的人，怎么可能安静这么久呢？约好的过几天还要和大伙一起到东山海滨度假。一定是发生了什么不寻常的事！"陈道林着急地想。

他顾不了那么多了。通过询问，他从林安宇的女同事那儿得到了林安宇丈夫上官文的手机号码。

"上官先生您好！我是林安宇的同事陈道林。我们想找林安宇，但联系不到她。您知道她去哪儿了吗？"

"她出差了。"

"去哪儿出差?"

"去甘肃。"

"甘肃什么地方?"

"她没说。"

"那您有没有和她联系?"

"走的那天,她打电话和我说了。后来就没有联系了。"

"走几天了?"

"有六七天了吧。"

"这中间你们都没有联系?"

"没有。"

"她说要出差几天?"

"说去十天左右。"

"她和谁一起出的差?"

"不清楚。"

"她出差过程中都不给您打电话吗?"

"我们都这样,习惯了。发生什么事了?"

"我们有事找她,可她的手机一直关机,所以只好给您打电话。她出差的时候会不会用另外的电话号码?"

"我不知道。她好像就一个号码,她没有对我说过用别的号码。"

"好吧!谢谢您!她打电话给您的时候请告诉她,她的同事陈道林有事找她。"

陈道林心想,怎么会有这么想得开的丈夫!

"林安宇去了甘肃,但是去甘肃也没有理由在朋友圈里消失啊。难道她是和一个不便让人知道的人一起去的甘肃?因为不便让其他人知道,所以没有用常用的手机号码?"陈道林在心里揣测着,"好吧,只能这样解释了。"

按照放假前的约定,明天就是一起去东山度假的日子了。上午,几位朋友打电话来询问明天去东山的事。陈道林很郁闷,林安宇不能与他们一同前往东山，这使他兴致大减，他甚至动了不去的念头。林安宇，谜一般的林安宇。

　　林安宇比陈道林年长几岁，已过不惑之年。这样一位中年女子，与陈道林也就是同事关系，可不知为什么，林安宇不在的时候，陈道林就觉得做什么都没有兴致。而一旦有林安宇在，陈道林的感觉就会不一样。可要说陈道林爱林安宇吧，却也不是。林安宇似乎对谁都很亲近，又似乎对谁都不亲近。陈道林听说过，林安宇与刘木柯的关系不一般。但在他看来，好像是，又好像不是。有时，林安宇对自己比对刘木柯还好；有时，林安宇对别的男性又比对刘木柯和自己还要亲近。但无论如何，好像男女老少都喜欢她。有时，她很正经，静静的，一言不发，满脸严肃，哀愁凄婉；有时却又很放肆，在一些特定的场合，或者是喝了那么一点儿酒时，她会笑得有点儿放荡，她的身体会紧靠着男人，身上的气息让人着迷。当然，她是一个真正的美人，神态娇媚，明眸皓齿，肤色白皙。与林安宇站在一起的时候，陈道林总觉得她比自己还高。林安宇的腿很长，乳房高耸。陈道林特别喜欢夏天的时候坐在林安宇旁边，林安宇的乳房会把那扎进皮带的红色衬衣高高撑起，衬衣的扣缝儿有些大，陈道林一侧脸就会看到扣缝儿间软软的、白白的凸起。陈道林想，林安宇一定知道自己在偷窥她，但她依然每次都把衬衣的扣缝儿撑得那么大。林安宇的眼睛很清澈，有时眼神迷离，有些伤感，有时又会挑逗地盯着你，面带笑容。陈道林完全理解林安宇眼神里流露的迷离与伤感。他知道，七年前那场意外事故留下的阴影仍然笼罩着她。陈道林常常在想，为什么那么多人喜欢林安宇，自己也不例外？难道是因为能看见她那有意或无意暴露的乳房？不是的，肯定不是的。难道是因为她那迷离、忧伤的眼神，她那娇媚神态、皓齿明眸？也不是的。陈道林搞不明白，反正他就是无法抑制地喜欢她。

　　陈道林认真地看了看手机日历里显示的日期、时间，现在是北京时间 2014 年 7 月 26 日上午 9 时 48 分。林安宇已经整整十一天没有音讯了，同事们都无动于衷，林安宇的丈夫也很沉得住气。林安宇会不会被她丈夫给害了？陈道林突然有些不安起来。几天前，他交代上官文有林安宇音讯时告诉自己，可至今一点儿回音也没有。林安宇对上官文说她要去甘肃出差十天左右，可到今天都过去十一天了。不行，不能再这样等下去了，他应该有所行动了。

陈道林正想着，手机振动了起来。上官文终于打电话来了。上官文在电话里说林安宇都出差十一天了，任何讯息都没有，他有些着急，问陈道林有没有林安宇的消息。陈道林哭笑不得，上官文反倒向他要人来了。他要上官文干脆报案。可上官文支支吾吾，犹豫不决。陈道林见状有些生气，心里骂了一声：这么娘儿们，安宇怎么会嫁给这样的人？

陈道林找到了刘木柯，两人又分别打电话到处问了一遍，可依然无人知晓。他们随后一起去找了东南政法大学保卫处的保卫人员，然后和保卫人员一起就林安宇失踪的情况向学校的领导作了汇报。

最后校领导作出决定：报案。

第一章　林安宇哪儿去了

一

　　滨越市公安局对东南政法大学的报案破天荒地重视。市公安局直接安排刑侦支队重案大队的顾煊和张飞平两位侦查人员前往东南政法大学展开调查。对局领导的安排，顾煊和张飞平都觉得有些好笑：只是一个人失踪，至于让两位搞重案的人去调查吗？领导知道他们有疑问，所以安排任务的时候对他们说："在通信这么发达的背景下，一个人，一个女性居然十多天没有任何音讯，这情况不太妙，从政法大学那几位教师提供的情况判断，那位林安宇有被害的可能。与其后期介入，还不如现在就让你们接手，免得到时又得另起炉灶。"顾、张二人觉得领导的话也是有道理的，但他们更清楚，领导派他俩去的真正原因是要表示市公安局对政法大学的重视。政法大学在滨越市的地位高着呢！这个校址位于滨越市南台区的高校，是个副部级单位，那里面可是人才济济啊！市局、支队的好多民警都是从那所大学毕业的，或在该大学接受过培训。不派出得力的人如何与政法大学的地位相称？

　　顾煊，刑侦支队重案一大队副大队长；张飞平，重案大队失踪人员调查中队中队长。这两位干了十多年刑侦的中年侦探已侦查过无数起人员失踪案，当他俩静下心把与林安宇失踪有关的情况进行初步梳理后，觉得领导安排他俩出场应该是恰当的。

临行前，顾煊给东南政法大学保卫处处长王严波打电话，要他把林安宇的几位重要关系人都叫到大学，其中包括林安宇的丈夫上官文。

当顾煊和张飞平抵达政法大学保卫处时，刘木柯、陈道林、上官文、王严波以及其他两位林安宇的同事已在保卫处的会议室里等候了。王严波把到场的六位重要关系人介绍给顾煊他们。顾煊和张飞平随后分别询问了六位关系人以及王处长。

他们选择陈道林作为第一位访问对象。访问在保卫处会客室进行。当访问陈道林的时候，其他人都撤到自己的办公室或留在保卫处的其他房间等候。

顾煊和张飞平先是询问陈道林与林安宇的关系，陈道林回答说他们是同事关系，并说两人的关系很好。顾、张二人又问他们的关系好到什么程度，陈道林却说只限于同事关系，没有发展到其他的关系，要侦查员不要想歪了。二人问他是教什么的，陈道林回答说是教"社会学"的。又问他的职位和职称是什么，陈道林回答说他是副教授职称，是犯罪学团队的一名成员。

"是您报的案?"顾煊问。

"是的。"陈道林回答。

"为什么要报案?"

"这你们是知道的。"

"您按您的理解说一说。"

"在没放假的时候，我们还是经常见面的。放假后，通常见面就少了。但在微信朋友圈里，大家还是能知道对方的动态。我之所以报案是因为林安宇在微信朋友圈里太久没有动静了。她通常是比较活跃的，经常在圈里发表一些文章，写一些评论。但到今天为止，林安宇在圈里已经十几天没消息了。这是极不正常的。哪怕她去度假、去外地，也不会没有音讯的。我问了安宇的熟人，可没有人知道她去哪儿了，连她丈夫也不知道！这真的很不正常。我估计她是出了什么事，而且是出了什么不好的事，所以我们商量后就报案了。"

"能确认是从哪一天开始林安宇在微信朋友圈就没有了踪迹吗？"

"这没问题。"陈道林掏出手机边看边说，"确切的时间是 7 月 15 日。14 日她在微信朋友圈里还发了评论。"

"15 日林安宇在朋友圈里就没有音讯了？您肯定？"顾煊问。

"非常肯定。"陈道林回答。

"林安宇在这之前有过在朋友圈失踪的经历吗？"

"自从她加入朋友圈以来，从来没有过。"

"跟我们谈谈林安宇是个怎样的人，可以吗？"

"需要了解些什么你们就问吧。"

"您把林安宇的年龄、职务、职称、教什么课、在哪个团队这些情况先说一下。"

"她快四十二岁了，教授职称，和我在同一个团队。她是学科带头人，教犯罪心理学。"

"您这儿有没有她的照片？"

"有，手机里就有。"

"我们可以看一下吗？"

"当然可以。"

那是一张五人合影照，所有人都站着，从穿着上看应该是初冬时拍的。林安宇上身内着浅蓝色长 T 恤，外搭黑色小西装，下穿休闲浅色长裤，脚穿黑色短靴，穿着打扮给人的总体感觉是利索、时尚。她的个头和边上的男性一般高。她的确是个美女，看起来比实际年龄要年轻，三十多岁的样子。顾煊把照片放大看了一下，觉得这个女人的神情有些忧郁，表情有些冷。

"谢谢陈教授。您能把林安宇的电话号码、微信号、微博网址、博客网址、QQ 号等告诉我们吗？"

"当然可以。"

陈道林打开手机，把林安宇的手机号、家庭电话号码、办公室电话号码、电子邮箱、微信号、QQ 号、微博网址、博客网址等都找了出来。手机号：1370885×870，家庭电话号码：875726×7，办公室电话号码：835342×2，电子邮箱：linanyu@163.com，微信号：LAYlay，QQ 号：287565×33，微博网址：http：//weibo.com/lay，博客网址：http：//blog.sina.com.cn/lay。张飞平把这些都记了下来。

"陈教授，请您再说一下林安宇的家庭情况。"

"咳！美人多薄命啊！谈起安宇的家我就很伤感。她那丈夫我们也不太认识，但都知道她丈夫不咋样。安宇也不肯告诉我们她为什么嫁给了上官。上官人不算坏，但他是个没个性、没主见、没情趣，一门心思只想挣钱，然后到处讨好别人的人。他也没有什么特别之处，文化水平一般，长相也就那样。他和安宇相差得太远了，我们心里都认为安宇嫁给他是鲜花插在牛粪上了。安宇到底看上他什么了，我真的不知道。"陈道林用左手托了托眼镜架，挪了挪屁股接着说，"2007 年的时候，她那可爱的女儿还不幸出了事。真不应该啊！安宇原来就不开心，后来就更忧郁了。"

"能说一下她女儿出了什么事吗？"

"出了车祸，在路上被车撞了。"

"林安宇都和哪些人来往？平时和谁交往比较多？"

"主要是学生、同事，其他的我也不是很清楚。安宇平时不太和我们谈这些。"

"你觉得林安宇的性格有什么特点？"

"比较多样。有的时候很活泼，有的时候很沉闷，有的时候通情达理，有的时候很不讲理，有的时候温柔体贴，有的时候也挺粗暴，突出的特点应该是多变。但也正因为多样、多变才显得可爱。"

"她有一些什么兴趣爱好?"

"可能和大学里的女教师都差不多吧!看书、上网、旅游什么的。"

"她有没有什么特别的爱好?"

"她歌唱得不错,但也不经常唱。还有她会为别人提供心理咨询服务,主要对象是学生。"

"你有没有听到什么传言?对林安宇的失踪有什么看法?"

"传言?什么传言?"

"比如,谁和林安宇关系好什么的。"

"这话可不要乱说。这方面的传言我可没听到过。"

"和她关系要好的人都有谁?"

"我说过了,关系好的有同事,还有学生。"

"你和她的关系算是特别好的吧?"

"当然是。"

"有谁和她好的程度会超过你?"

"说不上。"

"这话什么意思?"

"不同的人相处的方式不一样,谁更好些不好说。"

最后顾煊记下了陈道林的电话,并交代说有需要的时候还会找他。

接着询问刘木柯。

刘木柯是政法大学刑事司法学院的院长,在滨越市甚至全国都很有名气。顾煊和张飞平都听说过此人,支队里有好几个侦查员还曾是他的学生。

刘木柯,人到中年,双鬓已有了白发,和陈道林一样戴着黑框眼镜。他中等个子,不胖不瘦,穿着得体,但从他的神态、举止上可以看出他的严谨、不拘言笑。

他很自然地和顾煊二人打了招呼,平稳地坐到了他们的对面，等待发问。顾煊和张飞平也不自觉地严谨起来，同时心里略觉紧张。

"刘院长您好！可能有些偏题，但我还是想请您把刑事司法学院的情况简单地给我们介绍一下。好吗？"顾煊以和气的口吻说道。

"没问题。"刘木柯淡淡地回答。

"那您说说吧！"顾煊说。

"政法大学共有十九个学院，刑事司法学院是其中之一。学院设有四个团队，分别是犯罪学、侦查学、法庭科学、司法制度比较。另外，学院还有一个司法鉴定中心。学院有教职工九十多人，学生，包括本科、硕士、博士研究生近两千人。"刘木柯回答。

"其实，我们对司法学院很熟，也久闻刘院长的大名。刘院长您说说看，对林安宇的失踪我们该向您了解一些什么？"顾煊以一种恭维的口气问道。

"你们是查案的，我是协助查案的，我看还是你们问我答吧！"刘木柯笑着说。

"那好吧！请问刘院长，您觉得林安宇失踪是正常的还是不正常的？"

"这失踪当然是不正常的。"

"陈教授说了，林安宇以前在微信朋友圈里没有这样失踪过，是吗？"

"微信朋友圈的事我不是很清楚，道林比我清楚。我不是经常上微信。"

"您觉得林安宇会不会真的出事了？"

"很难说。"

"林安宇近来有什么不正常的表现吗？"

"我们放假一个多月了，放假后大家一般都很少接触，除非有什么活动，不然很难聚到一块儿。所以要说放假后她的不正常表现我就不知道了。放假前她各方面都是正常的。"

"您最后一次和林安宇联系是什么时候？以什么形式？"

"也有十多天了吧！我记不太清楚了。是通过打电话的形式联系的。"

"林安宇是一位怎样的老师？"

"她各方面表现都挺好的，尤其受学生喜爱。"

"林安宇的家庭情况如何？"

"这情况估计道林该和你们说了吧！情况不太好，或者说挺不幸的。"

"刘院长都教什么课程？"

"犯罪学、侦查学、司法鉴定、犯罪心理学，还有其他的，都教。"

"对不起，见到刘院长，我有些激动，问话很没有逻辑性。"

"不错，思路很清晰。"

"我还想问一下刘院长，司法学院都开设一些什么课？当然，这个问题与查案没多大关系，我只是想利用这个机会了解一下，可以吗？"

"开的课有刑事诉讼法、法庭科学、犯罪侦查学、犯罪学、犯罪心理学、社会学、刑事科学技术、司法鉴定、证据学、外国司法制度，等等。"

"林安宇使用的手机号码有几个？"

"这下您的思路真的有些跳跃了。她的手机号码我知道的只有一个。"

"刘院长，不好意思，我还想再问一下林安宇的情况。她是哪一年来刑事司法学院的？从哪里来的？"

"她是 1993 年从中南政法大学本科毕业后来这里的。"

同样，询问完刘木柯，张飞平向他索要了名片。

见到上官文，顾煊和张飞平的第一感觉也觉得他与林安宇真的不搭，一个是那么有气质、有风度、有涵养的美女，一个却是长得不怎么样、说话还带有浓重口音的"俗子"。

上官文看起来很显老，头发有些乱，皮肤很黑，门牙还不整齐，个头、身材也都一般。面对这样一个人，要说他是刚才照片上的那位林安宇的丈夫，着实让人不好接受。顾煊和张飞平也很想探究一下这男人究竟是如何与林安宇成为夫妻的。

他们向上官文要了他的手机号码、家庭电话号码，并询问了林安宇的银行卡使用情况、手机使用情况。上官文回答说，林安宇有工商银行储蓄卡、农业银行储蓄卡、招商银行信用卡、兴业银行信用卡，但卡号、密码是多少他不知道。同样，当问到林安宇有多少存款时，他说他也不清楚。

"您最后一次看到林安宇是什么时候？"

"十几天前。"

"具体是什么时间还记得吗？"

"记得，那天是 14 号，上午她就离开家了。"

"她对您说要去哪里了吗？"

"她说她要去甘肃出差。"

"那天离开后，她有没有和您联系过？"

"当天，她给我打了一个电话，说她走了。"

"这是什么意思？"

"她说她走了，去出差了。"

"她去出差，不是对您说过了吗？"

"她那样说，是表示她礼貌地告诉了我，她走了。"

"呃，是这样。你们经常这样交流吗？"

"是的。她经常出差，一直都这样。"

"后来她还给您打过电话，或者通过别的形式与您联系了吗？"

"没有。14 号那天是我们最后一次联系。"

"14 号那天，她是用手机和您联系的吗？"

"是的。"

"她打了您的手机?"

"不是，她打的家里电话。"

"14 号不是周末，您没上班，就在家里?"

"我就在家里上班。"

"您在家里上什么班?"

"做生意。"

"您妻子放假后也在家里待着?"

"没错。"

"那天离开时她还对您说了些什么?"

"她说要去十天左右。"

"出差期间，她没有联系您，您也不急?"

"我们习惯这样。"

"那天她是如何离开家的?"

"如何离开家的?"

"就是说是您送她去机场或车站的，还是她自己离开的?"

"她每次出差都是自己先开车到单位，然后从单位去机场。她说单位有公车接送。"

"那天她也是自己开车离开家的?"

"是的。"

"现在她的车在哪里?"

"这我不知道。"

"她开的是什么车?"

"雷克萨斯。"

"请您把车的情况说一下。"

"银灰色，车号：南 ADH3×2。"

"哪一年买的?"

"2010 年买的。"

"多少钱买的?"

"一共四十四万多。"

下一位是刑事司法学院的女教师，名叫沈红轩，比林安宇小三岁。在沈红轩那儿，顾煊和张飞平看到了林安宇更多的照片。一点儿没错，这是一位冷艳的美女。沈老师还告诉他们，她和林安宇的关系很好。她知道林安宇的夫妻关系不好，林安宇一直想离婚，但迫于家庭压力，离婚的事一直没着落。其实，对林安宇来说，自前年父母相继去世后，来自家庭的压力已经很小了，现在的林安宇是可以离婚的。沈红轩还说，林安宇嫁给上官文完全是阴差阳错。上官文与林安宇很早以前就认识，两家是邻居。上官文的父亲是当地一位职位不低的官员，家里有权有势，而林安宇的家庭条件则很普通。上官文比林安宇大不少，从小就看上了林安宇，但林安宇却不喜欢上官文。后来，林安宇为躲避上官文，去了湖北念大学，而且还在大学里谈了恋爱。大学毕业后，她本以为可以和恋人白头到老，可那个男人却抛弃了她，林安宇受到了沉重的打击。那时上官文趁火打劫，软硬兼施，通过父母施压，迫使林安宇糊里糊涂地嫁给了他。婚后，上官文对林安宇倒不错，于是，日子就这样一天一天地过来了。人生啊，不过如此。林安宇也认命了。然而，天有不测风云，2007 年的那场灾祸把林安宇打击得一塌糊涂。从那以后，林安宇变得抑郁、神经质，有时还会莫名地大发脾气。她知道，林安宇不幸福，她的内心很苦。但愿这次她不会出什么事！

沈红轩还说，尽管林安宇内心痛苦，但表面上仍然能够装出若无其事的样子。她是学心理学的，她还能利用给学生做心理咨询的机会在疏导别人的同时开导自己。在大家眼里，林安宇是个健康、美丽、善解人意的好老师。学生特别喜欢她，很多老师也喜欢她。

叶琳提供的情况和沈红轩说的基本相同。叶琳说，和林安宇要好的男老师很多，但了解林安宇情况的女老师也就她和沈红轩两个，知道林安宇状况的人可能也不会太多。林安宇是承受着巨大的心理压力在伪装自己，隐藏自己。迄今为止，她还是给大众留下了极为美好的印象。

保卫处的王严波说，刑事司法学院的刘木柯名气很大，他很熟，至于学院的其他老师他只是听说过，不熟，也不太了解。那位林安宇，他只是认识，没有太多的接触，也不了解她什么。

王严波知道林安宇会把车子停在哪里。他带着顾煊、张飞平往刑事司法学院的方向走去。太阳很毒辣，晒得大地直冒烟，道路两旁的杧果树、玉兰树上传来阵阵蝉鸣声，偌大的校园里看不到几个人影。校园的东北角有一个不小的停车场，里面稀稀拉拉地停放着十几辆车，那辆银灰色的南 ADH3×2 就停在那儿，车上有一层厚厚的灰尘。顾煊他们都认得，那是雷克萨斯 HS250h。顾煊知道，现在还不能去动这车。可林安宇真的出差去了吗？

二

回支队后，顾煊和张飞平向支队长孟可作了汇报。孟可也觉得林安宇的失踪极不正常，立案侦查是必要的。他要顾煊他们继续把基础工作做一做。

顾煊和张飞平登录了林安宇的微博查看。博文更新的最后时间是 7 月 8 日。那是一篇关于教育的小评论，应该是转载的文章。在 7 月 8 日之前，有几百篇博文，且这些博文大多是转载的。在微博里，林安宇很少谈自己，谈的都是一些社会、教育、心理、法律等方面的大众化话题。林安宇微博的关注度不高，没有多少"粉丝"。在个人资料里，林安宇只填了姓名、昵称、性别三项，其他的都没有填。相册里一张照片也没有。

同样，林安宇的博客也很冷清。博客日志最后的更新时间是 4 月 5 日。那篇日志是一篇清明祭奠的小文章："研儿，昨夜妈妈梦见你了。近来你在那边可好？妈妈不在，你要照顾好自己。

要记得穿好鞋，不要左右不分哦！最近常下雨，路滑，走路要小心哦！不要和小朋友争，你需要什么就告诉妈妈，妈妈会给你寄去的。妈妈会经常去看你。昨夜妈妈就看到研儿了，研儿看到妈妈了吗？一定看到了，但研儿装着没看到，研儿就是这样调皮！研儿，妈妈想你。今年放暑假的时候，妈妈会过去和研儿在一起，很久很久。"

看着这篇日志，顾煊心中突然一惊："林安宇会不会是自杀了？"日志里的那句"今年放暑假的时候，妈妈会过去和研儿在一起，很久很久。"这可是有自杀的意向啊！

顾煊和张飞平又看了看林安宇过去的日志，特别是找到了去年 4 月 5 日的日志。去年的 4 月 5 日，林安宇并没有在博客上发表那种祭奠小文。而再去看她去年 4 月 5 日的微博，却在微博里发现了类似的祭文。但微博里的这篇祭文却没有那句"今年放暑假的时候，妈妈会过去和研儿在一起，很久很久。"

顾煊再往前找类似的博文、日志，但却没有什么发现，前年林安宇还没有开通博客和微博。

博客"心情随笔"的最后一篇日志发表的时间是 6 月 7 日，内容是："夏天到了，但还很冷。"在 6 月 7 日之前，每过十几或二十几天，林安宇都会发一条心情随笔。如"冰冷的世道。""研儿！研儿！""坚强地笑着！咳！""我错了吗？""也许对不住他。""他们都该死！"……这些心情随笔到底是什么意思很难读懂。不过，顾煊认为，既然是心情随笔，那就代表着写的人那个时段的心情，因此每句话应该都有其含义。

博客相册里有一张照片，只有一张，是一个小女孩的照片。那应该就是林安宇的女儿。照片上的孩子四五岁，穿着一件白底蓝花的裙子，天真可爱。

粗略地阅过林安宇的微博和博客后，顾煊和张飞平有一个共同的初步感觉，那就是林安宇似乎心事重重，与其现在受欢迎的状态，特别是与其所从事的工作很不相称。她的心很冷，至今仍没有从女儿死亡的阴影中解脱出来。虽然她是搞心理研究的，但自己的心理问题并没有得到很好的解决。她在给学生做心理疏导的时候，其实自己正受着心魔的折磨。

通过互联网用户名关联查询、内部查询，并经过密码破解，顾煊他们发现了林安宇在虚拟空间里的其他活动踪迹。在淘宝网上有林安宇的购物记录，最后一次购物时间是6月22日，买的是小女孩的裙子。在这之前，还有上百次购物记录，所购的东西比较杂，有衣服、鞋子、日用品、小电器等，其中几次是购买小孩衣物、用品的记录。看到这些记录，顾煊心里产生了疑问：这些小孩的衣物是买给谁的？

在当当网上也有林安宇购物的记录，购买的主要是书，最后一次购书的时间是6月16日，购买的图书共六本，分别是：《比较刑事诉讼法》、《怪诞行为学》、《潜意识》、《骗子的游戏》、《一句顶一万句》、《生死疲劳》。而在这之前林安宇购买的书也比较杂，有心理学、法学、犯罪学及其他学科的书，还多次购买了小说。这些购书记录，从一个侧面反映出林安宇并没有轻生的迹象。

此外，林安宇还注册了理财通、支付宝、余额宝，在这些账户里都存有少量的现金，账户上分别有十多笔或二十多笔资金流转的记录。

随后顾煊他们查了林安宇的外出记录。7月14日及以后的几天，林安宇没有留下任何乘机、乘火车的记录。也就是说，林安宇说她要去甘肃出差，其实她并没有去。为了防止出现纰漏，顾煊他们还进入了甘肃省的住宿系统，查找林安宇留下的记录，但没有任何发现。同时也查了南夷省省内的住宿系统，从7月14日至今同样没有发现林安宇的住宿登记。林安宇不是逃犯，她没有必要隐藏自己的踪迹，而且也很难隐藏。没有航班、火车、汽车记录，只能说明她没有离开南夷。

顾煊他们还想进入林安宇的手机空间、微信空间、QQ 空间，并对林安宇使用的电脑进行搜寻，但被孟可制止了。孟可觉得，现在进入这些空间为时尚早，万一林安宇过几天回来了，那可就麻烦了。进入人家的网络空间本来就是不被允许的，但其"隐私"程度毕竟不如手机空间、微信空间、QQ 空间。至于进入手机、QQ、微信等空间必须等到确切需要时，也就是说，如果林安宇失踪存在被害的可能性不断上升时，才有必要启动进入以上空间程序。

顾煊还交代上官文向林安宇可能去的亲戚、朋友处打探，可上官文打探了一整天，也没有打探到林安宇的任何消息。

查到现在为止，顾煊他们确认了一点：从 7 月 15 日开始，林安宇不管是在物理空间还是在虚拟空间确实都没有了任何踪迹。这位 1972 年 11 月 16 日出生、毕业于中南政法大学心理学专业、1993 年到东南政法大学工作的教授去哪里了？她怎么了？她是自杀了、被害了，还是出了什么意外？

拨打林安宇的手机，该手机没有任何响应。不是回应"对不起，您所拨打的电话暂时无法接通，请稍后再拨"，不是回应"您拨的电话无法接通"，不是回应"您拨打的用户正在通话"，不是回应"您拨打的号码不正确"，也不是回应"您拨打的电话已关机"或"您拨打的电话不在服务区"，而是没有任何响应。

从这个情况看，林安宇或者是自己处理了手机，或者是别人对她的手机进行了处理。从处理手机的情况看，林安宇或者是被人控制了，或者是自己控制了自己。也就是说，她可能被害了，也可能自杀了，或者是躲藏起来了。她出意外的可能性较小，因为即使出了意外，她的手机还可以发出讯息，除非人和手机同时被毁灭。陈道林发现林安宇在微信朋友圈没有动静时已经多次拨打过她的手机，那时候她的手机就已处于没有任何响应的状态。而就算林安宇被人控制也有两种可能：一是还活着，二是已被害。当然，不管是自杀、被害，还是意外，如果林安宇不是自己躲藏起来或者被别人劫持，那么就会有尸体或尸块出现。

根据 7 月 14 日林安宇离家，且之后几天没有留下乘机或乘火车记录的情况判断，林安宇在南夷省出事的可能性较大。因此，应该先在南夷省省内搜寻林安宇，而且重点还应该是滨越市。

三

顾煊和张飞平又请示了一下孟可。孟可指出，下一步去发现可疑的尸体或尸块是必要的。但在这同时，还必须把林安宇在物理空间的活动情况再查一查，特别是 7 月 14 日她把车子停在学校之后的行踪要细细地查清楚。搜集更多的情报才能作出有效的判断。现在谁也不知道林安宇在哪里，作出一些必要的判断有利于提高工作效率。

顾煊和张飞平很赞同孟可的思路。他们随即把 7 月 14 日至今发生的事故、认尸启事、协查通报、辨认通知等都找了出来。

尽管南夷省每年发生的命案有数百起，发生的事故达数千起，但涉及尸体的案件总是有限的。

从 7 月 14 日至今南夷省发生的交通、医疗、工伤、污染、矿难、火灾、爆炸、自然灾害等事件多起，但发布认尸启事或认尸通报的还没有一起。也许这些事件本就不存在需要认领尸体的问题，也许是处事方不想发布启事或通报。当然，后一种可能性较小，现今为法治社会，对于无名尸体，还没有几个人敢对其擅自处理。故而，从南夷省发生的事故中去寻找林安宇的路子暂时行不通。

而在这期间南夷省省内发布的无名尸体、尸块认领启事、通报却较多。凭顾煊的感觉，这阵子的认领启事似乎比往年同期要多。

在这段时间里，滨越市区有三起命案发布了认尸启事。其中一起案件已搞清尸源，另一起案件的被害人是男性，因此，似乎只有 7 月 23 日发布的认尸启事值得关注。不过，这起案件被害人的年龄要比林安宇小得多，认尸启事上说，该死者年龄只有二十多岁。顾煊他们不敢大意，马上打电话给尾屿区公安分局刑侦大队的案件经办人，核实该案被害人的年龄。然而经核实，确认该女死者只有二十多岁。

尽管在滨越市这一重点区域内并没有发现与林安宇相关的可疑尸体，但在滨越市管辖的市、县内却发现了更多的可疑线索。青木市 7 月 17 日发现了尸块，为人体的右大腿和左手臂，且左手臂没有手掌。乐平市 7 月 17 日也发现了尸块，为人的右小腿和右手臂，右手臂同样没有手掌。此外，南夷省省内的平南市、田园市、泉亭市也分别发布了多起案件认尸启事。

其中，下面一些认尸公告引起了顾煊和张飞平的高度关注。平南市，7 月 18 日发现女性躯干的上半部、左大腿；田园市区，7 月 19 日发现了人体左小腿、右小腿，同日，在田园市的力涵区发现了人体左大腿、左小腿。

粗略地阅过这些启事、公告或通报后，顾煊觉得有些乱。这些所谓的尸块似乎有某些关联。特别是青木市和乐平市发现的尸块，都没有手掌，而且是右大腿和左手臂、右小腿和右手臂，好像是同一个人的。但青木市和乐平市 7 月 22 日同时又发布了一个无名尸块认领补充公告。公告上说，在当地同时发现的两块尸块是两个人的，分别为两个女性的大腿、小腿，左手臂、右手臂。这个补充公告，让顾煊不敢轻易把青木市与乐平市的"7·17"无名尸块案与林安宇失踪案联系起来。至于在平南市和田园市发现的尸块是不是与青木市、乐平市的案件有关联就更难说了。

当然，这只是纸上谈兵。顾煊让内勤把自 7 月 19 日以来南夷省公安机关发布的无名尸体、尸块认领启事、通报、公告以及发生的无名尸体案全部摘录了下来。他想，下一步应该好好地去核实、去分析、去关联。尽管青木市与乐平市离滨越市区有五十多公里，而田园市、泉亭市、平南市距离滨越市更是远至一两百公里，但能说这些城市里发现的那些"尸块"就和林安宇没关系吗？或许"林安宇"就在里面！

28日晚上，顾煊、张飞平又约了王严波处长。第二天，他们很早就赶到了东南政法大学。校园内照样冷清得很，只有南侧篮球场上传来的运动声响才使得这个校园显出一点儿生机。知了一大早就开始不停地鸣叫，这些鸣叫不但没有让校园显得热闹，反而更显得萧瑟。

顾煊、张飞平、王严波往校园的东北方向走去。现在还是上午8时，可太阳已毒得不得了。尽管东风拂面，可没走多久，三人都已是满头大汗了。

车号南ADH3×2银灰色雷克萨斯仍停放在刑事司法学院的停车场。昨天，顾煊已征得上官文的同意，并从上官文处拿到了林安宇车子的备用钥匙。靠近车子时，顾煊按了电控钥匙的按键，把靠驾驶座一侧的前门打开，一股带着淡淡香味的热浪扑面而来。张飞平则在一旁给车子拍了照。

车内很新，但里面的东西摆放得有些乱。后排座位上有三本书，后座与前座之间的地毯上有两双女用凉鞋，后座与后挡风玻璃之间的行李箱隔板上放有盒装面纸、擦手纸，座间储物箱内放有驾驶证、行驶证。后备厢内也有两双鞋，一双凉鞋、一双旅游鞋。在后备厢的角落，有一包衣物，内有裙子和厚衣服等。

顾煊提取了驾驶证和行驶证，并取出工具，分别提取了转向盘握把、变速杆操纵杆、驻车制动操纵杆、内开把手、转向盘前座椅头枕处的人体分泌物与脱落物。

张飞平也认真地在转向盘周围的座椅、地毯上寻找毛发，最终找到了两根，他用镊子夹取了放入提取袋。此外，他们还在化妆镜盒子里发现了一把梳子，梳子上有几根被扯断的毛发，他们随即将梳子和毛发一并提取。

驾驶证是林安宇的，行驶证是牌号南 ADH3×2 的这辆车的。尽管车内有点儿乱，但从所观察到的情况看，林安宇把车停放在停车场之前没有什么异常。

顾煊看了看架子上的探头，对王严波说："这探头正常吗？"王严波回答："正常。""好吧，咱们就按照孟支的意思，从这里开始再找找林安宇的行踪。"顾煊自言自语地说。

他们来到了保卫处视频监控室。在那儿可以实时看到学校各大门、停车场及重点场所的情况。即使是放暑假，监控室也有人值班。在值班员的帮助下，顾煊调取了 7 月 14 日东北角停车场的视频资料。这天，停车场上停了很多车。7 月 14 日上午 10 时18 分，林安宇在视频里出现了。她停下车，用自控钥匙锁车后，往刑事司法学院方向走去。她戴着墨镜，身穿淡绿色宽松连衣裙，脚着淡黄色低跟凉鞋，手拎米黄色挎包，自然地走着。那包不大不小，是斜挎手提单肩包，可以出差使用，也可以在平时使用。但从林安宇的穿着打扮看，她似乎不像是要出远门的。视频里动态的林安宇好像比照片上的林安宇更有活力、更漂亮。

往西北方向走了近二十米，林安宇就在视频里消失了。西北方向正是刑事司法学院。她去了刑事司法学院？

14 日这一天，校园里的景象不像今天，到处都是人。顾煊他们从 10 时 18 分开始一直查到第二天夜里 12 时，想从校园的视频里发现林安宇，可什么都没有找到，林安宇的身影再也没有在校园里出现过。同样，14 日这天，进出校门的车辆、行人也很多，但在学校的四个大门的视频里也没有发现林安宇的身影。

她会不会就消失在了校园里呢？如果她消失在校园里，那会是什么情形呢？

顾煊觉得，下一步应该对东南政法大学，特别是刑事司法学院的相关场所，比如鉴定室、实验室、咨询室、办公室等好好查一查。

从监控室出来后，王严波留顾煊、张飞平吃午饭。顾煊觉得在大学里一些该查的事还没查完，于是就答应了王处长。

吃饭的时候，顾煊突然问王严波："这个时间去看一下刑事司法学院的鉴定室、实验室、咨询室、办公室可不可以？我指的是进入内部查看。"

"应该没有什么问题。学校虽然放假了，但学校经常办培训班、开会什么的，就是没有办班或开会很多部门也都有人值班，而且有些部门仍然在上班。刑事司法学院的司法鉴定中心就没放假。我联系一下，如果方便的话，我们吃完饭就过去。"

王处长打电话联系了鉴定中心、实验室的管理员，对方回话说，随时可以过去查看。

司法鉴定中心大楼隔着一个小操场与刑事司法学院大楼相望。中心大楼高九层，接待室设在一层的中部，东西两侧都装有电梯。在林姓女管理员的引领下，顾煊一行来到了三层。林管理员说，一层、二层可以住宿，四层以上都是鉴定室。要上四层必须在三层擦洗、换衣、换鞋，如果要进微量鉴定室、DNA 检验室还要进行消毒处理。顾煊一行换衣、换鞋后到达四层，林管理员问他们想看谁的或是什么类型的鉴定室。顾煊说先看看林安宇的鉴定室，然后再看陈道林的，最后看一看刘木柯的。林管理员回答说林安宇没有鉴定室，只有咨询室，在这座大楼的六层。陈道林也没有鉴定室，而刘木柯的鉴定室也在六层。

于是他们从另一部电梯上到了六层。林安宇的心理咨询室有六间，室内布置与普通的心理咨询室没有太大的区别，各种颜色的地毯、墙纸，浅蓝或浅绿的可拆解沙发，柔和的光线，等等。室内很整洁。

刘木柯的鉴定室有四间，分别可做痕迹、文书笔迹、数据等鉴定。痕迹鉴定室里堆放着较多的杂物。顾煊随意地查看了一下，有各种工具、塑料物、车牌、箱柜，等等。

从鉴定中心大楼出来后，他们又去了实验楼。

实验楼高八层，在刑事司法学院大楼的另一侧。

在陈姓女管理员的引领下，他们查看了一楼的物理实验室，二楼的电子取证实验室、数字化侦查实验室，三楼的毒品检验实验室、法医检验实验室、DNA 鉴定实验室、毒物检验实验室，四楼的刑事照相实验室、特种照相实验室、痕迹检验实验室、文书检验实验室，五楼的酒精测试实验室、讯问实验室、微量物证鉴定实验室，等等。实验室也很整齐干净，只是各个房间的光线强弱不一致，有些实验室的灯光显得比较暗。

顾煊本想顺便看一下刑事司法学院的办公室，但办公室的门锁着，所以也就只能改期了。

粗略地看过这些地方以后，顾煊和张飞平的共同感觉是，这些地方并不适合作案，也就是说，这些地方并不适合作为杀人的场所。

之所以要查看这些场所，是因为林安宇在视频中是向刑事司法学院走去，而之后就再也没有在政法大学的校园里出现。因此顾煊他们怀疑林安宇是在刑事司法学院里被害的。可迄今为止，林安宇却活不见人，死不见尸。下一步要怎么查呢？要发协查吗？尽管通过侦查获得了一些信息，但顾煊还是觉得没有什么头绪。

第二章　是同一个人的吗

一

"六月六"没过几天，"荷花生日节"就要到了。沈洪山知道，现在大部分的青木人都把"荷花生日节"给忘了。但老沈告诉自己，这节他不能忘。荷花生日节，农历6月21日，这天既是他大儿子的生日，也是他自己的结婚纪念日。

老沈生在青木，长在青木，六十多年了。二十多年前，村子的东边、西边、南边还都是大片的水域，水里长着密密麻麻的荷花。夏至过后不到一个月，那时荷叶还茂盛，莲肉正饱满，村里的人就开始忙着过"荷花生日节"。6月20日，小伙、姑娘们就开始下水采摘荷花、荷叶、莲子。三伏天，天气热，下水的小伙们只穿着裤衩，村里几位胆大的年轻姑娘也只穿着短裤、裹着小胸衣就跳入水中，连小孩们也会光着屁股加入。他们一边摘花、采叶，一边戏水玩闹。天空艳阳高照，可六月的天犹如孩子的脸，说变就变，刚刚还晴空万里，突然飘来一片乌云，接着就是电闪雷鸣。而面对突然来临的暴雨，大家却都视而不见，照样在摘着、采着、玩着、闹着……

农历 6 月 21 日下午，大家把采摘到的花、叶、莲子都摆放在村头青石铺就的广场上。东北角放着荷叶，西北角、西南角放着荷花，东侧放着莲蓬。傍晚时分，村民们点起了一盏又一盏的油灯，或把灯放在叶与花的缝隙，或挂在广场边的树上。人们穿梭在广场与土路之间，跪拜默念，祭拜天地花神祖先。

广场上充满着香味。深绿的莲蓬，浅绿的荷叶，红、粉红、白、紫的荷花，在油灯的照射下，仍然清晰可辨。

那时，青木县顶厝村人丁兴旺。不管男女老少都守着家，都崇拜着花神。

可后来，好多人都走了。老沈的三个儿子都东渡大洋去了美国，两个女儿也嫁到青木县城去了。村东、村西、村南的水域几乎都被填埋了，上面盖起了楼房。荷花神也走了，顶厝人也不过"荷花生日节"了。

老沈还是记得今年的"荷花生日节"，尽管年初老伴也离开他"见花神"去了。临近中午，老沈想去摘几张荷叶、几朵荷花，把它们摆在屋前的院子里。摆在那里，就算是过节了。他觉得他必须那样做。看着摆放在院子里的荷花，老沈心中就会觉得温暖。看着荷花，他就像看到自己的老伴——那位曾经也敢于跳下水塘的朱荷妹。他知道村南还有一个小水塘，塘里还有一些荷花。

老沈往村南走去，穿梭在洋楼之间的水泥村道上。走着，走着，看了看旁边高大的楼房，老沈有些伤感。这些去美国谋生的"村民们"也真是孝顺，个个都回家盖了大楼。大楼气派，洋气十足，各家各户的楼都是越盖越高，可盖给谁住呢？自己也是守着一幢四层高楼，里面的设施一应俱全，可看着楼只觉得伤心。儿子、女儿几年才回来住一次，现在老伴也走了，心中真不是滋味！

走在楼林之间，老沈并不觉得热。不一会儿，那个小水塘就在眼前了。水塘里长着密密的荷叶，荷花不多，有红的、粉红的、白的，那种紫的不见了。老沈心想，那些开发商还不算太缺德，还是给顶厝留下了一点儿荷花！老沈从北侧的石阶下到池里，想先去摘那朵白色的。荷叶下的水里有一个黑色的袋子，那是什么？池水还算干净，所以那个袋子很显眼。老沈本想不去管它，可心中难免有点儿好奇，他还是把袋子拎起来搁到了池畔。他又往北挪动，摘了一朵粉红的，可那水中又有一个黑色的袋子，他索性把那袋子也拎到了池畔。又采了几张叶子、摘了几朵花，老沈便上了岸。对着那两个袋子，老沈想还是瞧瞧里面是什么东西吧。

黑色塑料袋打了死结。老沈拨弄了好一会儿才把袋子打开。袋子开了，从袋子里散发出一股臭味。那是什么？一截大腿！老沈还算镇定，他略略被惊了一下，愣了愣神。回过神来，他把另一个袋子也解开看了一下，里面装的是一条手臂。

老沈想把两袋东西连同花、叶一起拿回去，可又一想，觉得不妥。于是他把那两袋东西放回池边，拿着花、叶回家去了。

路上，老沈边走边想，把这事告诉谁呢？对了，按理应该把这事报告给村长。

老沈把花、叶摆放在院子里后，就匆匆地去找村长了。

村长家离老沈家不远。老沈一边赶路，一边给村长打电话，可村长没接。也就一根烟的工夫，老沈赶到了村长家。朱村长正在和一班女村民"搓麻"。

"老朱，过来一下，有件事跟你说。"老沈站在村长家门口向村长招手。

"有什么事不能进来说啊？这些都是咱村的人啊！"村长正玩儿得高兴，不想离开桌面，要老沈过去说。

老沈靠近村长，在村长耳边说了几句。

"这有什么好小声的！你这人就喜欢小心翼翼、神神道道的！"朱村长大着嗓门儿吼道。

村长把麻将牌移给旁边观战的老王，站起来，递给老沈一根烟。

"还是一起去看看吧！"村长给老沈点了火，对着那些牌友说，"你们继续玩儿吧，我一会儿就回来。"

老沈和老朱往池塘方向走去，后面跟了一班看热闹的村民。一行人来到了池塘边，村长叫大家不要过去，他和老沈靠近了袋子，看了看。村长皱着眉，嘴里"哎哟、哎哟"地叫。几个大胆的村民也凑过去看了一下。

随后大家商议了一下，觉得应该报案。于是村长叫老沈拨打了110。

顶青派出所的民警最先赶到池塘。民警询问了老沈和老朱发现尸块的经过，并向上级公安局作了汇报，二十分钟后青木市公安局刑侦大队的侦查员也赶到了现场。

这个不知名的荷花池位于顶厝村的南部，面积约一百五十平方米，池内荷叶茂盛，密密麻麻地铺满了整个池面，荷叶上、荷叶间可见数量不少的塑料袋、白色泡沫盒子等杂物。

两个黑色袋子被搁在池塘的东南角。侦查人员又询问了一遍老沈发现尸块的经过，老沈如实地陈述了一遍。侦查人员随即进行了拍照、记录，还对池塘进行了搜索，并顺着池塘的不同方向巡视。

经过搜索，在池塘里没有发现其他尸块，在池塘及四周也没有发现血迹和其他异常的痕迹物品。

顶厝村北靠青月山，东、南、西三面被公路包围。村子的西北方向离村子一千五百米处是2011年刚投入使用的青木市火车站。村子内村道四通八达，东、南、西三面都有村道与村外的公路相连。在村子西侧、南侧、东侧都有道路通往池塘，如果从南侧道路驾车抵达池塘大约只需三分钟，从西侧道路驾车大约需六分钟，从东侧到池塘则距离远些。

那两个黑色袋子不知道是什么时候被扔到池塘里的。池塘四周及附近没有安装摄像头，通往池塘的村道上也没有安装摄像头，但道路沿途很多居民家门口安装了摄像头。

现场勘查结束后，侦查人员把尸块带回了公安局。青木市公安局指定由领队到场的刑侦二中队中队长王汉兴负责此案的调查。王队随后配合市局周树勤法医对两个尸块进行了检验。

两块尸块一块是大腿、一块是手臂，应是人死后被分离的。大腿的上部从髋骨与下肢骨之间分离，下部从髌骨与胫骨之间分离，刀创整齐，几乎不伤骨头。手臂不带手掌与手指，上部从肩胛骨与肱骨之间分离，下部从腕骨缝隙处分离，与分离大腿的刀法相同。大腿是右腿，手臂是左手臂。从外观上看，这大腿和手臂像是女性的。尸块似乎被处理过，以至于法医想从尸表判断死亡时间、死者年龄有些困难。

王汉兴和周树勤都觉得下一步的重点应该是继续找尸块，线索多了，很多问题才能更好地判断。

两个装尸块的包装袋完全相同，均为黑色，长一百厘米，宽六十厘米。这种袋子属于质量较好的垃圾袋。王汉兴发动民警在青木市找了一下，没有发现类似的袋子。他自己还在淘宝网及其他购物网上搜了一下，也暂未找到货源。

青木市公安局把此案立为刑事案件，命名为"7·17"碎尸案。专案组向全国发出了认尸启事、寻尸公告，还向邻近公安机关发出了协查通报。但从18日发布后，一连好几天都没有得到什么反馈，也没有哪个地方的侦查部门提出认领要求。

青木市公安局还发动群众围绕顶厝村展开搜寻，但再也没有发现新的尸块。侦查人员顺着通往池塘的道路查找线索，但沿途的摄像头好像都没有录下有价值的视频资料。

这所谓的无头案让青木市公安局觉得很棘手。他们觉得，既然出现了两块尸块，那其他的尸块也会很快出现的，只要找到了其他的尸块，特别是找到了死者的头颅，那么很多问题就好解决了。

二

乐平市中村镇下井中学初二年级学生祖依丹自初中一年级下学期开始就常常因为姓名问题而苦恼。开始是班级里有个叫郑重的把"祖依丹"念成了"煮鸡蛋",后来又有人叫他"煮鸭蛋",再后来又有人喊他"蛋蛋"、"丹丹"。依丹同学常常为此生闷气。

暑期的补习更多是应付式或象征性的,到学校转转,听不听课都无所谓。下午上课之前,班级里以郑重为首的一班人又拿祖依丹开起了玩笑,一会儿"煮鸡蛋",一会儿"煮鸭蛋",一会儿"蛋蛋"、"丹丹",弄得祖依丹好不心烦。他和那帮人顶了起来,但最终还是被他们欺负了。

下午第一节课下课后,祖依丹离开了教室,想到外面去散散心。

太阳很大,天气很热。祖依丹贴着屋檐、树木的阴影往校外走去。好倒霉,为什么老爹会给自己起这么一个名字?祖依丹想不通。不对啊,依丹,应该挺好听啊!有一个很著名的羽毛球运动员也叫丹,那个林丹,不是响当当的吗?为什么自己的姓名就成了"蛋",还有女生味儿?

祖依丹愁眉苦脸的,想不开,郁闷;太阳照在脸上,难受。旁边有几根青藤,何不扯下几根做顶草帽?祖依丹顺着青藤往前走,边走边扯。到了路边,那儿有个缺口。祖依丹知道从那儿能下坡,下去后就可以抵达坡底的水坑。对,就到那儿去泡泡脚,凉快凉快。

藤好长好长,祖依丹继续扯着。半坡处有一棵龙眼树,树荫外长着成片的芒萁,芒萁与龙眼树之间有一片芦苇丛,缠绕着芦苇和龙眼树的青藤缠住了一个红色袋子。袋子挺新的,是什么东西?是谁的东西掉到了这儿?要不要理它?祖依丹边扯边想,慢慢靠近了那个红色袋子。好奇心驱使他解开了袋子。好臭！祖依丹顺手一扔，那袋子往坡下滑去。但他不死心，还是想下去看看到底是什么东西。他抓住红袋子的底部，把袋子提了起来，有东西从袋口滑了出来。那是两截手臂和小腿！真恶心！真倒霉！祖依丹失去了到水坑里玩儿水的兴致，灰溜溜地回到了学校。

他本不想告诉别人，可在教学楼的楼梯上刚好碰到了丛老师。丛老师是班主任，他看见祖依丹在上课时间出现在这里，就盘问他去了哪儿。祖依丹如实说了，还把看到手、腿的事也告诉了丛老师。丛老师也是个特别有好奇心的"热心肠"，听罢祖依丹的陈述，便想去看个究竟，于是他跟着祖依丹来到了发现手、腿的地方。

这分明是人的手和小腿！丛老师当即拨打了110报警电话。十多分钟后，中村派出所的民警赶到了现场。丛老师和祖依丹把事情的经过告诉了民警。民警也去查看了尸块，随后打电话给乐平市公安局刑侦大队。二十分钟左右，刑侦大队重案中队的侦查员许龙升、江曾祥与黄中兴法医也赶到了现场。

那确实是人的小腿和手臂，应该是右小腿和右手臂。一般而言，发现尸块必然涉及了某起命案。侦查人员随即在现场拍了照、做了记录，从发现尸块处向四周搜索，并对丢弃尸块的场所和四周进行了巡视。三位侦查人员分别从东、西、南三个方向向外围搜索，大概搜索了十分钟，最终都无果而归。

发现尸块的现场离乐平市市区约八千米，离中村镇镇区约四千米，北侧是S305省道。S305省道从北向南经中村镇镇区转向西，与G678国道、沈海高速公路交错。

省道中村镇路段道路两旁长着树冠高大的蓝花楹。从该路段远眺，北侧距离公路约两千米处的中村镇下井中学的校舍隐约可见，而道路四周则见不到居民住宅。此时蓝花楹正处于第一次花期的后期，蓝紫色花朵大多已落去，绿渐渐成了主色。树下，大片干枯或正在干枯的蓝紫色花朵正散发着淡淡的香味。

半小时后，侦查人员提取了袋子和尸块离开了现场。

随后，许龙升、江曾祥、黄中兴三人在乐平市公安局法医室里对从中村取回的小腿、手臂以及红色的袋子进行观察、检验、分析。

手臂和小腿应是死后被分离的。手臂不带手掌与手指，上部从肩胛骨与肱骨之间分离，下部从腕骨缝隙处分离；小腿从髌骨与胫骨之间分离，刀创整齐。尸块似乎被冷冻过，故死者的死亡时间不好确定。观看尸表和骨骼，该手臂、小腿系女性的可能性为大。

红色包装袋长一百厘米，宽六十厘米，是质量较好的垃圾袋。

从现场及四周的情况看，S305 省道中村路段南侧遗留尸块的场所并不是第一现场。抛尸者将尸块丢弃在 S305 省道中村路段南侧，要么第一现场就在抛尸现场附近，要么抛尸者利用了交通工具。而抛尸现场附近除了下井中学外，并不见其他住宅。所以这尸块很可能来自于下井中学，或来自于外地。近日，下井中学并没有传出任何异常，所以尸块来自于外地的可能性较大。如果尸块来自于外地，那么抛尸者就有可能用到交通工具。而抛尸者如果用到交通工具，那么他将尸块丢弃在 S305 省道中村路段南侧，是有意的选择，还是随意的乱弃？

当然，这只是最粗浅的判断，很多问题都还不清楚。说下井中学没有任何异常，是不是真的没有异常？一般来说，杀人者如果在室外杀人，那么他通常不用碎尸。他之所以碎尸，是因为杀人的第一现场与自身有因果联系，如不处理尸体，就很容易被发现，因此作案人为了处理尸体方便，或为了不被发现就进行了碎尸。而 S305 省道中村路段南侧附近没有什么住宅，所以搜寻第一现场的重点就放在了下井中学。

许龙升要求领导再增加两名侦查员协助调查。

江曾祥和新加入的侦查员曹聪在下井中学查了一整天，没有发现任何异常。据学校的老师说，他们 7 月 10 日才开始补习，至今一共才七天，其中有两天还是周末。现在正值暑假，有补习任务的老师才到校，且上完课就会回家。而老师们有的住在镇里，有的住在市区，住在学校的并不多。参加补习的学生也只是少数。通过调查，应该在位的老师、学生一个都没有缺。这一调查结果更增加了那手臂、小腿是从外地运来的可能性。

侦查员还对装尸块的包装袋进行了调查，几乎把乐平市的杂货店查了一遍，并未发现与现场遗留的袋子相似的袋子；到各购物网站上搜索了一遍，也没有发现该类袋子的出处。

发现尸块的第二天，也就是 7 月 18 日上午，办案人员在公安内网和媒体上都发布了认尸启事，还向省内各公安局发出了协查通报。可几天过去了，没有哪个公安局向乐平市公安局提供有价值的线索，也没有人前来认领尸块。

公安局同时也发动了警察、群众寻找其他的尸块，但在乐平市内并没有什么新的发现。

办案人员觉得，在没有找到其他尸块前，事情很难办。哪怕有指纹可以利用，也不一定就能在指纹库里找到目标。至于利用 DNA 进行身份识别，下一步必须做，但即便检验了 DNA，也不一定就能把尸块是谁的这一问题搞清楚。

案件一时成了悬案。

三

7 月 20 日下午，青木市公安局的王汉兴和乐平市公安局的许龙升几乎是在同一时间发现邻市张贴的认尸启事和协查通报中有可以利用的信息。两市在同一天发现了尸块；尸块是人体的，而且都疑似女性的；青木市发现的是右大腿和左手臂，乐平市发现的是右小腿和右手臂；两地发现的手臂都没有手掌与手指；肢解者刀法娴熟，用的肢解刀好像是同一种；装尸块的包装袋颜色虽不同，但大小完全一致；两市发现尸块的地点相距也就大约三十公里。这些信息意味着两地发现的尸块可能是同一个人的。

王汉兴和许龙升都向各自的刑侦大队大队长作了汇报。青木市公安局刑侦大队大队长金小伟与乐平市公安局刑侦大队大队长温世玉当即通了电话，青木市公安局的周树勤与乐平市公安局的黄中兴两位法医也参与了对话。双方越谈越觉得两地的尸块具有一致性，于是通过内网，利用视频传输系统对尸块、袋子进行了异地观察、比对，最终一致认定两地发现的尸块是同一批的，或者是同一个人的可能性极大。

当天下午，经两地商议，将两件案子合并，进行联合侦查，由青木市公安局郑永军副局长担任指挥，全面负责"7·17"案件的侦查。

随后尸块被集中到青木市公安局尸检室，周树勤、黄中兴一起对尸块进行了再次检验。在显微镜下，他们发现了尸表的不一致性。右大腿和右小腿皮肤的衰老程度相当，左手臂和右手臂皮肤的衰老程度相当，而右大腿和右小腿与左手臂和右手臂的皮肤衰老程度则有些不同，似乎右大腿和右小腿的拥有者比左手臂和右手臂的拥有者年龄要大。

这一发现，促使两位法医对四块尸块都进行了 DNA 检测。检测的结果证明了他们的判断，原来右大腿和右小腿是一个人的，左手臂和右手臂是另一个人的。而把两人的 DNA 放入市局、全国数据库检索，没有找到可疑目标。

从两地现场提取的用于包装尸块的袋子虽颜色不同，大小、质地完全相同。袋子系纯料吹制，表面光泽、韧性强、封底牢固，这种袋子可用于收集垃圾，也可用于网店商户打包、垫箱等。但经过排查，两地的商店及网上均没有相同或相似的袋子出售。

办案人员对袋子外部的手印、附着物也进行了处理。从两地提取的袋子上都发现了指纹，但经比对确认分别是沈洪山和祖依丹的。在显微镜下仔细观察袋子上的附着物，有泥土、尘土、植物断片等。泥土和植物断片很显然是在现场触碰所致，至于尘土是如何形成的，办案人员一时也无法作出判断。

从现场情况看，两地发现尸块的地方均不是第一现场，联系到作案人既在青木抛尸，又在乐平抛尸，还可能在别的地方抛尸，各抛尸点之间有一定的距离，所以，作案人用的交通工具很可能是汽车。那么，青木和乐平的现场哪一个是先形成的呢？

侦查人员继续寻找现场沿途的视频资料。对通往青木顶厝村荷花塘道路四周的视频又一次进行了查看，仍然没有发现可疑之处。对 7 月 17 日及之前几天 S305 省道各卡口的视频也进行了查看，但由于目标不清楚，也未能发现可疑的车辆。

尸体是被切割的，用的工具应该是手术刀。从创口的整齐程度看，切割者的切割手法相当老练，用到了执弓式、握持式等多种手法。这是什么人干的？他应该是个怎样的人呢？是外科医生、法医，还是屠宰者？

作案人抛尸荷花池与蓝花楹下是有意的，还是无意的？

专案组将 18 日发出的认尸公告、启事和协查通报进行了修改，再一次在公安内网和媒体上发布。

之后几天，两地公安局又数次发动警察和群众在青木市和乐平市寻找尸块，但每次都没有什么新的发现。他们还让技术侦查部门围绕抛尸现场进行手机基站数据采集，但由于抛尸的确切时间无法确定，所以技侦部门开展工作也很盲目，没有什么重要的发现。尽管偶尔有人到公安局认领尸块，但最终皆没有了下文。没有新的尸块，没有失踪人口报案，专案组可说是边查边等。案件一时间又陷入了僵局。

时间一晃过去了一周，"7·17"专案组的侦查工作并没有多少起色。尽管专案在，但可做的事并不太多。不管是袋子、视频，还是基站数据、认尸公告都没能给专案组带来有力的线索支持。大家都在等待机会的出现。

7 月 29 日下午，从滨越市那边传来一条消息，说是一名游客在滨越市北源郊公园发现了尸块。郑永军对这一消息有些兴趣。尽管滨越北源郊距离青木、乐平都在五十公里以上，但这可是"7·17"专案组成立以来离青木、乐平现场距离最近的一次尸块发现。不管北源郊尸块与"7·17"案件有没有关联，郑永军都觉得应该去调查一下。

北源郊无名尸块案件由滨越市公安局刑侦支队办理。支队侦查人员告诉郑永军，尸块是一名游客进树林中方便时偶然发现的。尸块是人体躯干的上半部分，已高度腐败。法医正试图从肋软骨或骨髓中获取 DNA，但暂时还没有成功，也就是说，还没有办法利用该腐烂尸块上的组织做 DNA 鉴定。郑永军请求看一下尸块，支队法医把他带到了停尸房。

由于蛆虫、昆虫的侵犯，尸块上的很多肉都没了，有的地方露出了骨头。郑永军看了看切口，尸块的上部是从脖颈处切割，下部是从腹部剖开。从切割口看不出切割者的刀法好不好，当然，从尸块的外表更是无法看出什么门道。郑永军问支队法医薛登攀尸块是属于男性还是女性的，薛法医回答说尸块是女性的。

郑永军暂时无法将这尸块与"7·17"案件关联起来。虽然是女性的尸块，虽然是身体上不重复的部位，但这北源郊离青木、乐平的抛尸现场距离有些远。北源郊地处滨越市的北郊，而青木和乐平都在滨越市区的南边，抛尸者何必舍近求远呢？而且北源郊的北侧就是山峰，山上树木茂盛，可以很轻易地把尸块处理掉。

郑永军向支队法医作了一有结果立刻告知他的交代后就离开了滨越市公安局。

第三章　北源郊疑尸

一

　　尽管北源郊尸块的 DNA 检验结果还没有出来，但由于遗留躯干上半部现场位置的特定性，让孟可、顾煊等人把这尸块与林安宇联系了起来。林安宇的家就在北源郊附近，离北源郊公园的直线距离也就两三千米。林安宇失踪了，在她家附近发现了无名尸块，当然就很容易把这尸块与失踪者联系起来。

　　孟可决定，由自己担任指挥，先把顾煊、张飞平调回来，将"北源郊7·29案"与"林安宇失踪案"合并侦查。

　　八人专案组成立，组长孟可，组员顾煊、张飞平、刘铁英、李长安、宇阳、宋韩研、薛登攀。专案组六男二女，薛登攀是支队的法医，其他组员都是滨越市公安局刑侦支队重案一队和二队的队员。

　　北源郊尸块的发现，预示着一起命案的发生。所以现在主要的任务是围绕尸块开展工作。如果尸块真的是林安宇的，那两案就可以正式合并，"林安宇失踪案"就成了"林安宇死亡案"。如果尸块不是林安宇的，那专案组则应该合中有分，一部分围绕北源郊尸块查，另一部分围绕林安宇失踪查。很显然，弄清北源郊公园里发现的尸块是谁的很重要。

滨越市的北边有一座山——源泉山，山麓有一个湖——源泉湖。而北源郊公园就处在山与湖之间。公园是开放的，有东、南两个出入口，出入口均有较宽阔的道路供车辆行人通行。行人出入自由，而车辆进入公园则必须有正当的理由。

发现尸块的地方位于公园内部，离东门和南门的距离都有一千多米。从东门入内，往西数百米再往北数百米，然后再向西拐，经过一座人行木桥，接着登上石阶，向上行二十多米，而后左拐走四五米进入密林，那儿就是发现尸块的地点。

尸块是被一位年轻的男性游客偶然发现的。他和朋友一起登山，下山的时候内急，钻进路边的密林里方便。当他蹲下时，看到旁边有一个黑色的袋子，就从地上捡了根木棒捅了捅。袋子里的东西有点儿软，又有些硬，不知道是何物，于是他又用劲捅了捅，袋子被捅破了一个洞，里面的东西露了出来。当时虽然是下午3点多，但密林里的光线并不充足，因此他没看清袋子里的东西是什么，他也没在意，方便后就冲出密林找同伴去了。走到木桥边的时候，他和同伴谈起刚才看到的东西，同伴里有两个人很好奇，便叫他带他们返回刚才发现袋子的地方探个究竟。一位好奇胆大者把袋子解开，里面的东西暴露于空气之中，虽然肉已经腐烂，但他们还是看出来了，那是人体的躯干，躯干的上半部。

这些游客随即报了案，北源郊公园派出所民警、滨越市公安局刑侦支队侦查员先后赶到了现场。

虽是夏天，但密林里倒还凉爽。密林入口处的两侧地面上长着稀疏的三叶草，密林里稍有阳光照射处长着一簇簇并不茂盛的铺地柏、络石，偶有常春藤缠绕树干。远处平坦处长有连翘和穗序木蓝。在那里有一袋东西、一堆大便、一些树叶，还有散乱的鞋印。几只绿头苍蝇正围着大便和袋子嗡嗡叫着。尸块所在地离旁边的登山路有四五米远。侦查人员围绕发现尸块的现场呈放射状往四周搜索，花了二十多分钟时间，但最终没有什么新的发现。

随后侦查人员将装有尸块的黑色塑料袋和尸块一并提取，拿回了刑侦支队法医室检验。

根据法医对尸块的初步观察，其留在现场的时间已有五六天。显然这尸块抛弃地是第二现场。根据北源郊公园的地理位置及地形地貌分析，尸块来自于公园外的可能性为大，因为园内并没有合适的碎尸场所，而作案人在野外杀人也并无碎尸的必要。因此，侦查人员决定从来去公园沿途和公园出入口处的监控视频入手，去查找五六天前进出公园的可疑车辆和行人。如果抛尸者没有开车，那么他必须拎着袋子进来，而如果开了车，那就会在进出口处留下车子出入公园的视频。当然，还有一种可能，那就是抛尸者对公园的情况很熟，他不从出入口进出，而是从公园的其他缺口进出。因为，公园不再收取门票后，周围进入公园的通道便多了起来，而管理者对这些通道也没有特别的监管。当然，此种情况仅限于走路进出公园。

然而，侦查员们把 22 日至 25 日的相关视频资料都查了一遍，虽然拎着袋子进出公园的人很多，但拎着"那种袋子"进出现场的人却没有发现。没有目标，没有头绪，尽管进出公园的车辆不多，但仍不知从何下手。询问了公园的管理员、巡逻人员，他们也说不出所以然来。

与此同时，通过对尸块的检验，确定该尸块是女性身体躯干的上半部，切割的创口较整齐。至于死者的年龄、生理特征等，则因尸块腐烂而无法检出。

用于包装尸块的袋子是一个黑色方形手挽袋，袋口打了个死结。将结打开观察，发现袋子表面光滑，外部没有文字图案；用力撕扯，袋子的韧性较强。袋子宽六十厘米，从底部到袋口长九十厘米，如果加上手挽部分则长达一百零五厘米。办案人员对袋子外部的手印、附着物进行了处理。经比对确认袋子上的指纹是好奇的游客留下的。在显微镜下，可看到袋子上的附着物有泥土、植物断片，而这显然是在现场所致。

同样，在滨越市各处及网上均没有发现相同的袋子出售。

专案组随后向各地发出了认尸启事、协查通报。

面对就在眼前的林安宇的家，孟可觉得有必要进去看一看。林安宇也许凶多吉少了。她的父母已过世，并且没有儿女，如果真的被害，到时进行身份识别少不了需要她生前留下的人体分泌物、排泄物、脱落物类物质。尽管侦查员已在她的车里取到了一些，但多取些总是有备无患，而且或许在她的家中能有一些新的发现。

孟可带上顾煊、张飞平一起去了林安宇家。出北源郊公园南门，往南直行一千米，再往西行两千多米就到了林安宇的家。

那是一个近几年开发的小区，小区依山傍水，名曰北源郊。小区内有三十多幢十几层高的电梯楼，林安宇家所处的 14 幢楼房位于小区的北侧。该楼坐北朝南，背靠源泉山，面向源泉湖。

林安宇家位于 14 幢楼西侧顶层，门号 1407，是一间复式套房。

顾煊已和上官文约好。当孟可、顾煊、张飞平一行抵达时，上官文自然地开门让座。孟可提出要看一看他们的住处，上官文没有反对。

1407 室位处高处，有些阴冷。北面山坡上植物长势茂盛，绿油油的一片，一眼望去似乎山体压迫到了跟前；西侧也是大片的绿植，高高的榕树挡住了午后的阳光，给 1407 室带来了阴凉和幽静；南侧与对面楼之间的绿化带似乎过于狭短。由于 14 幢楼略微向西北倾斜的走向，导致来自于东边的阳光很迟才会光顾上官文家。

1407 室，上下两层，总面积近三百平方米。一层有会客厅、厨房、饭厅、客房、储物间、卫生间等；二层有卧室、卫生间、书房、衣帽间、化妆间、小会客厅等。

上官文告诉孟可，这房子是 2006 年购买的，以前他们不住这里。他坦诚地告知，结婚后不久他就和林安宇分居了。两人都住在二层，上官文住东南房，林安宇住西北房，还有一间东北房空着。他和林安宇已经很久没有过性生活了。他除了在二层睡觉外，其他的活动几乎都在一层。二层是林安宇的空间。

位于西北边的林安宇的卧室光线有些暗，站在靠北的窗户前，孟可又见到了压迫而来的山体。顾煊、张飞平在二层看了看，查了查，提取了林安宇房间床铺枕头上的几根毛发、卫生间里梳妆台上梳子缝隙中的毛发及"污垢"、牙刷。

"家里的卫生是谁做的？"孟可问。

"雇人做。"上官文答。

"多长时间做一次？"

"一周做一次。"

"平时家里的垃圾由谁扔？"

"不一定。都会扔。"

"听说您是做生意的，做什么生意？"

"不一定。做酒店生意，房地产也做。"

"收入不错吧？"

"不稳定。"

孟可与上官文边聊边走。

他们进入了书房。书房有十多平方米大，书架上有不少书。书的类别比较杂，有心理学的、法学的、侦查学的以及小说。书桌上堆放着一堆杂志，是心理学和犯罪心理学刊物。

"您也在这里办公吗？"孟可转头问上官文。

"没有。这里归林安宇专用。"上官文笑笑说道。

桌面上放有台式电脑、笔记本电脑。书桌边上有一张小桌子，上面放着激光打印机。

顾煊认真地看了看书房里的靠背椅，在靠背上发现了两根长发，顾煊也对它们进行了拍照提取。

这座偌大的房子缺乏生机、活力，显得空荡荡、阴森森的。在一层客厅的落地窗前，可以看到源泉山的大部分山景。这座海拔近六百米的小山，逶迤绵延，张开双臂拥抱着源泉湖和这片北源郊的田地、树木、房屋。

在林安宇家里，孟可似乎看出些什么，但却不好说出来。

夏季的天说变就变，下楼的时候，北源郊上空突然乌云翻腾，西侧一道白光把天幕撕裂，紧接着传来震耳欲聋的雷声，瓢泼大雨从天而降。

经过二十多个小时的尝试，薛登攀成功地从北源郊公园密林里发现的尸块脊柱骨里提取到了可以用于 DNA 鉴定的骨髓。然而将骨髓 DNA 图谱与林安宇毛发 DNA 图谱进行比对，两者未能同一。北源郊公园密林里发现的尸块并不是林安宇的。

这一否定性的鉴定结论，使孟可觉得该把眼前的案子好好理一理了。

林安宇失踪十五天了，依然是踪迹全无。尸体没有被发现，也没有人能提供与林安宇失踪有关的信息。林安宇的家人提供不了线索，林安宇的同事也提供不了线索。她是活着，还是死了？

北源郊虽然离林安宇家很近，但在北源郊公园发现的尸块不是林安宇的。青木市、乐平市发现的尸块虽然被认定是女性的，但两处发现的尸块都是两个人的，也没有直接证据将林安宇失踪案与青木、乐平的无名尸块联系起来。北源郊发现的尸块虽然也是女性的，但其是一个人的，而且北源郊尸块的包装袋与在青木、乐平现场发现的尸块的包装袋也不一样，所以，暂时不宜将北源郊无名尸块案与青木、乐平无名尸块案合并。

至此，对林安宇失踪案的侦查要升级，对"北源郊 7・29 案"的侦查也要深入。

　　孟可将专案组一分为二，顾煊、张飞平、刘铁英一组，负责调查林安宇失踪案，李长安、宇阳、宋韩研、薛登攀一组，负责调查北源郊无名尸块案。孟可自己任总指挥，协调两组工作。同时他还强调，虽然分成两组，但两组之间要相互沟通，密切配合，共同一个大专案负责。

二

　　在刑侦支队专案会商室，顾煊正在向孟可汇报前几天对于林安宇失踪案的调查情况。

　　顾煊和张飞平都认为，根据前期调查所获情况综合判断，林安宇已经死亡的可能性很大，并且死亡的原因不是意外，而是自杀或他杀，且在自杀和他杀之间，他杀的可能性又偏大。林安宇失踪前说要到外省出差，但其实她并没有出省。7月14日上午她在东南政法大学的校园里出现过，后来就失踪了。因此，她被害的地点可能就在南夷省省内。到现在为止，还没有发现林安宇的尸体。虽然省内的几个地方都发现了尸块，但因其与滨越相距太远，且被害人人数及现场遗留物特征不同，故尚未将相关案件并案。

　　其实林安宇并不像人们平常所见到的那样开朗，她的心是凉的，她尚未从女儿死亡的阴影中解脱出来。她有很多心理上的问题。

　　"这位大学教授的内心是十分复杂与痛苦的。"孟可坐在靠背椅上，习惯性地用左手摸了摸下巴，"从刚才顾煊的介绍还有昨天上官文的诉说可以知道，林安宇夫妻二人的关系十分微妙。林安宇是被迫嫁给上官文的。他们一个做学问，一个做生意；一个长得美，一个长得极为一般。人们常说男才女貌，可上官文有才吗？虽然上官文似乎挣了不少钱，他们的家境不错，但夫妻间的这种不般配，这种落差，旁观者都能看得出来。林安宇是一位个性美女，一位大学教授，她的情感依托在哪里？2007 年的那场灾祸，对她会是一个怎样的打击？她的内心在想些什么？苦痛自难避免，她在微博中的那些冷冰冰的言语，也许是她内心活动的真实流露。林安宇复杂的心思，也决定了她行为的复杂性。这种复杂性将给对她失踪原因的分析增加难度。"

"我有些同意孟支的分析。作为与林安宇年龄、性别相同的我，应该比较了解她处境的尴尬。他们夫妻间的关系很冷淡。如果他们能有个孩子，情况可能就会不一样。可孩子偏偏就出事了。这下好了，夫妻间就更难好好相处了。"刘铁英插了一句。

"其实，我说这些话的意思是想探究林安宇除夫妻感情外的其他情感。她一个有知识、有文化的美女，就认了自己的婚姻？就没有再去追求自己的爱情了？"孟可好像是喃喃自语，"这问题现在就提出似乎过早，但我一接触这案件这问题就缠绕着我，现在我只是先提出而已。也就是说，林安宇会不会有其他的感情纠葛？林安宇的失踪会不会与情感问题有关？当然，这只是我的第六感。现在最急迫的还是要查清林安宇的生死，确定下一步的行动方案。"

"孟支啊，现在就去分析林安宇的感情世界好像是有点儿超前。但如果能确认林安宇是被害的，这问题可就得触及了。林安宇现在是死是活都还不知道，所以我想我们的行动还是要从查清她 14 号在视频里消失后的行踪入手。"张飞平表达了他的看法。

"等等，不急着去说方案。我们还是先再理一理，林安宇现在到底是死了，还是活着？我前面说的查案要升级，意思就是把林安宇失踪案先当作犯罪事件去对待。我的思路是，如果是犯罪事件，那么林安宇就是被害了，被害了就会有尸体或尸块。如果找到了林安宇的尸块，那不用说，她就是被害了，到时我们再去搞清死亡的原因，判断事件的性质。这种倒逼思维可避免在制订方案时优柔寡断、三心二意，且这样也不会给办案带来什么损失。你查，正当你查的时候，林安宇出现了，回家了，这可是好事。或者发现了她的尸体，最终确认是意外或自杀，这也不会给侦查造成什么麻烦。我们内部要知道，把失踪案当成死亡被害案，是我们有意为之，而不是我们判断上的失误。我们这样做，目的是能尽快启动命案侦查机制，实现查案的升级。"

"孟支啊，你总是把道理讲得那么透。这道理我们完全懂得。前几天查案的时候总是顾虑重重的，现在有您的这个升级啊，下一步的调查就好办多了。"顾煊提高声调说。

"手脚肯定是能伸开了，但案件到底好办不好办还很难说。失踪这么久了，尸体还没有发现，这是什么原因？说明作案人狡猾。如果不狡猾，那尸体早早地就会被发现。发现不了尸体，人们自然会认为林安宇还活着。活着还查什么？不查那怎么破案？不破案那犯罪分子如何会暴露？所以这案件难或不难还不好说。"孟可翻了翻面前的资料，看了看几名侦查员，接着说，"我叫你们几位来调查失踪案可是有考虑和选择的。顾煊、飞平办失踪案的经验丰富，铁英与林安宇性别相同，女人的心思有的时候只有女人才懂得。还有代沟问题，不同年龄段的人有时理解问题会完全不同。"

"那下一步该怎么办呢？"张飞平又插了一句。

"那好，下面我们就讨论这个问题。飞平，把你的思路说一下。"孟可说。

"我现在怀疑林安宇根本没有出校门。14 号上午，她下车后就失踪了。直到当天夜里，政法大学校园内、四个大门处都没有出现过她的身影。她被害的地点会不会就在校园里？前天中午，我们把刑事司法学院的鉴定中心、实验楼初步查了一遍，但没看出有什么破绽。所以我觉得下一步调查还是应从政法大学入手。"张飞平说。

"没错。当天查看了视频后，发现林安宇在去刑事司法学院后就不见了，所以我们查了查鉴定中心和实验楼，结果什么线索都没有发现。当然，那天我们只是粗略地看了看，找一种感觉。

后来还想看看刑事司法学院的办公室，但因进不去，就没看。"顾煊说。

"这里有一个关键点。如果林安宇被害的地点就在政法大学内，那范围可就小了。如果被害地点不在政法大学内，那她是如何出去的？她没把车开走，视频里又没有出现她的踪影，所以她一定是通过一个不会暴露踪影的载体被带出去的。也就是说，她可能是搭乘别人的车子出去了。那么这辆车在校园里出现了吗？在校门口出现了吗？这是什么车？因此重点应该放在 14 日上午10 点 18 分之后从学校出去的车。"孟可手托下巴在会商室里走动起来，"所以下一步工作的重点就是查看 14 日车辆进出东南政法大学校门的视频。"

"还有，如果林安宇没有出去，那第一现场就会在政法大学内，而且在刑事司法学院的可能性最大。因此，对刑事司法学院的相关场所也要进行搜查。"顾煊说。

"对第一现场究竟在政法大学内部还是外部可以启动重案机制，采用技术侦查措施，对林安宇的手机进行定位，查一查 14日 10 时 18 分及之后该手机的位置，就可以大概判断出她是在外面，还是在校园里被害的。能用技术手段解决的，我们就要尽量利用。因此在这一点上先不必花太多的时间和精力，如果通过技术手段无法解决时再作打算。"孟可说。

经过商议之后，侦查员们就开始了行动。刘铁英前往电信运营商处调取通信数据，重点对林安宇使用的号码为1370885×870的手机在 7 月 14 日的运行轨迹进行追踪定位。顾煊、张飞平再赴东南政法大学。孟可则匆匆赶到"北源郊 7·29 案"专案组。

当下午顾煊、张飞平又一次进入东南政法大学时，校园里依旧是冷清的。对顾煊他们的到来王严波照例表示欢迎。视频监控室的空调已经打开，王处长已把 14 日的视频调了出来。

"小顾啊，忘记告诉你们了，我们学校的监控视频资料也就能保留二十来天。假期保留的时间会长一些，但也不会超过一个月。所以如果需要某一天的视频资料可要先拷贝啊。"王严波一看到顾煊就说。

"王处啊，谢谢您。这事我们也知道。所以今天我把移动硬盘都带来了。等下把该拷的我们都拷走。"顾煊看了一眼王严波，心想这大块头的心还挺细的。

14 日那天，校园内的人很多，进出校门的车辆也多，短短几分钟，四个大门分别已有十几辆车进出。顾煊问了一下王处长，王处长查看了记录后说："为了节约资源，学校统一了暑假办培训班的时间。就是各个学院要办班就一起办，要放假就一起放。7 月 7 日至 14 日期间有七个学院在办班，14 日那天刚好有七个班结业。因此 7 月 14 日那天进出校门的车辆很多，那是因为学员要离校，或者是有人来接学员。"

查车的事并不像想象中的那么顺利。顾煊二人估算了一下那天四个校门的车流量，从早上 6 时到晚上 12 时，进出学校的车辆可能达一千多辆次，单单上午 10 时 18 分到 12 时 18 分，进出校门的车辆就有近三百辆次。而进出的车辆多了，目标就容易被掩盖，要在数量众多的车辆里去发现可疑的车辆那是很难的。这样的寻找效率太低，效果一定是不好的。

面对这种情景，顾煊觉得应该设定一些查找的条件，以缩小查找的范围。即只找出的，不找进的；只找上午 10 时 18 分到 11 时 18 分出去的车。这一限制，估计能缩小一半的数量，也就是说 14 日上午 10 时 18 分到 11 时 18 分从东南政法大学四个校门出去的车大概会有一百五十辆次。而找的时候只登记车牌号、车的颜色和品牌即可。

顾煊和张飞平各负责两个大门。东门和北门进出的车辆相对多些，所以，顾煊负责东门和南门，张飞平负责西门和北门。

顾煊和张飞平花了近两个小时才把 14 日上午指定时间段由

四个大门出去的车辆的牌号、颜色和品牌登记完毕。和估算的差不多，两人都各登记了七十多辆车。但这些可疑车辆只能暂时放着，暂不好作为排查的依据。

在登记车辆的时候，顾煊就在想一个问题：如果有人从东南政法大学校园内把林安宇接走，那他或她选择 14 日这天，是有意的还是无意的？若是无意的，他的运气就那么"好"？若是有意的，则说明他对学校的情况很了解。

刘铁英在电信运营商处获取了号码为 1370885×870 的手机 14 日及前七天的通话详单。对手机基站数据的分析没能回答出林安宇的被害地是在校内还是校外的问题，但从手机定位上发现了其他的线索。14 日上午 10 时过后，号码为 1370885×870 的手机就在政法大学所在基站的小区范围内，中间虽有过扇区位置的变化，但一直到中午这个号码还在该小区范围内。11 时 20 分左右该号码才从政法大学基站小区范围内消失，移到了南台区的金合基站小区，在那里没过多久，号码为 1370885×870 的手机信号消失。

这一定位结果并不是顾煊他们所希望看到的。如果林安宇 10 时 18 分后就离开了校园，那么最多十分钟她就会离开政法大学基站小区，因为她是乘车离开的。但一直到中午林安宇的手机号码还在政法大学基站小区范围内，这就不好说了。也就是说，10 时 18 分后林安宇可能离开了校园，但就是大学附近，也可能一直没有离开政法大学，就在大学里被害了。而中午该手机号码从政法大学基站小区范围内消失，可以解释为是被他人带离使用；而后手机信号在金合基站小区消失，则可以解释为被人处理了。

当然，通过对手机信息追踪也获取了一条重要线索。如果手机是林安宇自己带到金合基站小区的，那么林安宇在那里被控制或被害的可能性就很大。

刘铁英认真分析了号码为 1370885×870 的手机 14 日当天及前七天的通话和信息记录。该手机通话次数并不太多，信息发得更少。14 日上午只有两次通话，8 时 35 分有一个拨入电话，号码为 131632689×9，通话时长 56 秒；9 时 58 分拨打电话 875726×7，通话时间 34 秒，而后直到信号消失再也没有拨出或拨入电话。13 日，该手机有七次拨入、六次拨出，拨入的七个号码有四个是手机号，三个是座机号，拨出的都是手机号。12 日、11日、10 日、9 日、8 日、7 日，这几天的通话和收发短信息的次数与 13 日的差不多。这些通话记录当然是查案的重点。

刘铁英在电脑上制了一张表，把林安宇失踪前七天里与该手机有关联的电话号码列了一张表。经对照发现，这近一百次通信里，有好多次的通信号码是重复的。而将这些通信号码与林安宇手机通讯录里的电话号码对照后，有两个号码引起了刘铁英的注意。这两个号码都在 14 日上午与林安宇取得了联系。号码为131632689×9 是一个叫周慕菡的电话，875726×7 是林安宇自己家里的电话。这个周慕菡是谁呢？

三

孟可很忌讳把两起不同案件的分析会放在一起开。他原以为出现在北源郊的尸块可能是林安宇的，但结果却不是。所以，一个大的专案组又被分成了两个小组。当他参加完林安宇失踪案小组会商会后随即匆匆地赶到了"北源郊无名尸块案"小组会商会现场。

这两个会场其实就相隔十多米，都在支队的办案中心。

也许有人会问，你孟可干吗如此操心？你负责一起，另一起叫别人负责不就得了？这道理孟可也懂得。只是直觉告诉他，这两起案件之间或许存在着某种关联。

当孟可进去的时候，李长安、宇阳、宋韩研、薛登攀正在会商室里讨论着。薛登攀也就五十出头，可是很显老，人们习惯称他老薛。长期与尸体、死人打交道，以至于他好像很少和别人谈别的话题。李长安不过四十出头，可也显得很老气，头发稀疏，皮肤暗陈，有些萎靡不振。倒是宇阳和宋韩研任青春焕发。宇阳已过而立之年，看起来却像个稚气未脱的小青年，时尚帅气。宋韩研今年二十八岁，可也有五年警龄了，她活泼开朗，尽管成天与数据打交道，但却没有给人留下古板的印象。

孟可在薛登攀身边坐下，大家安静下来，等着他说话。

"我原以为北源郊发现的尸块就是林安宇的，但结果不是。这对我们很不利，一个专案组又得分成两个小组开展工作了。"孟可习惯性地翻了翻笔记本，"北源郊这案子看似简单，就一块尸块，躯干上半部，但查起来可不会太容易啊！大伙有什么话要说？"

"像孟支说的那样，这案子其实很难搞。公园不收费后进出北源郊公园的出入口就多了起来，就是说，游客除了从东门、南门进出外，还可以从其他的缺口出入。只要对公园有点儿熟的人都知道这点。抛尸的人如果有一点儿头脑，他就不会驾车进入。他可以把车停在公园外，然后拎着那袋东西从缺口进入。最近的缺口离抛尸地点也就两千多米。那些缺口根本就没人管。所以我们想通过东门、南门的监控视频去发现可疑车辆可能是徒劳的。而老薛那边也搞不定抛尸的确切时间，所以也没有确切的时间依据。"李长安站起身去播放视频，边播边说，"看，这是公园的缺口，有好几个。老薛已经从尸块上提取了可以用的 DNA。我看，老薛你赶快去检索检索，看看能不能弄清这人是谁？如果知道她是谁就好办了。"

"死者的身份我们正在检索。市库、省库都找了，没有找到，全国库的速度有些慢，还要等一段时间。因为仅仅发现了躯干上部，所以尸块被抛弃的准确时间确实不好确定，而死者被害的时间也无法作出十分准确的判断。"薛登攀连忙解释。

"我感到最奇怪的是其他的尸块哪里去了？北郊源的尸块都扔了五六天了，还是被偶然发现的。那其他尸块会不会藏得更隐蔽？是至今还没有被发现，或者已经被发现了？"宋韩研说。

"是啊，我也在想这件事。抛尸人把尸块抛在这北源郊，他是有意的，还是无意的呢？从躯干上半部切割的情况看，杀人者至少把尸体肢解成了五块。另外的被抛在什么地方了？"宇阳也发表了自己的看法。

"我听出来了。你们觉得最关键的是找尸块，找不到其他的尸块就没辙了？"孟可用略带玩笑的口气说道。

"大家也都知道，这碎尸案找全尸块肯定是很重要的，尤其是找到头颅特别重要。但是，人家如果藏得隐蔽，找不到怎么办？找不到那也只能用找不到的办法了。"李长安摸了摸他那已显稀疏的头发，又摸了摸鼻子说，"那些什么 DNA 检索、包装物利用、协查通报、尸体识别、视频追踪、手机定位、调查访问等工作下一步都要做。至于下一步的工作重点我觉得应该是并案，看能不能和别的案件并上。如果能并上，可以利用的东西肯定就多起来了。我就不相信，这抛尸人就能把尸块藏得那么隐蔽？除了北源郊的这一块，其他的就没有被发现？"

"正像长安说的那样，常规该做的工作都要做。登峰那儿要把尸块好好再研究研究，DNA 检索也要抓紧。小宋细心，你要把那包装袋再琢磨琢磨，看看有没有什么好利用的。长安你刚才说了，稍微了解公园情况的人都可能选择拎着袋子从缺口处进入公园。但要是他不这样做，他就是驾车进入，你该什么办？所以特定时间段，就是 23 日、24 日，东门、南门的车辆进出的视频还是要调取，还要把进出车辆的车牌号、车的颜色、车的牌子登记下来。如果正如长安说的那样，抛尸者把车停在公园外，再从缺口进入，那么我们该做什么呢？我们应该扩大搜寻视频的范围，根据车子进入公园的道路、缺口等去找视频。这个工作由长安负责，宇阳配合。大家都要密切关注认尸启事、协查通报发出后各地的反馈情况。这些算是我们下一步要做的常规工作。"孟可开始布置任务。

"那还有什么非常规工作?"宇阳问。

"我知道,大家对这种碎尸案并不陌生。很多碎尸案都是从发现一块尸体开始侦查的,大家也都知道这种案件该如何去侦查。但是,大家也要知道,不同的案件所具备的侦查条件是不一样的,因此应采取的措施也是不同的。现在问题的关键是我们该如何根据这起案件的特点去采取侦查措施,想想这个问题可能对侦查本案有一定好处。"孟可说。

"我可没有看出有什么特点,不就是一起碎尸案吗?"李长安的口气略带调侃。

"有没有特点? 小宋你说说看。"孟可提问。

"特点? 没看出有什么特点。"宋韩研扁了扁嘴。

"回到刚才各位提的问题,找尸块、并案。尸块被抛弃五六天后才被发现,而发现后还没能与案件对上号是本案的特点。"孟可缓缓地说道。

"不太明白。"小宋摇了摇头。

"我有点儿明白了。意思是说,应该是案子发生在前,尸块被发现在后。"宇阳说。

"大家想想看,以前有过吧? 只有早发现的尸块才找不到对得上号的案子,迟找到的都有案子在等着。这说明什么呢? 说明作案人的作案手法较之以往的案件有特别之处。"孟可说。

"还真有一些道理。老大,你看问题的思路就是独到啊!"宇阳开着玩笑。

"老大,你真是会开拓思路。这么说,我们还是应把此案与远距离的案件并起来。"宋韩研说。

"此话怎讲?"李长安倒有些不明白了。

"就是说,作案者的作案思路可能既严密又跳跃。因此我们也应该如此。"宋韩研边说边点头。

　　"我就喜欢年轻人有这样的反应。其实，我们去揭示案件的特点为的是下一步的并案。五块以上的尸块肯定存在并案这一问题。但如何去并？当发现对手的智力水准非同一般时，我们对此就要有特别清醒的认识。在保持清醒认识的同时，还要立即调整侦查思路。就本案来说，没有发现更多的尸块，原因是什么？会不会是作案人跳跃性抛尸？因此，我们的视野要宽广一些，并案时不应被地域限制。前几天，顾煊他们在查林安宇失踪案的时候，发现青木、乐平、平南、田园、泉亭等地都有尸块出现。前几天，我也觉得这几起案件距离相隔很远，现场遗留物差别大，不会是同一起案件。今天通过对本案特点的思考，我觉得有必要调整一下侦查的思路、并案的思路。"孟可说。

第四章 南 AD23×1

一

8月1日，孟可很早就赶到了东南政法大学。他在校园内到处走了走、看了看。平时，孟可也经常来政法大学，参观过刑事司法学院的鉴定中心，还给刑事司法学院、法学院的学生上过课。刑事司法学院、法学院的好多老师他都认识，有的老师还很熟。尽管曾经多次来过政法大学，但像今天上午这么认真仔细地参观政法大学还是头一次。

东南政法大学是所名牌老校，但位于南台莫干山区域的校区却是新区。校园占地面积三千多亩，东、西、南、北各有一个大门。学校东边和南边各有一座小山，两座小山之间有一个小湖。校园内，那些树龄近二十年的玉兰、榕树、雪松、香樟已长成参天大树，那些杧果、梧桐、万年青、樱花也都已遮阴蔽日。楼前或大树旁长着小叶女贞、茶梅、六月雪、丰花月季、扶桑、南天竹、栀子花、金丝桃等，这些小灌木或单独成片，或混杂成园，偶有蜜蜂停在花朵上，发出细细的嗡嗡声。西边传来几声狗吠声，原来有几只流浪狗正在追逐一块不知从哪儿找到的骨头。

孟可走着走着，眼前出现了熟悉的刑事司法学院大楼，大楼的东侧是停车场，北面是司法鉴定中心，南边是实验楼。孟可用目光搜索了一遍，在刑事司法学院各大楼外并没有发现安装有监控摄像头。那司法学院的大楼内有无安装？如果14日那天林安宇离开停车场后没有进入刑事司法学院各大楼，她就不容易再留下视频。而如果大楼内安装有监控摄像头，她又进去了，那就会留下视频。

8时许，刘铁英、顾煊、张飞平陆续都到了，今天他们还带来了勘查、搜查器材。

在保卫科的小会议室里，林安宇失踪案专案小组照例开了个碰头会。孟可先把王严波叫了过来，问他校园监控摄像头的布建情况。王严波给了孟可一张图纸，说道："学校的四个大门、停车场，还有一些关键的建筑物外围都安装了监控设备。"孟可又问他刑事司法学院监控摄像头的布建情况，王处说："刑事司法学院建筑物外围没有安装监控设备，但建筑物内部有安装。其内部监控系统由司法学院自己管理。他们的监控视频室建在司法学院大楼里。"

当得知这一情况后孟可说："会一会儿再开，现在顾煊、张飞平马上到刑事司法学院视频监控室，去查查14日上午人员的进出情况。"

没多久，顾煊、张飞平回来了，面带愠色。原来，刑事司法学院的内部视频资料只默认保留十五天，14日的视频已经被自动删除了。而令二人不高兴的原因不是别的，而是他们认识到，如果27日那天就调取的话，本来还来得及，但他们却没有意识到。

对此，孟可没说什么。倒是王严波说了对不起、提醒不及时之类的话。

孟可叫大家继续开会。

顾煊把林安宇失踪案前期的调查情况简明扼要地说了一下。

他特别指出，14 日那天进出校门的人多、车多，因此，他们有选择地对车辆进行了排查，只对 10 时 18 分至 11 时 18 分这个时间段的车进行排查，而且只排查出去的。排出的车辆有七十六辆，到现在还未能确定这些车辆的具体信息。

刘铁英汇报了对林安宇号码为 1370885×870 的手机通话详单的分析情况，认为 14 日那天，该手机从上午 10 时到 11 时 20 分都在政法大学基站小区内，其中有发生扇区的变化，因此，无法从手机运行轨迹上认定林安宇的行踪。也就是说，10 时 18 分林安宇从视频里消失后是留在校园里还是出去了还无法确定。11 时 20 分之后，该手机离开了政法大学基站小区。此外，该手机在 14 日及之前的一周内有一定量的呼出、呼入电话，这些电话都是谁的还正在确认。14 日上午与林安宇通过电话的只有两个，一个是林安宇家里的电话，一个是叫周慕菡的人的电话。而这个周慕菡是什么人还未能确认。

听了大家的汇报，孟可认为工作的进展是正常的，摸排的方法也是对的，只可惜 14 日那天刑事司法学院内的视频资料被删除了，否则就能很容易地弄清林安宇那天上午有没有在刑事司法学院滞留。

"情况总是在变化，有时会出乎我们的意料。我原以为放假了学校的行人、车辆会很少，查清 14 日进出学校的车辆会很容易，可结果却是那天进出的行人、车辆特别多。我原以为对手机的话单一分析就很容易搞清林安宇 10 时 18 分之后是出去了还是继续留在校内，结果她却是在这个基站小区里待了整整两个小时才出去的。看来该做的基础工作还是要好好做，林安宇的行踪也要好好查，特别要注意查清 14 日前后都有谁与林安宇有联络、有接触。"孟可翻了翻笔记本，"咱们把林安宇在网上活动的行踪查了，也查了她 14 日前后的通话记录。但光查这些还不够。现在既然启动了重案侦查机制，那么其他能查的都得查，如微信交流情况、家庭电话通话情况、手机拨打情况、QQ 交流情况、电脑记录情况、资金流转情况等。不但要查，而且要落地。像通过手机话单查到的那几个 14 日前后与林安宇有联系的人就要彻底搞清楚他们是谁，那七十多部车辆到底是谁的也要搞清楚。需要注意的是，如果发生了信息的交叉与碰撞，那么那个人可能就是嫌疑人。"

大家平时就知道孟支反应快，问题也理得快，就这样快速地一理，下一步该干什么基本上也清楚了。不过，在张飞平的心里，对该如何去摸清林安宇在物理空间的行踪还是没底。接着孟可的话，张飞平说："孟支啊，请教一下，14 日 10 点 18 分后林安宇在物理空间的行踪要不要继续查，该如何查？"

"飞平啊，你是真不懂还是装不懂？难道在考我？"孟可微微一笑，"手机定位没解决问题就没辙了？视频被删了就无从下手了？查林安宇在物理空间的行踪用传统的方法就可以了，还用我说吗？"

"孟支啊，我现在办案习惯了利用视频、手机记录、网络记录这些资源，有时觉得没有这些东西还真的不知道该从哪儿下手。说真的，对查林安宇在这学校里的行踪，我脑子里想的就是视频、手机定位什么的，压根儿就没想到通过调查访问的方法。"张飞平握拳敲击自己的脑袋，"以前面对这种情况，我们不是全靠走访吗？这种走访其实是不难的。"

见状，孟可带着严肃的口气说："这个问题咱们今天不讨论，不过我还是要说一下，能靠技术解决的尽量靠技术解决，这样可以提高效率。但不能过分依赖技术，当技术手段用不上的时候，就要用传统的调查方法。传统的东西不能丢啊！"

"没错。先调查访问，再确定搜查的重点。那天校园里人多，刑事司法学院也有人在加班，说不定就有人看到什么了！"顾煊点点头。

见状，刘铁英插了一句："有点儿忙不过来的感觉。"

听罢，孟可忙说："这个问题我也想到了。支队的其他人正忙于别的事，一时间还抽不出人手。这样，上午咱们一起先把林安宇 14 日在校园内的行踪查一查，下午我再抽调人手支持。"

"这就好了。"刘铁英轻舒了一口气。

大家知道刘铁英很不容易。她 1994 年毕业于东南政法大学犯罪学专业，现已在滨越市公安局刑侦支队当了二十年的刑警。正如她的名字给人的感觉，她有种假小子般的性格，坚强、英姿飒爽，且常年和小伙子们一样，干外情，到处奔波。但毕竟四十多岁了，能不累吗？二十年坚守刑侦一线的女侦查员全国能有几个？孟可曾想过让刘铁英去干内勤，可这几年在利用信息技术破案上刘铁英上手特别快，用得特别好。因此，孟可倒舍不得让她换岗了。

"不过，铁英啊，在虚拟空间查找林安宇行踪的任务还是由你承担。下午我叫魏清来当你的助手。"孟可用温和的口气说道。

二

孟可和刘铁英搭档、顾煊和张飞平搭档，在保卫处的配合下，对刑事司法学院进行了走访。刑事司法学院假期并没有办培训班，但放假期间在岗的人也还比较多。这些人有的是鉴定中心的管理员、卫生工、值班员，有的是鉴定技术员，也就是学院的老师。实验室也有人在值班，每班两人，二十四小时一个班。刑事司法学院大楼是学院的教室和办公室。放假后，只有少数几个准备毕业论文的研究生在教室里，办公室也很少有老师会光临。

通过电话查问，他们把那天应该在岗和可能在岗的人头罗列了出来，一共有二十四人。其中，鉴定中心有管理员两人、卫生工一人、值班员两人、鉴定技术员七人，实验室有值班人员两人，刑事司法学院大楼学院教室有学生七人、办公室有教师三人。这些人有的是上午到的，有的是中午来的，有的是下午到的，有的人待的时间久，有的人待的时间短，有的一整天都待在那儿。

鉴定中心的管理员、卫生工、值班员一整天都在岗。七位进入鉴定中心的人员分别是叶琳、蔡宏基、傅德明、王高宇、张正初、曾雪娥、刘木柯。这七位老师在鉴定中心都有鉴定室，他们到鉴定中心是进行司法鉴定。根据进出记录和管理员回忆，叶琳、蔡宏基、傅德明三位是上午陆续进去的，王高宇、张正初是中午进去的，曾雪娥、刘木柯是下午进去的。最后一位进去的是刘木柯。因此，叶琳、蔡宏基、傅德明三位是访问的重点。随后侦查员分别询问了三位教师，他们都说认识林安宇，但14日上午并没有见到她。

实验室的那两位值班人员也是管理人员，他们说他们一直待在实验室里，几乎没有外出，所以什么也没有看到。

七位学生说，刑事司法学院大楼五层以上是教室，以下是教师办公室，办公室与教室是隔离开的。他们在六层教室学习，如果要到教师的办公室必须从六层下到一层再上到教师办公室。因为没事，他们上楼后就没有再下去，所以也没看到什么。

最终调查结果显示，林安宇下车后，不会也没有进入鉴定中心，也可能没有进入实验室，她可能进入了办公室，但没有人看见。所以搜查的重点应该是林安宇的办公室。

林安宇到底来学校干什么呢？她为什么对上官文说要离家十来天呢？

保卫处已通知刑事司法学院大楼的管理员抵达。管理员说，进入教师办公室的钥匙有两套，一套由教师保管，一套由她保管。但她不能把钥匙带回家，也不能擅自去开门。外人要进入教师的办公室必须有院长的批准或教师的许可。按规定，她放假期间不用在学校值班。教师在任何时候都可以自由出入自己的办公室。学生进入教室要申请，经教师批准后，她会把钥匙交给学生，学生用完会把钥匙交还。

经保卫处解释，管理员同意帮警察开门。

　　林安宇的办公室是 407 号，与其他教师的办公室一般大小，十五平方米左右。办公室的门开在房间的东南角，南墙和北墙上都有窗户，门框和门把上附着一层薄薄的灰尘。打开门，只见地上、沙发、椅子、桌子上也蒙上了一层薄薄的灰尘。室内陈设简单，物件摆放整齐。离门一点五米紧贴东墙处放有一张双人皮沙发，沙发前摆放着茶几，紧挨沙发的东墙上还放有两个柜子，柜里摆着各种书籍，办公桌在房间的中部，与沙发相对的西墙前放有电脑桌，桌上有一部台式电脑。

　　这房间究竟有多长时间没有人进入了呢？正当大家想跨入的时候被孟可制止了。孟可问管理员 407 室附近的办公室哪一间放假后不会有人进去。管理员想了想说，413 室放假后不会有人进入。413 室是郑老师的办公室，郑老师平时都不爱来学校，更不用说放假期间了。

　　孟可叫管理员把 413 室的门打开，然后站在门前认真看了看，问刘铁英："你觉得哪一间的灰尘厚些？"

　　"没有太大区别。"刘铁英回答。

　　"没有区别说明什么？"孟可喃喃自语，"说明林安宇放假后并没有进入过办公室。"

　　刘铁英觉得该利用这个机会查一查林安宇的电脑。

　　电脑没有设密码，刘铁英用相机固定了电脑桌面后，点击连接电脑自动上网。林安宇用的是 IE 浏览器，收藏夹里只有网址大全、社科网、东南政法大学、百度等不多的网站。开机后 360 安全卫士提示：你已两个月没有体检，建议立即体检。电脑分四个区：C、D、E、F。刘铁英把 C、D、E、F 逐盘打开，发现这台电脑和其他人的电脑差不多。C 盘存放操作系统，D 盘放一些论文及办公文件，E 盘有一些下载的材料，F 盘里则是一些照片。请示孟可后，刘铁英把电脑里的文件和照片等拷贝到了办案用的移动硬盘上。

从刑事司法学院办公室出来后，孟可又赶去了"北源郊专案小组"，而刘铁英也把相关数据带回了支队。

魏清已在支队等候着刘铁英。尽管魏清和刘铁英不是一个大队的，但他俩可是老熟人了。刘铁英不知不觉地成了数据化侦查高手，而魏清对数据化侦查又特有兴趣，所以在工作过程中积极学艺，不知不觉就成了刘铁英的徒弟。魏清，现年二十七岁，中国刑事警察学院侦查学硕士，来到滨越市公安局刑侦支队工作还未满两年，但因基础扎实，好学，已在数据化侦查方面崭露头角。

师徒见面后，即刻便投入到了对数据的分析及其他工作中去。

据初步统计，14 日及之前一周与林安宇手机有联系的通信96 次。这 96 次通信有 12 次是给林安宇发送的信息，剩下的是通话。而 84 次通话中有 34 次是呼出，剩下的 50 次是呼入。魏清把刘铁英制作的表格数据输入话单分析软件，剔除重复号码，得到从 7 日至 14 日林安宇手机停用，不重复的通信号码共 38 个。魏清把这 38 个号码与该手机通讯录关联，发现其中半数以上是通讯录中的号码。而后将 38 个号码——核实后发现：14 日的两次通话，一次是 131632689×9 呼入的电话，这名呼入者名叫周慕菡，其号码存在于林安宇的手机通讯录中。经过直接询问得知，周慕菡是一名在校本科生，她与林安宇联系是想向林安宇请教问题。她放假回乡后，遇到一名中学同学心理方面出现了问题，于是她想请教林安宇该如何去帮助同学。林安宇回话说这问题一时半会儿也说不清，她有空时会主动和周慕菡联系。魏清问周慕菡是不是经常给林安宇打电话，周慕菡回答说这是第一次，还说好多学生都知道林老师的电话号码。另一次是林安宇和家里的通话。13 日，该手机有七次拨入、六次拨出，其中拨入的七个号码中有四个是手机号、三个是座机号，拨出的都是手机号。魏清把这 13 次通信数据导入分析软件，按通信先后顺序排列，然后把已得知的通信者姓名再加入，又制作了一张表。据表格显示，该日的通信时间从上午 8 时 39 分到晚上 22 时 12 分，通话最长的 4 分 24 秒，最短的 39 秒，其中有四个号码是重复的。通话次数达四次的是一名叫陈静菲的本科生，每次通话相隔半小时左右，每次通话时长约一分钟。经与陈静菲联系，她说打电话是向林老师请教心理健康方面的问题。此外，表格中还出现了叶琳及其他同事的姓名，以及其他学生和亲戚的姓名。

随后刘铁英协同魏清把另外几日与林安宇通信的号码与人头一一对上，并制作了一张总表。表中除了已出现的叶琳外，陈道林、沈红轩、刘木柯等与林安宇要好的同事都在表中，其中陈道林的通话次数最多。林安宇的丈夫上官文也在其中。

经过调查，暂时没有从通信信息中发现什么问题，一些与林安宇通过话的人提供的情况证实了林安宇 14 日失踪之前言行举止是正常的。

刘铁英随后又把从林安宇办公室电脑中拷贝的材料审阅了一遍。从材料中没有发现什么异常，也没有从中找到什么线索。放在 F 盘的照片大多数是合影照片，画面上站得离林安宇最近的大多是陈道林，而站在林安宇后面离林安宇比较近的则大多是刘木柯。刘铁英觉得这很正常，陈道林仰慕林安宇，总希望贴近她，所以在拍照时也不自觉地靠近她。林安宇个子高，拍合影时多站在中间，而刘木柯是领导，合影时也应该站在中央，所以在照片里他们两人也挨得比较近。

在刘铁英的眼里，林安宇长得很美，大大的眼睛，洁白的牙齿，个子很高，与周围的女同事比，她的皮肤显得洁白细腻。只是从她的眼神中露出的哀愁凄婉让刘铁英觉得她很冷。

刘铁英知道，哪怕能够获取林安宇的手机，手机里的微信内容也只会是残缺的。因为如果手机经过了犯罪嫌疑人的手，那些对犯罪嫌疑人不利的记录就会被删除。何况现在林安宇的手机还下落不明。因此，为了弄清林安宇在微信空间、QQ 空间的活动情况，就要调取她的微信记录和 QQ 空间数据。当然，要获取这些数据需要通过腾讯公司。但如果要按照公对公的程序从腾讯公司获取数据恐怕要排很长时间的队，而且还存在被拒绝的可能。所以，刘铁英只能求助于孟可。现在搞案件也常常要靠关系，孟可有很多南方政法大学的同学在深圳市公安局工作，想快速地从腾讯公司、腾讯大队获取数据还得通过孟可利用同学关系才能办到。

在中国的刑事侦查界，孟可可是个小有名气的人物。在同学心目中，他的威望是很高的。所以他如果为了办案向腾讯大队要一些数据，那些腾讯大队的同学一定会全力支持的。

大约过了四十分钟，刘铁英所要的数据就传了过来。深圳市公安局的那些"老腾讯"对"客户"的需求可谓了如指掌，你需要什么，他们就能给你什么。

林安宇的微信朋友圈里有 68 位朋友，近期和她聊天的朋友有 37 位。圈内的朋友几乎都是她手机通讯录里的人。林安宇在微信圈里的昵称是"安宇"。她经常会在朋友圈里发一些文字、图片等，偶尔也会对别人的日志进行评论或点赞。

从 7 月 14 日开始，林安宇在微信朋友圈里就没有什么"活动"了，评论停止，也没有聊天记录。

7 月 13 日，她点赞五次，评论四次，与朋友聊天交流五次。这五次聊天的对象分别是"天知道"、"小路"、"天路"、"扯梦"。这天的聊天与往常的没有什么两样，看不出林安宇有要出差的迹象，也没有什么人约她。聊的内容大多数是开玩笑或生活、工作上的趣谈。经查，"天知道"就是陈道林；"小路"是杨隆浩，2013 年犯罪心理学研究生毕业；"天路"是林圣煌，2006 年侦查学本科毕业，2007 年继续念研究生；"扯梦"是吕本国，刑事司法学院从事法庭科学的一位同事。这几位都是男性。

7 月 12 日，她点赞四次，评论三次，与朋友聊天交流四次。

这四次聊天的对象分别是"天知道"、"小路"、"秦一卜"和"死水"。其中，"秦一卜"是秦一卜，2011 年犯罪学研究生毕业；"死水"是龙深，刑事司法学院从事犯罪学的一位同事。这两位也都是男性。

之前的 11 日、10 日、9 日、8 日、7 日及之前，林安宇几乎每天都会在微信朋友圈里活动活动，或点赞、或评论、或聊天。她在微信上绑定了一张银行卡，该卡是中国工商银行牡丹卡，卡号为 955870140311214933×。她用该卡通过微信进行了十多次交易，买了一些日用品、数码产品，价格都在 500 元以内。

根据腾讯大队提供的密码，刘铁英随后进入了林安宇的 QQ 空间。QQ 里很冷清，林安宇好像很少用 QQ。QQ 里建了一个群，群名称是东南政法大学刑事司法学院教师，群成员有 63 名。在群里刘铁英又一次看到了林安宇同事的 QQ 号、手机号。在 QQ 空间的聊天记录里看不到林安宇的影子，只是空间相册里有一些学院活动的照片，群里还放了一些文件、通知等。

刘铁英分析了一下所获取的信息，还是没能发现有关林安宇行踪的情况。不管是微信还是 QQ 信息里都没有发现有谁约林安宇一起外出的记录。

三

刘铁英等人的脑子里都有这样的一幕：14 日上午，林安宇开车到了东南政法大学，从车里出来，拐到刑事司法学院大楼。她没有进入鉴定中心，没有到实验室，没有去自己的办公室，也没有在校内、校门口走动。她坐进一部停靠在刑事司法学院大楼附近的车里，离开了东南政法大学。

一定有人约了她。那这个人是如何约她的呢？是通过怎样的途径约她的呢？不是通过微信，不是通过短信息，那剩下的就只有通过手机或家庭电话约她了。而约人的时间点应该在 13 日或

14 日早晨较合适。既然已经把 13 日、14 日与林安宇通信的手机号、通话者都排了出来，那么下一步就要尽快对这些人进行落地调查。但刘铁英认为，通过家庭座机联络这一渠道也不能忽视，应该把 13 日、14 日与林安宇家庭电话通信的数据一并获取，在全面掌握情况的基础上再去发现可疑联络电话。当然，如果那位约会者是直接与林安宇见面，那又得另当别论了。想到这里，刘铁英突然觉得弄清林安宇 14 日之前的行踪是很重要的。如果林安宇在 14 日以及前几天都待在家里，那么约会者要约她 14 日到东南政法大学就得通过通信工具或登门预约；而如果那几天林安宇有外出，她就有机会见到约会者，那么他们如何约的就难说了。于是她即刻与顾煊取得了联络，要顾煊好好查一查林安宇13 日及之前几天的行踪。

对电话数据的查询是不能停的。刘铁英让魏清调取了林安宇家庭电话的话单数据。据统计，该座机号码 14 日拨入 11 次、拨出 13 次，13 日拨入 12 次、拨出 11 次，12 日拨入 10 次、拨出 12 次，11 日、10 日、9 日、8 日、7 日这几天拨入、拨出的电话次数与 12 日差不多。林安宇家电话的使用率还是很高的。这些拨出、拨入的电话有的与手机拨入、拨出的电话号码相同，有的是陌生电话号码。剔除已知号码、重复号码，得到 12 日、13 日、14 日三天林安宇家的电话拨入的陌生电话 14 个，拨出的陌生电话 12 个。在这 26 个电话里，有 19 个是手机号码，7 个是座机号码。

过了半小时，顾煊打电话告诉刘铁英说他们那边也忙着，还抽不出时间去查林安宇 12 日、13 日的行踪，要刘铁英自己想办法。

刘铁英想，林安宇家的电脑还得查，利用这个机会叫上官文核一下那些陌生的号码会节省不少时间。于是她拨打了上官文的电话，上官文回话说他现在正在办事，要吃完饭后才能回家。于是，刘铁英约上官文晚上见面。

至此，手机、座机、微信、QQ，所有与通信有关的数据都已获取，并进行了相关性分析。而那些可疑的通讯名单也都已掌握。现在就等着去上官文家再查一下林安宇使用的电脑，并顺便询问林安宇 12 日、13 日的行踪。

离去上官文家还有两个半小时，这些忙碌惯了的侦查员们面对空闲竟一下子不知道该做些什么了。

魏清还在电脑前查着、核着，一会儿登录互联网，一会儿登录内网。那些与林安宇家电话通信过的陌生电话号码正在减少。看着魏清努力的样子，刘铁英有些心疼。

"小魏啊，歇一歇，那些号码等到了上官文家再查查他家的电话号码本就知道了。事情也不急，休息一下再说。"刘铁英用关切的口吻说道。

魏清放下手里的活，说道："听您的，歇一歇。我想啊，如果林安宇真的被害了，那么那个作案人一定就在我们排出的这些人里。"

"小魏啊，查案的事咱先不说。姐先问问你其他的问题。"

"问呗。"

"要不咱们把车先开到北源郊那边，在那边吃饭，免得被堵？"

"姐啊，绕来绕去还是在说工作嘛。听您的，咱们这就走。"

小魏到地下车库把车开到了支队大楼前，刘铁英坐了进去，车子往滨海大道北向驶去。

太阳西斜，阳光从橡皮树的叶片间漫射到宽大的马路上，留下了陆离的长影。还不到下午 5 时，可道路已经开始有了拥堵的迹象。魏清不禁夸奖刘姐想得周到，如果迟一些出发真的就被堵了。

5 时 10 分左右，车子进入北源郊区域。那不是李长安吗？刘铁英看到李长安正在北源郊公园外的道路上走走看看。魏清泊

车问候。李长安说他已在这里查了快两天了。"唉！找了好几个
路段，都没有发现可疑车辆。"李长安悻悻地说道。刘铁英问他
们查案的情况，李长安说没有什么大的发现。

随后刘铁英他们的车子左拐进入一条小巷子，缓行一千米左
右，看见一个小停车场，魏清把车停在了那儿。两人下车西行近
百米后，看见一座小楼，青墙红瓦，古色古香。楼前有一条小
路，路的一侧彩叶草怒放，另一侧蔓花生与红花酢浆草交错，一
直延伸到湖边的柳树下。轻风吹拂，柳枝飘动。湖水清澈，在傍
晚阳光的照射下正升腾起微微的白烟，一片小舟正缓慢地向西移
动。这湖就是源泉湖，北边的山就是源泉山。刘铁英夸赞魏清真
会选地方。魏清说他最近正在谈恋爱，所以经常会去一些风景好
的场所吃饭、喝咖啡什么的。

青墙小楼是一家小饭店。房主居二楼，一楼被辟为饭店。楼
外并没有明显的招牌，吃客也没有几个。魏清认得那房主。房主
曾对魏清说过，在源泉湖畔，像他家这样的小楼被留下的并不
多。因他家的小楼系解放前建造，又因某要人交代，所以有幸保
留了下来。他的儿女均在国外，只有夫妇俩住在这里。起先是下
岗没事，后来是因身体尚健，又闲得无聊，便开了这家小店。他
们开店并不是为了挣钱，纯粹是为了打发时间。

刘铁英和魏清往小楼走去。大门两侧的青墙上爬满了常春
藤。屋内整洁干净，客厅里摆放着两张圆桌，是客人用餐之地。
除了桌椅外，其他空处几乎都被花草占据。白穗花、蚌兰摆放在
紧靠西墙处，南墙前被一长排宽叶韭和垂盆草占据，大门旁几盆
细叶萼距花正含苞待放。鲜花、绿草似乎从屋外延伸到了屋内。

听到声响，一位老人来到客厅。他似乎认得小魏，忙上前问
好，让座看茶。老人个儿头不高，满头银发，精神矍铄，神情愉
悦。他问小魏他们今儿来此想吃些什么，然后递给他们一张小菜
单，自己则忙往厨房奔去。没多一会儿又来了个俊秀的小姑娘，
取走了小魏写下的菜单。

刘铁英觉得自己好像到了世外桃源一般。她还没有在这样的美景下吃过饭。不过，此时她脑子里想的还是林安宇。林安宇住的北源郊小区离这儿也就不到千米远，她来过这里吗？

没多久，菜就上来了。送第一盘菜的是刚才拿走菜单的小姑娘，送第二盘菜的是一位老大娘。这大娘似乎也认得小魏，轻声地问他们饭菜是否可口。

虽然微风轻拂，但室外还是有些热，而这室内却并无燥热之感。刘铁英到处看了看，室内没有空调，风扇也没开，这简简单单的房屋却有夏凉之功能。

饭快吃完的时候，那个小个儿老头又来了。刘铁英拿出随身带着的几张用激光打印机打印的林安宇的照片问老人是否认得照片上的人。老人端详了一会儿，竟说认识。"这图上的女教师常来这儿走动，还和别的老师在我这店里吃过饭。"老人嗫嗫轻语。刘铁英忙问是什么时候的事。老人回答说："很久以前是和一个男老师一起来的，后来就一个人来。最近好像没来了。"刘铁英又问和别的老师一起来过几次。老人说有四五次，还说："和那个男老师一起来是很久以前的事了。后来就她一个人来，有时在附近散步，有时到店里简单地吃个饭。"当问到是否还记得那男人的模样、年龄时，老人想了想说："看起来也像个老师的样子，年龄看不出来。好多年没来了，具体模样记不清了。"刘铁英又问："具体是哪一年的事还记得吗？为什么说那男的看起来像老师？"老人沉思后回答："十几年前的事了，后来又来了几次，再后来就没看见那男的了。至于说像老师，是因为他长得挺斯文，而且他们谈的是学校、学生的事。对了，他还戴眼镜。"

刘铁英自己也不知道问这些有没有用，不过听了老人的话后，她便寻思着：那男人会是林安宇的丈夫吗？不会。那个男人像教师，戴眼镜。而上官文可一点儿也没有教师的模样，也没戴眼镜。他就在离林安宇家不远处与林安宇一起吃饭，近几年又不见了，他是谁？

出了小饭店，刘铁英和魏清在湖边走了走。走着走着，刘铁英情不自禁地哼起了小曲儿："种下一棵茉莉花，在我们的青春年华，等到它开满枝丫，还是那么洁白无瑕……"魏清夸刘铁英唱得真好听。刘铁英说自己年轻时挺爱唱的，后来就不怎么唱了。魏清说，以后有机会要多唱歌给大家听，这么好听的嗓音不唱浪费了。听罢，刘铁英笑笑不语。

近 19 时，上官文来电，告知刘铁英他已回家。刘铁英和魏清还是把车停在那儿，拎上工作包就向上官文家走去。

正如刘铁英所预料的那样，经与上官文家里的电话号码本对照，很快便对 7 月 12 日、13 日、14 日三天林安宇家的电话拨入和拨出的二十六个陌生号码进行了对号入座。其中，十九个手机号码很快有了合理的着落，机主也给了合理的解释。七个座机号码中有三个当时还无法对号入座，但当要离开上官文家的时候，又核清了一个号码。剩下两个号码一时无法查清，暂时还无法知道机主是谁。

刘铁英问上官文林安宇在 7 月 12 日、13 日的活动情况。上官文说他还记得，12 日是星期一、13 日是星期二，因为天气炎热，他和林安宇都懒得出门，冰箱里有食物，他们便在家随便吃了些。周二下午卫生工来搞卫生。那两天除了卫生工外好像没有其他人来找过林安宇。

林安宇的电脑放在二层书房里，一部是台式机，一部是笔记本。刘铁英和魏清同时行动，拷贝了电脑里的数据，并把电子邮箱里的邮件也一并下载获取。

刘铁英发现书房的角落有一个小保险柜，便问上官文要保险柜的钥匙和密码。上官文说他不知道保险柜的钥匙放在哪里，更不知道密码是多少，也不知道保险柜里放了些什么。刘铁英觉得现在就用技术手段打开保险柜尚有不妥，于是只把情况记录了一下便作罢。

　　回到支队后，刘铁英和魏清通过内网对两个在上官文家无法核清的号码进行了查询核对，发现两个号码都是公共电话号码，号码机身位于南台区天元路上，且两个号码都是拨入电话。其中号码827073×2 的通话开始时间为 7 月 13 日 16 时 38 分，通话时长 2 分 32 秒；号码826143×1 的通话开始时间为 7 月 13 日 16 时 48 分，通话时长 23 秒。

　　紧接着他们便开始查看、阅读林安宇电脑里的内容和邮箱里的邮件。两部电脑里的资料都很多，刘铁英和魏清一直看到深夜才看完。其中很多都是林安宇工作中所涉及的材料，以文本材料居多。台式机与笔记本电脑里的有些内容是重复的。笔记本电脑分三个区，C 盘放置操作系统、软件；D 盘是大量的文本文件，从目录上看，有课题项目申报，计划总结，教学档案资料，林安宇自己的论文，学生的论文，从网上下载的文章、参考资料，等等；E 盘里有大量照片、图片，以及一些博文选集、生活感悟等。从所有文件的内容上没有看出异常。台式机设有密码，刘铁英用破解器将其快速解开。电脑分四个区，其中在 F 盘里有几篇未署名的，似乎是对林安宇表达爱意的文字，且从内容看似乎还不是同一个人，有一篇还署有日期，1998 年 6 月 14 日。此外，F 盘里还有大量的图片、照片，里面有一些是在其办公室电脑、笔记本电脑里没有看到的照片。如林安宇和同事的合影、和学生的合影，以及好多张林安宇和其他男性的双人照。细看这些双人照里的男性，不止一人，年龄差别也较大，拍照的时间也不一样，最早的是 2002 年，最近的在 2014 年。刘铁英看到刘木柯、陈道林也出现在双人照里，且是早期拍摄的。另外，还有一些林安宇穿着比较暴露的照片，有一百多张。其中有八张照片里林安宇只穿着三点式内衣，拍摄地点在室内。是谁拍的呢？刘铁英不禁疑问道。在另一个压缩包里，刘铁英看到了一个孩子的照片，从婴儿到幼儿时期的照片。那是一个小女孩，天真可爱。有的是她和林安宇的合影，但大多数是小孩的个人照。刘铁英知道这孩子应该就是林安宇那已过世的女儿研儿。

邮箱里的邮件几乎都是工作邮件，从中未能发现什么线索。

刘铁英还顺带把林安宇失踪后及失踪前几天的各类账户资金流转情况进行了查询，发现她失踪前有过少量、数笔的资金流转，而那些流转的资金大都用于网购。失踪后，她所有的账户都没有资金流转。

按上官文的说法，12 日、13 日林安宇就待在家里，也没有人直接去找过她。那么，要联系林安宇就只有通过通信工具。因此，那两天与林安宇有过通信的所有人都是值得关注的，尤其是那个使用公共电话的人。

第二天，刘铁英和魏清一早就赶到南台区天元路查看，发现两部公用电话都在路边，所在的电话亭相距一千米左右，位于天元路 123 号到 353 号之间，在电话亭四周没能发现监控摄像头。刘铁英和魏清都认为这两部公用电话很重要。那个约林安宇外出的人很可能就是通过这两部公用电话与其联系的。如果这个人就是犯罪嫌疑人，说明他很警觉，且很可能是有预谋的。

顾煊和张飞平正努力排查 14 日 10 时 18 分至 11 时 18 分离开东南政法大学的车辆。经过之前的登记，共有各类嫌疑车辆 76 辆。他们通过内部车辆登记网对 76 辆嫌疑车辆一部一部进行排队审查。发现在 76 辆车里，滨越市的有 41 辆，其余的为异地车。而在滨越市的车辆里，校内人员的车与校外人员的车差不多各占一半。随后通过将车牌号与身份证关联，他们找到了车主并与其取得了联系，经直接询问该车 14 日的行踪，掌握了大多数车辆于 14 日当天运行的轨迹。

在排除了大部分车辆的嫌疑后，一辆车牌号南 AD23×1 的黑色三厢福特车引起了顾煊二人的注意。经查，14 日 10 时 23 分从东南政法大学西门开出的这辆黑色三厢福特车与另一辆车在牌号、型号、颜色上完全相同，但该车车主欧阳雷克坚决否认自己于 14 日去过东南政法大学。

为此，顾煊和张飞平特地赶赴了欧阳雷克处，那是滨越市的东郊。欧阳雷克说，他一年里都难得去一趟南台，更不用说去东南政法大学了。迄今为止，他还没有去过东南政法大学，而这车子更不可能进入东南政法大学。他还提供了南 AD23×1 黑色三厢福特车当时正往泉亭方向行驶的证据——高速公路收费票据。

顾煊和张飞平又一次查看了牌号南 AD23×1 车辆出校门的情景。车内前排仅坐了司机一人，且前遮阳板被放下，遮阳板上还搭着一块蓝布，使得司机的面容被完全挡住了，看不出该人是男是女。

这一遮挡，让顾煊和张飞平感觉到了其中的蹊跷。这辆车或许就是把林安宇运出校园的车。套牌者选择套了一部型号、颜色、品牌等完全相同的车子，这说明其对车有一定的了解。

顾煊和张飞平再查该车 14 日上午进入校门的视频，奇怪的是并没有发现该车进入。再查 13 日进入校门的车辆的视频，仍未发现该车。

至此，南 AD23×1 黑色三厢福特车的嫌疑急剧上升。但这究竟是谁的车呢？

此外，与林安宇有过联系的手机、座机、微信、QQ 的通信人也都一一被排除。案件的关键落在了那个使用公用电话与林安宇进行联系的人和那辆套牌福特车上。

第五章 从滨越到泉亭

一

　　孟可回刑侦支队鉴定中心检验室了解技术员对无名尸块DNA的检索情况。技术员们在很努力地工作着，但进入全国数据库后，检索的速度明显放慢。薛登攀告诉孟可，还得耐心等待。孟可则交代薛登攀再好好研究研究尸块，看会不会有什么新的发现。当孟可要离开的时候，老薛又絮叨道："孟支啊，这几天我在想，咱们DNA图谱库的建设还真是有许多不足。各地建设的标准不一不说，就是无名尸体、尸块的入库也存在着不同的做法。如果能将无名尸体、尸块及时入库，那检索起来就方便了。但现在我省的好多地方都没把无名尸体、尸块入库，觉得把死者的DNA入库会占用宝贵的库空间。这想法也有一些道理，人死了，还把他的DNA留在库里干什么？可是，如果不把无名尸体、尸块及时入库，这让并案有些难啊！"孟可对此深有同感，说："是啊。DNA数据库的建设刚刚起步，自然还存在许多不足之处。对无名尸块的入库问题各地做法不同，我省几乎都没有入库。各地发现了无名尸块，只知道提取DNA后到库里检索，却从没有把尸块的 DNA 也入库。可能是他们觉得入库没用。因为，哪怕一起案件的尸体被分成好多块，但通常尸块被抛弃的地点相隔都不会太远，且一块尸块被找到后，其余的尸块也会很快被找到。之后提取尸块 DNA 直接比对即可，不存在通过入库检索比对这种情况。或许是因为通过入库比对尸块并案的情况很少见，所以也就没有人提出将尸块入库这个问题，但这种做法确实影响了北源郊这类案件的并案。下一步咱们真该把这个问题正式提出来。"

之后，孟可又去了鉴定中心的痕迹检验室。在那里，宋韩研和技术员正通过电子显微镜在找什么。见孟可进来，小宋直起身，轻声道："孟支啊，这袋子是第一次使用，我们使劲儿找也没有找到什么特别的。"孟可没有吱声，他走到电子显微镜前，边通过目镜观看边轻轻地移动袋子。"我粗略地看了看，也没看出什么问题。只是我在想，在本市真的找不到类似的袋子?"孟可似是在自言自语，又像是在问小宋。"前两天只是初查。初查没有发现不等于在本市就找不到。如果有必要的话，还要在全市再找一找。"小宋说道。"应该把袋子最突出的特征概括出来，让参与摸排的人记住，摸排时，最好每人都怀揣照片，必要时进行现场比对。"孟可习惯性地交代。宋韩研回答："孟支你再抽调一些人，我现在就把袋子的照片印出来。"离开前，孟可又交代宋韩研说："最好请教一下这方面的行家。"

李长安把北源郊无名尸块专案组的临时工作室设在北源郊公园派出所的办案中心会商室。当孟可抵达时，李长安等人正在公园外忙碌着。

李长安和宇阳把北源郊公园又仔细地巡查了一遍，觉得第一现场在园内的可能性确实微乎其微。

经过查找，他们发现现在能进出北源郊公园的缺口很多。东面、南面的缺口离公路较近，西面的缺口离公路较远，北面是山，如果抛尸者是从山道进出，那北面可以说到处都是缺口。根据抛尸者极可能乘驾交通工具抛尸这一情况，李长安将离公路较近的缺口作为搜索的重点。先找到缺口，然后顺着缺口找人行路线，再沿着人行路线找交通工具运行的路线，并在路线及路线的四周找监控摄像头。

公园内及附近几乎都没有安装监控，可一进入公路监控就多了起来。李长安从两条路径去发现可能留下可疑车辆、人员的监控：一是抛尸者驾驶交通工具，二是抛尸者乘坐交通工具。如果抛尸者是自己驾车，把车停在公园外后拎着装有尸块的袋子进入北源郊，那么他或她就要在公园的缺口附近找停车处。那么公园附近的停车场及车子来去的道路四周的监控就是调查的重点。如果抛尸者是乘坐交通工具，那么他或她则必须拎着一个袋子上下车。这种可能性有，但很小。而如果是这种情况，那公园附近的出租车停靠点、公共汽车站四周的监控即是调查的重点，因为公园外尚无地铁经过。

将时间定在 7 月 22 日至 25 日，调查方向定为"缺口—路线—监控镜头—可疑人车"，李长安和宇阳把不管是重点还是非重点的监控视频都审了好几遍，但没能在繁忙的车流中或停泊在路旁的车子里找到可疑的车或人。

听完李长安的汇报，孟可也感觉到这北源郊无名尸块案的棘手。本案仅有孤零零的一块尸块、一个包装袋，如果作案人懂得反侦查，那要从尸块、物品里去发现有用的线索是很难的。调查访问没有什么收获，利用视频遇到了障碍，包装袋的出处还无法查清，尸块所包含的信息也挖掘得差不多了，还能做些什么呢？孟可给薛登攀打电话问了问他对尸块进行深度检验后的发现，薛登攀回答说死因可以排除中毒，其他的没有新发现。孟可又问了问宋韩研，宋韩研说她请教了一个专营包袋的陈师傅，陈师傅说不管是什么袋子都有一定的销售范围，他的店铺经销的袋子品种很多、很齐全，但用于装尸块的那种袋子他却没有见过，他们店铺也没有批发过。根据他的判断，这种袋子应该没在滨越市乃至南夷省销售过，因此他认为那袋子可能是网购的。但她认真地观察了袋子的特征后上网去找，也没有找到类似的袋子。

如何推进北源郊无名尸块案的侦查呢？孟可一下子也觉得没有什么好主意。还好从北源郊发现的尸块上提取到了可以检验DNA的骨髓，看来现在必须设法并案，通过并案发现更多的痕迹、物品才能推进侦查。

第二天，当北源郊无名尸块案专案小组成员集中在一起的时候，宋韩研汇报说后来她又请教了其他的销售包袋的行家，他们的说法与陈师傅的说法基本一致。她不死心，又把袋子的照片发给了相关的派出所民警，让他们协助查找，但也没有什么发现。此外，薛登攀也带来一个让人沮丧的消息：北源郊尸块的DNA没能与全国数据库里的DNA对上。

这些不利于推进案件侦查的信息倒让薛登攀记起了青木市公安局郑永军副局长在29日那天看完尸块时的交代。于是他向孟可汇报后，带上北源郊尸块的DNA数据赶到了青木市公安局。

青木市公安局那边对"7·17"案件的侦查也没什么进展。薛登攀的到来能否给案件侦查带来转机呢？

经过比对DNA数据，北源郊尸块的DNA竟与青木、乐平两地发现的尸块对上了！在青木市顶厝村荷花池里发现的左手臂、在乐平市S305省道旁发现的右手臂与在北源郊公园内发现的躯干上半部的DNA被认定同一，三块尸块是属于同一位女性的。

薛登攀把这一情况第一时间向孟可作了汇报。孟可随即也赶到了青木市。

在青木市、乐平市两地发现的尸块及其包装袋被摆放在法医解剖台上。孟可、薛登攀、郑永军、周树勤围在解剖台的四周，观察着台上的尸块、袋子。周树勤法医向大家介绍了最新的侦查情况，并说根据他们研究分析，认为两位女性的年龄有差距，留下左、右手臂和躯干上半部的女性比另一个女性要年轻。在两地发现的尸块的创口都很整齐。两个袋子尽管颜色不一，但经检验认定其在材料、质地、吹制、结构、色泽、韧性等方面完全相同。孟可上前仔细地看了看两个袋子，又用手摸了摸，觉得这里的袋子与北源郊的袋子尽管在样式上不一样，但在材料、质地、韧性上却有相似之处。

北源郊的尸块与青木、乐平的尸块并上了，那剩下的两块又会是谁的呢？这两位女性身体的其他部分被丢弃到哪里了呢？林安宇又在哪儿呢？孟可想到了前天在分析案情时提到的跳跃性作案。果然，北源郊案件作案人的作案手法十分跳跃，已发现的三块尸块几乎呈等腰三角形分布，底边长三十多公里，两腰长达五十多公里。刹那间，孟可脑海里出现了在田园、平南、泉亭三地发现的尸块，这些尸块会不会是这两位女性的呢？孟可急切地想知道田园市、平南市、泉亭市等地无名尸块案的侦破情况。不过，他觉得还是要将思路整理得更清晰一些后再问不迟。

两位女性的尸块几乎被捆在了一起，也就是说，这一件案子涉及了两个人。为什么要杀两个人？青木、乐平有两个人的尸块，北源郊却只有一个人的尸块，这是有意的，还是无意的？想来想去，孟可觉得那天在发现北源郊尸块时产生的直觉现在似乎又有了一些新的发展。北源郊离林安宇家那么近，北源郊尸块好像应该是林安宇的，但其实不是。北源郊尸块案似乎与林安宇无关，但真的无关吗？假如林安宇已被害，假如那右大腿、右小腿是林安宇的，那会是一种怎样的因果关系呢？也许作案人抛尸北源郊是为了混淆侦查视线？当然，这些都还只是他的推测。那么如何验证这个推测呢？暂时不要去分析太多的理由，太多的因果关系，最简单的做法就是把林安宇的 DNA 与另两块无名尸块的DNA 进行检验比对。周树勤刚刚还说，从尸块的检验情况看，那右大腿和右小腿的拥有者比北源郊躯干的拥有者年纪要大。

几天前顾煊在林安宇的车里、家里提取的一些林安宇失踪前留下的毛发和其他人体分泌物、脱落物这下派上了用场。尽管与血液、人体组织相比，从毛发、皮屑中检出 DNA 的难度大了些，但在市局刑侦支队的 DNA 实验室里还是很快得到了结果。薛登攀小心地将在青木市发现的右大腿和在乐平市发现的右小腿的 DNA 进行比对，结果是两处的 DNA 被认定为同一！

林安宇死了！林安宇被肢解了！右大腿被抛弃在青木市顶厝村的荷花池里，右小腿被抛弃在 S305 省道旁的蓝花楹下，身体的其他部分至今下落不明。

而另外一个死者又是谁？为什么两人的尸块会被抛在一起？

需要解开的疑团还有很多，但无论如何，北源郊无名尸块案和林安宇失踪案又可以合在一起了。

二

几天前看到的协查通报还留在各位侦查人员的脑海里：7 月 18 日，平南市发现女性躯干的上半部、左大腿；7 月 19 日田园市发现了人体的左小腿、右小腿，同日，在田园市的力涵县发现了人体的左大腿、左小腿。泉亭市在侦查 “7·16” 案件时，专案组也曾发出了协查尸块通报，8 月 2 日又发了一则认尸通报。

孟可亲自打电话查问平南市、田园市、泉亭市无名尸块案的侦查情况，平南市、田园市公安局回复说案件侦查没有什么进展。泉亭市公安局回复说 “7·16” 案件刚破，但有一块尸块无人认领。原以为那块是 “7·16” 案件的，后来发现不对，已于 8 月 2 日又发了认尸通报。孟可叫魏清速查泉亭 8 月 2 日发出的通报，通报上已写明那尸块是女性的右手臂，无掌。

随后孟可让宋韩研把这些认尸启事上的尸块情况摘录下来，做了一份表格。据统计，各地发现的尸块加起来共十二块，经检验，均为女性的，切口整齐，且发现的手臂均无掌。

这么多的尸块，真的能拼在一起吗？

孟可带上薛登攀、顾煊、刘铁英、魏清随即赶赴平南、田园、泉亭三市。李长安、张飞平、宇阳、宋韩研则留守滨越。

孟可等人的车从滨越市公安局刑侦支队到平南市公安局刑侦支队共行驶了两个小时。上午 10 时抵达的时候，平南市公安局刑侦支队支队长李伙德已携"7·18"专案主力在支队办案中心会议室里等候。

当薛登攀和平南市公安局刑侦支队的法医林元贵对尸块 DNA 进行鉴定时，平南市公安局刑侦支队重案大队副大队长吴继强站在会议室前的讲台旁，借助多媒体向大家介绍了"7·18"案件的侦查情况。

"尸块是 7 月 18 日临近中午时被发现的，我们接到出警电话的时间是 11 点 20 分。发现尸块的是一个林姓女环卫工。她每天差不多同一时间在那一带清理垃圾，在清理垃圾时发现了这尸块。"吴大队长边说边播放了现场照片，照片上有三个绿色的垃圾桶，桶边有一堆垃圾，垃圾堆旁有一包东西，装在一个黑色袋子里。

"林姓环卫工想把那包东西放进垃圾车，可不知袋子里装的是什么，不好分类，于是便打开看了看，没想到里面是一块尸块。这环卫工清理了十几年垃圾，什么脏东西没见过，可这尸块她还是第一次见，她吓得把袋子扔到了地上。"

屏幕上出现了那块尸块，很明显是女性躯干的上半部，还有一截大腿。那袋子也很眼熟，黑色，与青木市发现的包装尸块的袋子很相似。

"女环卫工不知所措，忙给她的组长打电话，随后二人打 110 报了警。指挥中心接警后通知我们赶赴现场。"

屏幕上出现了群众围观、警察到场的照片。围观的群众不太多，现场所在地似乎不是很热闹。

"现场位于平南市殴浦区西陵路 103 号路段。西陵路是一条南北走向的街道。发现尸块的垃圾堆位于街道西侧的人行道与马路之间。"吴大队长正说着，一张现场方位图出现在屏幕上。

"这地方其实挺偏僻。垃圾堆的东侧有一个小区——儒林小区，小区里只有五六幢七层楼房，里面的很多房间都空置着，整个小区也就居住着两三百人。西陵路两侧有一些店铺，但现在很多都关门歇业了。马路西侧店铺外就是菜地。这些我就不详细介绍了，需要的话等下可以到现场去看看。"

"这地方离高速路出口远吗？"听到这儿孟可问了一句。

"这里离平南西陵高速路出口有一段距离，有四五公里。"

听罢孟可点点头，说："您继续说。"

"这包东西挺沉，有二十多斤。尸块放在袋子里，有两块，还比较新鲜。一块是躯干上半部，上面的乳房清晰可见；另一块是左大腿。袋子有两个，是两个同样的袋子套在一起。经法医检验，确认此系死后碎尸，尸体被切割后又被冷冻。也因为尸体曾被冷冻，所以死者的死亡时间不好确定。从创口看，碎尸者刀法娴熟，应有过解剖方面的训练。经检验 DNA，发现躯干和大腿不是同一个人的。包装尸块的袋子质量较好，系纯料吹制，韧性强，封底牢固，我们在平南市各有关场所都没有找到同类袋子，在网上查找也没有发现这种袋子的出处。"

"我们等会儿去看看实物袋子。"孟可又说了一句。

"我们发动群众继续找尸块，但后来就再也没有找到其他的尸块了。经调查访问，可认定这袋尸块是当天上午丢弃的。我们想在现场附近寻找可疑人员的视频，但该地段并没有安装监控摄像头，因此，没能利用到视频协助侦查。我们也试图到 DNA 数据库去确认死者身份，也没有结果。自 8 月 2 日发出认尸启事、协查通报后，直到今天才有响应。"

听到这里，孟可又问："除了在现场附近寻查可疑人员视频外，有没有从其他地方查寻可利用的视频？"

"我们将四周路口的监控视频都认真地查看了一遍，但没有发现可疑的车和人。"李伙德摇了摇头说。

"你们是根据什么条件去找可疑车辆、人员的？"孟可问。

"在那个时间段进入现场的车都查。说实话，没有特定的查找条件，找起来有些盲目。"李伙德答。

"抛尸时间基本上可以确定是 18 日上午，而且这地段又比较冷清，因此提取该时间段现场手机的活动数据应是一个较好的发现嫌疑人的方法，这个方法有没有用过？"孟可又问。

"我们只查了上午到发现尸块那段时间里在那个地段通过话的手机。在那个时间段，有九部手机在那个区域通过话，包括那位女环卫工的两次通话。但经调查核实，这些所谓的可疑通话都被排除了。"李伙德回答。

"我们也知道青木、乐平、滨越、田园等地发现了尸块，但平南离这些地方都有一百多公里，实在有些远，所以就没有往并案方面想。"吴继强说。

"咱们都是兄弟所，也没有什么好隐瞒的。这种不知道死者是谁，又找不全尸块的案件，办起来实在有些棘手。因此只能等着。这不，就等到了你们。"李伙德坦率地说。

"这我也知道啦！我们市里的青木、乐平也是同样的情况，没有进展，只能等着，等待新尸块的出现，后来也确实出现了。现在把这些案件并起来就好办多了。"孟可说。

一个多小时后，DNA 鉴定结果出来了。不出所料，躯干的上半部是林安宇的，而左大腿与北源郊尸块的 DNA 被认定为同一。

随后李伙德、吴继强带孟可一行去了抛尸现场。西陵路路面宽大，街道两侧很多店铺都关门了。三个绿色垃圾桶还在，桶边散落着五六个装有垃圾、颜色各异的袋子。桶边有棵枝叶并不茂盛的榕树，垃圾桶正处于树荫下。此路段给人的感觉很萧条。抛尸者选择在此处抛尸，既避开了行人，又绕开了监控，应该是有意的，孟可想着。

而后他们回到刑侦支队停尸处，看了看尸块和包装袋。尸块确实还很新鲜，切面整齐，皮肤白净，乳房没受损伤，仍均匀圆滑。两个黑色袋子与在青木发现的袋子比对，不管是尺寸、外观还是质地几乎完全相同。在征得林元贵的同意后，薛登攀提取了林安宇尸块的骨髓以备后用。

根据孟可提供的顾煊在东南政法大学查到的牌号为南 AD23×1 黑色三厢福特车的情况，吴继强等人继续从相关路口监控视频里查找可疑车辆，但没有新的发现。

三

田园市发现尸块的地方有两处。7 月 19 日，在田园市荔园区远石镇石峡村村道旁的水稻田里发现了人体的左小腿、右小腿；7 月 27 日，在田园市力涵县溪山垃圾堆里发现了人体的左大腿、左小腿。

15 时 30 分，孟可一行抵达田园市。薛登攀留在田园市公安局刑侦支队，其他人同田园市公安局刑侦支队支队长郑志山、"7·19"专案主力楼二民一起赶到现场。

从市区出发，进入 G324 国道，西行十分钟左右，往北拐入小道，再行驶两分钟即到达田园市荔园区远石镇石峡村抛尸现场。

他们把车停在路旁，而后郑志山带领着大家往前走去。此处的小道只能通行小车，如果两车会车，其中一辆车必须停在道旁的某一空地，另一辆车才能通过。路面铺着水泥，但已损坏严重，凹凸不平。小道两旁长着十分茂盛的野草，有几株白车轴草、小飞蓬、苦苣菜垂向了路面，却没有受到太大的损伤，可见从此道通行的车辆不是太多。

步行了不到一分钟，郑志山用手指着小道东侧的田地说，抛尸地点就在那里。小道两侧的田里尽是绿油油的稻苗，抛尸的地方也长着稻苗，与其他地方相比，只是那一小片的稻苗有点儿残缺而已。

"十多天前，禾苗还没有这么密。一个女村民经过这里，看到田里的黑色袋子，很好奇，就下田把那个袋子拎到田埂上，打开一看，里面是两条腿，吓得她直接跑回了家。回家后她对家人说了，她丈夫带着她又来看了一下，认定那是人的腿。回村后，这家人又将这件事告诉了别人，就这样传来传去，一直到下午3点左右，才在有心人的提醒下报了案。"郑志山说。

"这村民是从哪来的？"孟可问。

"你看，那边有一个村庄，叫石峡村，村民就是那个村的。"郑志山用手指着北边说。

北边有一座山，石峡村就在山脚下。该村道呈南北走向，南连G324国道，北通石峡村。现场所在地离石峡村的直线距离约为两千五百米。村道两侧是一眼望不到边的水稻田。尽管天上不时有乌云掠过，但午后的阳光仍然很毒辣。稻田的上空，一群群蜻蜓忽上忽下，似是觅食，又像嬉戏。水稻即将进入抽穗期，有极个别的禾苗已有幼穗从剑叶鞘里偷偷冒出，空气里弥散着阵阵稻香。

这是什么地方？为什么会有人把这里作为抛尸地点？此刻孟可想的是，抛尸者在这里抛尸是有意的还是无意的？于是他问郑支："这条路往北一直可达哪里？"

站在郑支旁边的楼二民接话："这是村道，就通到石峡村。村子北面那座山是座石头山。在国道未通之前，这里很闭塞。但现在进出这个村子的路可多了，所以这条路的使用率不高。"

"这里离高速路出口有多远？"孟可又问。

"有一些距离。"楼二民想了想说，"大约有十一公里。"

在巡看的过程中，顾煊、刘铁英不停地做记录，而魏清则不停地拍照。

在回支队的路上，楼二民向孟可他们介绍了"7·19"案件的侦破情况。

"案件是陈石吉报的警，这个陈石吉就是那位发现尸块的女村民的丈夫。他报案时已是下午3点零5分。接报后，远石镇派出所民警先赶到现场，尸块还被搁在田埂上，民警确认其是人的小腿，于是我和楼向东法医也被派到了现场。袋口呈敞开状，尸块还在袋子里。当我们到达时，现场有不少村民在围观。报案人陈石吉和他的老婆陈菊花也在现场。我问陈菊花是什么时候发现尸块的，陈菊花说是上午11点左右。我问他们为什么下午才报案，陈石吉说，他们也不知道要报案，后来是村里的一个干部说要报案才报的。随后我发动大家到附近的田里找找看还有没有别的尸块，可没有什么新的发现。为避免袋子里的尸块在太阳的暴晒下性状发生变化，我们拍照固定后，就把袋子连同尸块一并带回了支队。回去后，经过认真检验、研究，确定其是人体的左小腿和右小腿，但两条腿的大小和粗细略有不同。我们提取了骨髓进行了DNA鉴定，确认两条腿不是同一个人的。这些我就不具体说了，详细情况等回去后让楼法医再介绍。装尸块的袋子经过调查没有找到其出处。对7月19日上午11时之前出现在现场附近的手机基站数据也作了分析，但没有发现值得怀疑的手机。而27日在本市力涵县发现的尸块，经检验是人体的左大腿和左小腿，这两块尸块由于高度腐烂，所以还无法提取可以鉴定的DNA。我们怀疑这两处的尸块是同一起案件的，但现在还无法确定。在力涵县被发现的无名尸块也放在袋子里，但两处的袋子存在明显的不同，颜色、大小都不一样。"

"孟支啊，详情等我们回支队后再说。不知道小楼那边情况如何了，我问一下。"郑志山边说边拨打电话。

通完电话，郑志山说："楼法医说挺顺利的，结果很快就要出来了。"

"郑支啊，我想问一下，为什么不把荔园区和力涵县的案件合起来去办？"魏清问。

"田园市对案件的管辖是这样规定的：区里的命案基本上由支队直接办，有时也交给分局办。县里的命案由县局办，除了两条人命以上的或其他特大案件。这次荔园区的无名尸块案和力涵县的无名尸块案有一些相似之处，但尸块被发现的时间差了好几天，且现场的遗留物也不同，DNA 一时还对不上，所以没能把两地的案件并上。下一步我们重点要解决这个问题。"郑志山答。

回支队后，侦查员们集中在支队技术大队法医室里。薛登攀和楼向东还在进行 DNA 鉴定。

尸块、袋子摆放在大伙的眼前。尸块还算新鲜，左小腿比右小腿长些、粗些。两个小腿切口都很整齐，均是从股骨与胫骨间切开。

袋子与在青木、乐平、北源郊、平南发现的都不一样。黑色，长九十厘米，宽七十五厘米，表面有泥迹，韧性强，封底牢固，很厚。

楼二民说，他们请教过袋子制售专家，专家说这是一种质量上乘、用纯料吹制的袋子，他们在田园市还没见过这种袋子。

又是没有见过。孟可想到了，不管是在青木、乐平、滨越，还是在平南、田园，用于包装尸块的袋子在当地都没有销售过，都是出处不明。那么这些袋子是从哪里来的呢？

楼二民又说，袋子表面除了那些泥迹外，还提取到了一些指纹，指纹已被确认是陈石吉夫妇的。

楼二民继续说："那条村道由于狭窄，已几乎不被使用。村里的车辆、行人通常从西侧一条相对宽一些的村道出入。我们询问了道路附近的人，没人能提供有价值的线索。由于地处乡村，村道四周没有安置监控摄像头，所以也没有视频资源可供利用。"

正谈着，薛登攀、楼向东带来消息说 DNA 已经检出来了。

左小腿与在青木发现的右大腿、乐平发现的右小腿、平南发现的躯干上半部 DNA 被认定为同一，属于林安宇。右小腿与在青木发现的左手臂、乐平发现的右手臂、平南发现的左大腿、北源郊发现的躯干上半部 DNA 被认定为同一，属于那位不知名的女性。

并案的成功，让大家对接下来要检验的在力涵县发现的尸块的归属感到很有信心。

孟可又叫顾煊把在东南政法大学排查到的牌号南 AD23×1 黑色三厢福特车的视频资料拷贝给田园"7·19"专案组，随后一行人即赶赴力涵。

力涵县位于田园市的东边，从滨越市到田园市区要先经过力涵。如果抛尸者来自滨越，他就有可能先在力涵抛尸，而后再到荔园。

夏日的天暗得很迟，已经是下午 6 点多了，但天还彻亮着，红彤彤的夕阳挂在远处的天际。孟可一行急匆匆地从荔园赶赴力涵，他们想在天黑前巡查一下力涵的抛尸现场。郑志山的车子在前边开路，孟可的车在后面紧紧跟随。

汽车奔驰在 G324 道路上，笔直的道路两侧尽是些错落无序、高矮不一的楼房。尽管开着空调，但车内依旧闷热。那些从车旁快速掠过的大卡车时不时发出的高分贝鸣叫声，让人心烦。

马不停蹄的奔波让大家都有些疲惫。薛登攀闭着眼睛，似睡非睡。顾煊也沉默地坐着，偶尔看看窗外。刘铁英看了一下坐在前排的孟可，孟可正用右手托着下巴，盯着前方，在思考着什么。刘铁英突然觉得孟可有些老了，两鬓、后脑、头顶的头发里都掺杂了不少白发，头发有些疏，肤色暗沉，颈部也出现了皱纹。在刘铁英的印象里，孟可总是二十年前的孟可。朝夕相处二十年，刘铁英从来就没想过孟可会变老。他的身材总是那么匀称，脸部轮廓总是那么分明，动作总是那么敏捷，思路总是那么清晰，如此英气逼人的一个人怎么也会变老呢？刘铁英又认真地看了看，可她不得不承认，与他旁边的魏清比，孟可真的老了。正在开车的魏清，虽然精瘦精瘦的，却仍然精神抖擞，还哼着小曲儿。

小车快速行驶了二十分钟后向南拐进一条乡村小道，接着又左弯右拐了十来分钟，便抵达了目的地——田园市力涵县溪山临时垃圾堆放点。

堆放点的北边有道路通过，东边距垃圾堆两百多米处有一个已被污染的小池塘，南侧、西侧有低山环绕。

已在现场等候的力涵县公安局刑侦大队大队长俞力扬告诉大家，因为这里有这空地，有的人就把垃圾堆放在这里，时间长了这里就成了垃圾堆放点。如果这里以后被开发，这个点就不存在了。垃圾堆放点离北边最近的村子有一千多米，离市区有两千多米。

俞队长身边跟着一个四十多岁的女人，他说尸块就是这人发现的。接下来他便让这女人给大家说说她发现尸块的经过。

"那天挖的时候，挖到一个袋子，袋子里有腿。我就向单位报告，单位就叫我报警。我不会报警，他们就帮我报了。"那女的低着头，胆怯地说着。

俞队长在旁边补充道："这事我们那天已经细细地问过了，情况是这样子的，因为这个垃圾堆离村子有些远，所以把垃圾倒到这里的人并不多，垃圾堆通常每周清理一次。清理垃圾的人就是这位陈大姐。27 日上午，陈大姐和往常一样推着垃圾车来清理垃圾。她用铲子控着控着，便看到一个黑袋子被铲破，袋子里露出了奇怪的东西。她又铲了铲，发现那奇怪的东西竟是人的腿，于是就报告给了他们环卫队的队长，队长核实情况后就替陈大姐报了案。"

孟可向四周看了看，用手往西边指着问："这路往这边通向哪里？"

俞力场想了想答："往这边两三千米再向南拐几百米就是沈

海高速路力涵收费站。"

孟可叫大家稍等片刻，然后叫魏清开车带上自己往西开去。这路虽是沙土路，却也相当平坦，西去南拐，三分钟左右就看到了力涵高速收费站。随后孟可便叫魏清折回。

经这一转，孟可有了一个概念，如果抛尸者从滨越过来，选择在这里抛尸倒是较佳路线。而他先在这里抛尸，然后再去荔园也很顺路。如果两地的尸块能被证实是同一案件的，那么在这里抛尸的时间应该早于在荔园抛尸。所以寻找可疑视频和利用基站数据定位的时间可以锁定在 7 月 19 日 11 点之前。

见孟可返回，俞力扬又开始介绍："接到报案后，我带上法医冯瀚、侦查员黄哲等就赶来了。当时现场有三四个村民在围观，那黑色的袋子已破，袋子里的腿已高度腐烂。我们按常规对现场进行了搜索，对有关人进行了访问，然后提取了袋子和尸块回到县局。那尸块是人体的左大腿和左小腿，这点还能辨别得清楚。但这尸块究竟是什么时候被扔到这里的，是男的还是女的，我们一下子还搞不清楚。我们的法医冯瀚多次从大腿里提取骨髓进行检验，但就是检不出可用的 DNA。至于那个袋子也被清理了一下，在县里到处查，可没有着落。这案件我们已向郑支汇报了，协查通报也发了，但至今仍然是一点儿头绪也没有。"

"这案件我知道一些，我也想到了并案，可他们就是提取不到可用于鉴定的 DNA 检材。我本想让小楼去帮一下小冯法医，可他又一直抽不出空。"郑志山看了看天色说，"天不早了，累了一天，大家先到局里吃个饭再议吧！"

此时太阳已经落山，吹来的风带有一些凉意。路灯亮了，不远处的农舍里传来阵阵的狗吠声。

大家匆匆吃过晚饭，又开始议起了案件。孟可问俞力扬是否调取了基站数据进行过分析，俞力扬回答说因为确切的抛尸时间不清楚，觉得盲目调取意义不大，所以这工作没做。

大家都觉得力涵"7·27"案件的关键是并案问题。从现场遗留的袋子看，其与在平南、青木发现的袋子不管是在尺寸、外观还是质地上都十分相似。但仅根据袋子来并案显然是不够的。这个案件除了袋子、尸块就没别的东西，因此，要并案还是需要 DNA。

薛登攀和冯瀚聊了一会儿，知道他是中广大学法医学专业硕士研究生，年初才应聘到力涵县公安局当法医，尽管法医学基础扎实，但法医临床经验还很不足，特别是对腐烂尸体、尸块的处理一点儿经验也没有。这是他第三次检验尸体，冯瀚很谦虚地请求薛登攀帮助他。

当夜，孟可又叫顾煊把牌号南 AD23×1 的可疑车辆的视频资料拷贝给力涵 "7·27" 案件专案组。而薛登攀则帮冯瀚从尸块中再取可以进行 DNA 鉴定的骨髓，可取了两次还是没能成功。夜已深，他们只好来日再战。

第二天，孟可把薛登攀留在力涵协助冯瀚继续提取 DNA 检材。自己则携顾煊、刘铁英、魏清，带上相关器材再赴泉亭。

不到一小时，孟可一行就到了泉亭市公安局。一见到孟可，泉亭市公安局刑侦支队队长张沂就对着他说起过失啊、惭愧啊之类的道歉的话来。

原来，7 月 16 日上午，一名拾荒者在沈海高速公路洛江段北侧荒田地里发现了死者的躯干上部，之后几天，警队发动一批人在高速路北侧继续寻找，结果把 "7·16 碎尸案" 的尸块几乎都找到了。最终认定被害人是一个二十四岁的女子，因情感问题被一男子杀害、碎尸、抛尸。然而 7 月 26 日，有人又在公路北侧发现了尸块——一只手臂。这样，"7·16 碎尸案" 就多出了一只手臂。怎么办？经法医认真地做了 DNA 检验后，结果确认 7 月 20 日发现的手臂不是死者的手臂，而是另一位不知名女子的手臂。所以，泉亭市公安局又于 8 月 2 日发出了认尸通报。

"孟支啊，真盼望能尽快对上，你把这手认走吧！" 张沂开着玩笑。

刘铁英把薛登攀交代的数据材料转交给泉亭市公安局刑侦支队法医林方永后，便与其他人一起跟随张沂赶到了发现那只多余右手臂的现场。

汽车从沈海高速洛江收费站进入，先往泉亭到田园的方向开，从涂文高速路收费站出去后即刻调动往泉亭方向开，行驶五分钟左右，车子停靠在了高速路边的临时停车道上，一行人则跨过高速路护栏，从树丛中穿过，到了下面的荒地上。这抛尸地位于田园到泉亭高速路的右侧，离泉亭市洛江出口十六公里。

高速路旁的护栏低矮，栏外长着一米多高的三角梅，其花朵正陆续开放。高速路路面高出荒田两米多，壁上尽是蹭蹭痕迹。

张沂指出了发现尸块的准确位置，距离高速路边沿一米左右。孟可结合尸块情况简单目测了一下，基本确认尸块是抛尸者在高速路旁停车时抛投的。

张沂说，这地原来是上好的田地，后来因为建了高速路，来这里耕种很不方便，所以就被荒弃了。当然，这地还是有主的，属泉亭市洛江东平村。

当孟可返回泉亭时，法医林方永已做好了鉴定，那只多余的右手臂与在平南市发现的躯干 DNA 被认定为同一，也就是说，这右手臂是林安宇的。

"孟支啊，对不起了，这次你算是帮了我的大忙了。你就把它带走吧！"张沂半开玩笑地说着。

当天下午，孟可一行人返回田园。与此同时，薛登攀和冯瀚一起终于从大腿里提出到了可以进行 DNA 鉴定的骨髓。当孟可返回力涵时，鉴定意见已出：左大腿与在平南市发现的躯干上半部 DNA 被认定为同一，属于林安宇。左小腿与在平南市发现的左大腿 DNA 被认定为同一，属于那位不知名的女子。

而对于牌号南 AD23×1 黑色三厢福特车的查找工作，在孟可一行人离开田园前仍没有进展。

第六章　聚焦金合

一

　　各地尸块的成功合并，使案件侦查大大地往前推进了一步。林安宇已经被害，身体被分割成多块，右大腿、右小腿、躯干上半部、左小腿、左大腿、右手臂分别被抛弃在青木市、乐平市、平南市殴浦区、田园市荔园区、田园市力涵县、泉亭市洛江区等地。还有一位女子的左手臂、右手臂、右小腿、左大腿、左小腿等尸块分别与林安宇的尸块丢弃在一起。此外，在滨越市北源郊公园发现的躯干上半部也是属于该无名女子的。

　　8月6日，两路人马再次会聚在滨越市公安局刑侦支队办案中心。

　　刘铁英和魏清已将抛尸时间、空间等制成了三维图形，只要移动鼠标就可以清楚地看到某地某时发现了谁的身体的哪一部位，还有相关的包装物以及发现时间和可能抛弃的时间等。在图形里，林安宇被刘铁英简称为林女，那位无名女子被简称为林女伴。

　　屏幕上出现了两个女性人体结构图。两人的尸体都被分割成十一块。有的线条是黑色的，有的线条是红色的。

"这个案件涉及的尸块较多，为了便于记忆，我们把已发现尸块的抛尸地、抛尸时间、现场物品等制成三维图形，还将两位女子已被发现的尸块拼了一下。等下大家看看这图就很清楚了。"刘铁英边点击鼠标边对坐在身边的孟可说。

孟可看了看图，微微点了点头。确实，看着这三维图和人体结构图，就可以很清楚地知道目前的并案情况。两个女子被害后，尸体被切割，尸块被抛弃在各地，且各个抛尸地相隔很远。目前，林女的头部、左手臂、躯干下半部、左右手尚缺，林女伴的头部、右大腿、躯干下半部、左右手尚缺。

孟可见大家都到齐了，起身说道："今天上午咱们开个案情分析会。大家先看看屏幕。这是铁英他们做的，算是专案组前期侦查的成果。图中的两名女子我们分别用林女和林女伴作为称呼，目前林女就是7月26日报案失踪的林安宇，而林女伴是谁现在还不知道。林女和林女伴已被发现的尸块都是六块。我们已把这些尸块进行了合并。现在我先把基本案情理一理，等下大家就案件的有关问题发表自己的看法。"

孟可走到讲台前，靠近屏幕的灯光变暗，室内安静下来，大家习惯性地翻开本子准备记录重点。

"林安宇是东南政法大学刑事司法学院的教授。7月14日上午她最后一次出现在东南政法大学校园内，之后就没有了音讯。那位我们称之为林女伴的人至今不知是谁，没有任何信息能与林女伴联系起来。先看这几幅图。"屏幕上出现了时间、空间的三维图，孟可把图全屏展示，"这案件发现的现场已达七个，图上已将各现场抛弃的尸块、发现的时间、包装物以及可能抛弃的时间标得很清楚。就犯罪时间而言，我们已知道了尸块被发现的时间，也大概推算了尸块被丢弃的时间，但因为尸块被冷冻处理过，所以死者被害的确切时间尚无法确定。但林女被害在前，林女伴被害在后是可以肯定的。她们被害的时间应该在7月14日上午 10 时 18 分之后至 7 月 17 日尸块被发现之前。就犯罪空间而言，从抛尸现场被发现的先后顺序看，最先发现的是青木现场，接着是乐平现场，再接下来分别是平南现场、田园荔园现场、泉亭现场、田园力涵现场、滨越北源郊现场。其中，泉亭现场的尸块 7 月 20 日就被发现了，但办案人员把这尸块当作了当地 '7·16' 案件的尸块。就抛尸的先后顺序而言，最先被抛弃的应该是青木与乐平的尸块，接着是平南尸块、田园力涵尸块、田园荔园尸块，之后是泉亭尸块，北源郊尸块应该是最后抛的。我们重点来关注一下第一现场，也就是关注被害人是在什么地方被害的。前期的摸排已揭示，林安宇被害的地点可能在滨越，而且可能在滨越南台区。如果第一现场在滨越，那么结合抛尸路线，青木与乐平的尸块，应该是先在青木抛，再去乐平抛，而力涵与荔园的尸块，应该是先力涵再荔园。由此，可以勾勒出作案人杀人、抛尸路线图：滨越南台杀人、碎尸，抛尸青木—乐平—平南—力涵—荔园—泉亭—北源郊，犯罪的空间还涉及东南政法大学以及林安宇的家。就犯罪手法而言，犯罪分子选用特定的碎尸工具，用专业知识碎尸，用非本地包装袋包装尸块，借助交通工具分散抛尸但交通工具并没有暴露，作案手法十分老练。作案人数是多少，目前不得而知。他或他们为什么要杀人碎尸，原因是什么也不知道。如果只是一个人作案，这个人又应该是个怎样的人呢？好了，我先说这些，大家有什么问题提一提，就案情好好地议一议。"

"两个被害人的头和手都找不到，这是为什么？是因为作案人作了特殊处理才找不到，还是因偶然的原因导致找不到？"顾煊率先提问。

"我认为是作案人作了特别的处理所致。因为本案作案人的抛尸手法很特别，抛尸的地点是有选择的。而头和手特别重要，作案人对被害人的头和手一定进行了特别处理，或把它们抛弃在不易被发现的场所。如果不是刻意抛弃，那么不会所有的头和手都没能发现。正因为作案人对头和手进行了特别处理，才导致至今无法认定那个所谓的林女伴是谁，也无法通过辨认等形式查找死者身源。"刘铁英说。

"对这个问题我和刘姐的看法相同。从犯罪行为看，犯罪嫌疑人的犯罪手法显得很老到，所以对头和手这类重要的部位他一定会进行特别处理。"魏清说道。

"我也赞同这一看法。那么，作案人有几个呢？"孟可引导大家分析人数。

"我认为单独作案的可能性大。手法老到、有反侦查能力的犯罪嫌疑人通常不愿意与其他人合伙，合伙的人越多就越容易暴露，而且这类案件也用不着别人帮忙。"顾煊说。

"他可杀了两个人啊！"孟可要顾煊进一步分析。

"这就涉及了作案动机和作案过程问题。他是同时杀人的，还是先后杀人的？他杀了两个人，把两个人的尸块混在一起，他的目的是什么？他为什么要杀两个人？林安宇和另一个被害女子是什么关系？这些问题还无法作出明确的判断。但作案人作案手法老到，有反侦查能力是可以肯定的。因此，只要条件许可，他就会选择单独作案。从这一思路倒可以判断两个被害人可能是先后被害。"顾煊进一步分析。

"作案人为什么要杀两个人，为什么要把两个人的尸块丢在一起确实让人费解。现在我们只知道一个是林安宇，另一个是谁还不知道。因此，现在就要把这些问题弄清还很难。一个人单独作案的可能性较大，但也无法排除多人作案。对此大家还有什么看法？"孟可说。

"现在要对犯罪动机作出判断还很难。但从前期的调查情况看，这类案件杀人图财的可能性很小。作案人与被害人之间一般是熟人关系。"张飞平说。

二

大家都知道，案件侦查虽有了重大的推进，但其实并没有实质性的线索发现。尽管本案已被发现的现场有七个，但并没有在现场上采集到有利于揭露犯罪的实质性证据。大家虽绞尽脑汁，但对案情的分析却很难深入。

"前面我们理了一些问题，对此大家的看法还是比较一致的。下面，我们还要继续深入，通过梳理使各位对案件有个全面的认识，"孟可挪动鼠标，屏幕上出现了包装袋的图片，"包装袋，很重要的物证。这些袋子蕴藏着怎样的信息呢?"

宋韩研接过鼠标，屏幕上先后出现在青木、乐平、平南、田园力涵、田园荔园、泉亭、北源郊现场发现的包装袋图片，"这些不同地方的袋子在形状、大小、颜色等方面存在着不同，但袋子的用料、吹制法、光泽度、韧性等却有相似之处。我按照孟支的指示请教了好几位制售袋子方面的行家，他们都认为这些袋子可能是同一工厂生产出来的。但奇怪的是，这些袋子在当地都没有出售和使用过。在网上也没查到类似的袋子。后来我想了想，如果这袋子从来没有在南夷销售或出现过，那么很可能是作案人特地到外省去购买的，而且是前几年就买好的。这就解释了为什么在网上也没有查到同类的袋子，可能是原来有生产但现在却停产了，或者其他什么原因。"

"如果他如此准备犯罪，那可真是狡猾透顶了。"宇阳插了一句。

"小宋分析得有道理。如果作案人真的这样去准备包装袋的话，那真是高手了。还有一种可能，就是作案人早期因为某种需要从外地购买了一些袋子，但这些袋子并没有被用完，因此这次作案就把这些袋子用上了。如果是这一情况，就是另外一回事了。但从至今所掌握的一切迹象看，作案人精心准备袋子的可能性较大。"刘铁英说。

"这小子应该是个反侦查高手，不得不注意。"宇阳说。

"我们就把他当作高手吧！如果是真的高手，我们就得加倍努力了。如果他是高手，他会如何使自己在监控中不被暴露呢？"孟可把话题引到视频监控上来，屏幕上出现了牌号南 AD23×1 黑色三厢福特车从东南政法大学西门出去的视频，"那么多现场，就东南政法大学的这一视频有利用价值。其他现场为什么都没有发现有价值的视频呢？作案人抛尸，一定用到了交通工具，但交通工具为什么就没有被发现呢？"

"我认为在监控视频里没能发现可疑车辆的原因有三个：一是发现可疑车辆的时间范围划得太宽。二是作案人可能更换了车子或车牌。三是因时间久了才去查找，视频资料已被删去了。因此，尽管要找的车辆好像目标明确，但在视频里却未能发现。在各地，我们都是去找牌号南 AD23×1 黑色三厢福特车，但如果作案人换了车子，或换了车牌，可疑车子就发现不了了。"李长安说。

"从种种迹象看，犯罪嫌疑人反侦查能力很强，所以他更换车子或车牌应该是极为正常的。而且他可能有意地绕开了监控摄像头，所以要发现可疑的车辆会有些困难。"魏清说。

"有些地方他是绕不过去的，比如，收费站的监控，还有路面的监控。我觉得如果时间段能小一些、明确一些，没有把要找的车子弄错，在监控视频里还是能够发现可疑车子的。下一步这工作还要继续做。只可惜现在离作案人抛尸已过近二十天，有些地方的视频已经被删除了。"李长安说。

"长安说得对。这工作我们做得不够细。我们查可疑车辆时很盲目，各地找可疑车辆时也没有明确的目标，所以没有什么重要的发现。不管作案人多么狡猾，在一些卡点、路段留下视频是无法避免的。在平南、田园、泉亭等地我们只让他们找牌号南 AD23×1 黑色三厢福特车，看来这是一个失误。"孟可说。

"我一直在想一个问题。我们在那么多现场都采集了基站数据，但好像都没有发现可疑的手机。这是为什么？是抛尸者不用手机，还是其他什么原因？"刘铁英说。

"基于作案人反侦查能力强这一特点，在抛尸的过程中作案人可能真的就不带手机。联系到他与林安宇联系时用的是公用电话，可以看出，作案人是很注意通信工具的运用的。"魏清说。

"无论他多么狡猾，他还是要和别人联系的。因为要联系林安宇，所以他留下了使用公用电话的痕迹。作案人不用手机，但被害人要用手机，这是不以作案人的意志为转移的。所以利用手机轨迹也是发现犯罪，确切地说，是发现第一现场的重要依据。"刘铁英说。

"既然铁英提到了公用电话和第一现场，那么现在我们就来讨论一下这两个问题。"孟可说。

对于前几天所获取的数据大家都已记得不是很清楚了，于是都翻了翻笔记本。

"那两个公用电话号码分别是 827073×2 和 826143×1，公用电话亭所在地位于南台区天元路 123 号到 353 号之间。两个号码都是拨入电话，拨到林安宇家。827073×2 的通话开始时间是 7月 13 日 16 时 38 分，时长 2 分 32 秒；826143×1 的通话开始时间是 7 月 13 日 16 时 48 分，时长 23 秒。经我们排查，认为作案人可能就是通过这两个电话约林安宇的，也就是说，当时使用这两部电话的人可能就是作案人。这个人下午 4 点多想约林安宇，就在那里打公用电话，这种情形蕴藏了怎样的信息呢？"刘铁英边介绍详情边提出问题。

"最重要的是那人为什么在那个地方的公用电话亭打电话。他就住在电话亭附近吗？从他具有很强的反侦查能力这一点上分析，他对公用电话亭位置的选择可能与他的居住地或工作地没有什么联系。"顾煊说。

"很难说。他不用手机，说明他很谨慎。正因为他很谨慎，

所以他就不会在与他有瓜葛的地方使用公用电话。但他也有可能
疏忽大意。我认为这打公用电话的场所暂不宜作为确定犯罪嫌疑
人地域范围的依据。"刘铁英说。

"我们找过，那附近都没有探头，这说明他还是很注意的。
因此，嫌疑人的家或工作地点不会在那附近。"魏清说。

"前面说过，我们就把他当作高手，因此他不会冒失地选择
打电话的地点。那他打两次电话又是什么意思呢？"孟可说。

"从通话时长看，后面的电话可能是对前面电话的补充。也
许是前面有的问题没说清楚，所以又补充了一下。"魏清说。

"尽管打电话的人很注意，从其打电话的地点不能直接揭示
犯罪嫌疑人的地域范围，但他在那个地方打电话至少可以说明他
与那一带有某种因果关系，至少可以揭示一种大的地域范围。比
如，他应该来自于滨越市，甚至他就是滨越市南台区人。想一
想，他会特地从其他的城市来到滨越打这样的电话吗？他会从滨
越的其他区来到南台区打这样的电话吗？他可能离开家或单位一
定的距离后才打这样的电话，但却一定不会离家或单位太远。而
且，他还可能对那一带很熟悉，知道那一带没有安装监控摄像
头。从这一点上分析，打电话的人一定曾经去过那一带。这些就
是公用电话地点所揭示出的信息。"孟可对打电话的地点与打电
话的人之间的地域关系作了一番解释。

接下来，他们开始分析第一现场。林安宇的被害地点会在
哪里？

"刚才孟支已对第一现场在哪里作了假设，假设第一现场在
滨越市的南台区，对这一假设我持赞同态度。第一现场，更准确
地说，是杀害林安宇的第一现场，应该在南台区，而且就在南台
区的金合基站小区，这一点可以肯定。我们不知道作案人是否带
了手机，但我们通过数据分析已知，林安宇 1370885×870 的手
机于 7 月 14 日 11 时 20 分左右离开政法大学基站小区范围，后
转移到了南台区的金合基站小区。12 时 14 分，该手机信号消失。

手机信息的变化符合作案的规律，即林安宇被害后，手机被作了处理，信号消失。"刘铁英边说边看笔记本。

"这一点可能大家都比较赞成。打公用电话的地点他可以轻松选择，但林安宇手机信号的转移与消失却是作案人无法控制的。"孟可说。

"会不会是作案人让林安宇关了手机，随后他们又到了其他地方？"宇阳问。

"这种可能性是有，但可能性极小极小。原因有二：一是作案人凭什么叫林安宇关机，二是林安宇手机信号消失不是关机所致，而是直接取出电池所致。用这种方法致使手机信号消失只会是有人对手机进行了处理。"刘铁英说道。

"当然，当问题没有最终确认之前，什么可能都有。但我们要判断其可能性的大小。如果我们不去相信可能性大的，而是相信可能性小的，而且是极小的，那就钻进了牛角尖。因此，我们可以先将杀害林安宇的第一现场定在南台区，而且要有信心。"孟可分析道。

随后，孟可又提出下一个问题——车辆和牌号的问题。大家都认为作案人有一辆黑色三厢福特车是肯定的，有一个假牌南AD23×1也是肯定的。作案人就是用这辆车把林安宇运到了第一现场。但作案人很可能拥有不止一辆车，他在抛尸时可能用了不同的车，并且更换了车牌。

大家七嘴八舌地就案情进行着探讨，孟可觉得一些主要的问题分析得差不多了，于是说道："时间紧，案情分析就到此为止，一些更具体的问题我们在查案过程中再作分析研究。现在我稍稍归纳一下。经分析，犯罪的时间段是清楚的，但犯罪的确切时间还不清楚。该案涉及的空间很广、很多，有林女失踪过程中所涉及的空间，有林女伴活动的空间，有作案人打公用电话的空间，有杀人现场、抛尸现场等，而第一现场在南台区金合基站小区的可能性极大。被害人有两个，女性，年龄不一，两人是何关系尚不清楚。被害人之一的林安宇与作案人熟悉。作案人可能只有一个，具有较强的反侦查能力，解剖技术娴熟，并对犯罪进行了必要的准备，作案人会驾驶汽车，使用交通工具作案，并对作案用的交通工具进行了伪装……"

刘铁英把摸排条件一一列了出来：作案人有一辆黑色三厢福特车；有假车牌南 AD23×1；有多部汽车；有多个车牌；拥有在现场发现的袋子；具备杀人时间；具备抛尸时间；在南台区金合基站小区有住所；对东南政法大学熟悉；与林安宇熟悉；对南台区天元路 123 号到 353 号较熟悉；单独作案；会驾驶汽车；具备解剖技术；进行犯罪预谋；反侦查能力强；可能居住在南台区……

随着条件的罗列，犯罪嫌疑人似乎显露了出来。这样的一个人，他或她会是谁呢？如何找到他或她呢？

尽管本案的侦查途径有多条，但孟可觉得从两路同时切入即可：一是到南台区金合基站小区找第一现场；二是以东南政法大学为切入点，围绕摸排条件找嫌疑人。围绕这两条路径展开的同时，继续查找尸块，关注林女伴的身份。

魏清提议，他们正在办的案件分分合合，从最早的"林安宇失踪案"到"北源郊 7·29 案"，再到现在两案的正式合并，应该给案件一个新的名称。刘铁英提议叫"7·29 两女被害案"，对此大家没有异议。

兵分两路，金合组由顾煊、刘铁英、张飞平、魏清组成，大学组由李长安、宇阳、宋韩研组成。专案侦查仍由孟可全面负责。

三

林安宇手机信号消失的确切地点位于南台区金合基站小区的东南扇区。利用百度地图搜索，发现该小区东南扇区的主体建筑是金合佳源住宅区。而对案件侦查初期所获取的牌号南 AD23×1

黑色三厢福特车的视频运行轨迹分析，该车最终的目的地与手机信号消失地相吻合。也就是说，第一现场在金合住宅区的可能性极大。

金合佳源是本世纪初期建造的高档住宅区，占地面积十分庞大，内有五十多幢十二至十八层高的楼房。住宅区东西南北各有一个出入口，出入口与外面的街道相连，并安装有视频监控。但经核查，其视频数据只保留十五天。

孟可与顾煊、刘铁英、张飞平、魏清一班人驾车从南门进入。进入时门卫照例进行盘问，说明情况后随即放行。区内高楼外观较新，南侧一排樟树高大挺拔，已抵三层楼之上。道路两侧、楼间绿化地上到处都是八仙花、白车轴草、白兰花等植物。

孟可让司机开车先在区内绕了一圈。该住宅区规划较为合理，楼与楼之间间隔合适，绿化情况较好。区中央设有标准游泳池，正有不少人在池内游泳、嬉戏。金合佳源确实是一个规模庞大的住宅区。剔除那些没人入住的，每户按居住三人算，其居住的总人数也达万人。孟可一行人乘车在区内慢慢地转了一圈，花时近二十分钟。

金合佳源的片警陈永林随后也赶来了。他们在区内保安室找了个房间，陈永林向孟可他们介绍了金合住宅区的具体情况。这金合住宅区于2006年投入使用，因开发商声誉好、住宅区地理位置优越、区内规划科学、公共设施齐全、房间结构合理，所以房屋销售情况良好，住房入住率也很高。

要在这三千多套住房里及其他隐秘的公共空间去发现第一现场，该如何着手呢？犯罪分子会在一个怎样的空间里作案呢？

一行人继续徒步在区内巡查。大楼有高有低，但外墙颜色相同，楼房样式也一样。每幢楼房各单元入口处都安装有防盗门，要进入楼内，须知道打开防盗门的密码或让楼内某一房主遥控开门。陈永林呼叫了一名房主，告知来意，防盗门随即被打开。一行人进入楼内，一起乘坐电梯到了四层，403 号房间的房主正在门口等候。孟可和房主聊了几句，知道这金合住宅区的房子都是装修好后再出售，各楼的房间结构均有不同，但同一单元的房间的内部结构基本相同。

孟可边走边想，从前期的调查情况看，犯罪分子把林安宇带到这个住宅区的某一个房间或某一私密空间后，把她杀害，接着处理尸体，把尸体或尸块藏在该房间里，等时机成熟再把尸块扔掉。而那人要完成这一系列行为，必须选择适当的空间，且这一杀人、分尸、藏尸的空间必须具备一定的条件。它应该不是个人来人往之所，作案人在该地实施行为时应不会受到干扰，且不容易暴露，还要有放置尸体的地方，尸体搁在那儿不容易被发现。从这方面去分析，那些区内的停车场、储藏间、公共活动场所等并不适合作为本案的第一现场，那些长期住有多人的居所也不具备这样的条件。而那些具有独居条件的场所才有可能成为第一现场。针对这些条件，孟可决定采用确认与排除相结合的方法，先筛选，符合条件的先选，不符合条件的排除；后细查，通过落地调查把可以排除的逐一排除。具备独居条件的房间数量不会太多，可利用内网先筛选，然后根据入户调查再细选，之后对细选出的房间再进行有条件的排除。当然，在落地调查、逐一排除的过程中要充分利用已有信息，同时要密切关注大学组排查所获取的信息。

随后几人在车内议了一下，顾煊、刘铁英等也谈了查案的思路和方法。大家不谋而合，都认为可以按照孟可的思路和方法开展下一步的侦查。

回到支队，查案组把金合佳源的 56 幢楼房共 3586 套住房分成 4 组，分别由顾煊、刘铁英、张飞平、魏清负责查询、检索、核对、确认。他们进入内网，逐户入户调查。经慎重查核、确认，把那些长期有多人居住的居室排除，把符合独居条件的住房找出来。经过两个多小时的排除与挑选，每人手头都剩下了近百套居室。顾煊选了86套，刘铁英选了84套，张飞平选了91套，魏清选了88套，共选住房349套。这349套住房即为可疑住房，本案的第一现场可能就在其中某一套住房里。

孟可又调来四位侦查员，分别与顾煊、刘铁英、张飞平、魏清搭档。随后他们重返金合，各负其责，对挑选出的349套住房进行深度排除。

当金合组在排查第一现场时，孟可赶到了东南政法大学。李长安、宇阳、宋韩研在东南政法大学保卫处王严波处长的配合下，正在排查可疑人员。

据已知情况，7月14日上午有人开车把林安宇送到金合基站小区，其从东南政法大学西门出发的时间是上午10时23分，12时零5分在金合区域内的监控视频里再次出现，后来就失踪了。结合林安宇手机信号的运行轨迹可以判断，从出大学西门开始到抵达金合小区，林安宇都坐在该可疑车辆里。这样，驾驶该可疑车辆的人就应该是谋害林安宇的重大犯罪嫌疑人，至少是有直接因果关系的人。该可疑车辆系黑色三厢福特车，蒙迪欧2010款1.8 GTDi240基本型，其车牌号是南AD23×1，但经前期侦查已确认这个车牌是假牌。只是在滨越市，使用这种车型的人很多。因此他们想找到一个摸排的基本点，或者叫切入点。所谓的基本点，就是根据这一点就可以初步划定一个范围，可以是地域范围，也可以是人员范围，还可以是其他的范围。有了这一范围，后面就可以根据其他的条件对这一范围进行逐步的缩小。

李长安、宇阳、宋韩研思索、讨论了半天，决定以可疑车辆作为摸排的基本点。尽管车牌是假的，但这部可疑福特车的其他要素却是无法造假的。这车出现在东南政法大学，尽管无法完全排除其来自于滨越市之外，但来自于滨越市的可能性更大。哪怕其不是来自滨越市的，哪怕滨越市使用这种车的人很多，但这类车的数量总是有限的。从有限的车子里去找可疑车辆，再根据相关条件去排除，这是一条可行的侦查路径。而他们之所以选择从东南政法大学查起，是因为犯罪嫌疑人是从东南政法大学出发的，而林安宇又是东南政法大学的老师，所以，东南政法大学自然是发现犯罪嫌疑人及可疑车辆的重点场所。

李长安让宋韩研把可疑车辆的硬件条件列了出来：福特牌、蒙迪欧 2010 款 1.8 GTDi240 基本型、三厢、黑色、2010 年之后开始使用、价格在 18 万元左右。随后他们从政法大学保卫处的电脑登录进入内网车辆信息库进行搜索，输入条件，很快在南夷省车辆库里检索到了一组组车辆数据：南夷省拥有机动车（不含摩托车）540 万辆，滨越市拥有机动车 90 万辆（不含摩托车），剔除其他类型的车，滨越市拥有各类小汽车 62 万辆，其中福特车 6.1 万辆，2010 年后购买使用的福特车 3.1 万辆。在 3.1 万辆福特车中，蒙迪欧 2010 款 1.8 GTDi240 基本型的有 2038 辆，其中，三厢车 1667 辆。而在 1667 辆福特蒙迪欧 2010 款 1.8 GTDi240 基本型中，黑色的有 812 辆。

这数据比想象的要大。而孟可看了他们确定的摸排条件后，又指出："应该有四组数据。一是滨越市黑色福特蒙迪欧 2010 款 1.8 GTDi240 基本型数据；二是南夷省黑色福特蒙迪欧 2010 款 1.8 GTDi240 基本型数据；三是滨越市福特蒙迪欧 2010 款 1.8 GTDi240 基本型数据；四是南夷省福特蒙迪欧 2010 款 1.8 GTDi240 基本型数据。这四组数据都要有所统计。可疑车辆来自滨越的可疑性较大，但也不排除来自其他城市。颜色也不一定是十分肯定的摸排依据。如果认定犯罪嫌疑人有很强的反侦查能力，那么就要想到他会对汽车的颜色进行改变。现在利用变色膜改变汽车颜色可是轻而易举的事。"听了孟可的话，大家都觉得很有道理。

"而拥有四组数据就不会把可疑车辆排到范围之外。孟可也到电脑前看了看，"范围太大，可以根据条件不断缩小，如果范围一下子就划得太小，那就麻烦了。"

宋韩研边听孟可说话边努力地检索着，突然说道："孟支啊，如果不限颜色，全省福特蒙迪欧 2010 款 1.8 GTDi240 基本型的车子有四千多辆啊。"

"不怕量多。我们根据条件在四千多辆车里有重点地进行突破，工作量就不会太大。"孟可答道。

第七章　双线出击

一

　　金合组拿到了对 349 套单元房的搜查令。顾煊、刘铁英、张飞平、魏清带着各自的助手在派出所民警的协助下围绕已排出的 349 套单元房，展开了入室走访与邻里互访工作。每组各领 87 套，剩下的 1 套归顾煊组。调查的步骤、方法和内容为先入户，入户后对居住者直接进行访谈，对室内实地查看、拍照，接着对四周邻居进行访问。

　　各组分头行动。凑巧的是，从第 1 幢到第 56 幢每幢都有可疑住房分布。在可疑住房里有五类情形：一是长期单人独居，二是短期单人居住，三是出租，四是借给他人使用，五是空置。不管是哪一种情形，侦查人员都不敢轻易排除。白天，待在房间里的人并不多，大多数人都外出工作或上学去了，侦查人员只能充分利用夜间展开走访、搜寻。一天过去了，每组也就排除了 20 套左右。

　　8 月 7 日 22 时，金合组成员会集在金合佳源警务室，孟可、薛登攀也来了。大家普遍反映调查进度缓慢，而且面对具体人员和房间时要果断排除也十分困难。

面对困难，大家都在想办法。

孟可道："磨刀不误砍柴工。看来我们还得把第一现场好好地剖析剖析。为了提高效率，还得进行大胆的假设。作案人为什么要把林安宇带到金合住宅区呢？林安宇为什么会到金合住宅区呢？林安宇与作案人之间是熟人关系这一点可以确信，林安宇最后死了，所以作案人把林安宇带到金合就是为了把她杀死，且作案人在这之前作了充分的准备。而林安宇同意到金合住宅区，显然是为作案人而来。那他们一起到金合的目的又是什么呢？作案人想杀林安宇，可林安宇却不会知道自己就要被杀死。她跟随作案人到金合，应该有其他的想法。林安宇家并不在金合，她把车子停在大学里然后跟随作案人到金合。而作案人在出校门时进行了伪装，林安宇到达金合后手机信号很快消失，据此可以判断，这是一种较为秘密的接触。那两人之间会是一种怎样的关系？会不会是一种不正当的男女关系？如果是这样的一种关系，那么对林安宇来说，他们到金合的目的就是为了幽会。现在就进行这样的假设，显然是侦查之大忌。但通过进行这样的假设，再结合犯罪过程，第一现场的情形就会变得具体一些。作案人以幽会为借口，开车把林安宇带到金合住宅区的某一场所，在那里把林安宇杀害，并处置了林安宇的手机，处理了林安宇的尸体，然后进行了抛尸，且抛尸在几天时间里才完成。"

待孟可说完，薛登攀站起来缓缓说道："尽管林安宇的头部还没找到，但根据我们对各地发现的林安宇的尸块的检验，可以确定林安宇是窒息而死的，死后被冰冻起来，然后再碎尸，碎尸前又有一个解冻的过程，之后尸块还有一个被冻结的过程。"

孟可接着说："这几天薛法医再次认真研究了林安宇和那位不知名女子的尸块，认定两人都是窒息而死，死后被冰冻，冻后又碎尸，碎后再冰冻。至于两人是不是在同一现场被害的现在还无法确定，但杀人碎尸抛尸的手法却是相似的。这一作案手法为我们查找第一现场提供了重要的依据。"

"现场应该不会留下血迹，但会留下皮肉碎屑，此外也许还会有一个尺寸不小的冰箱或冰柜，且会留下清理过的痕迹。"魏清插了一句。

"对了，这是一个很重要的找寻第一现场的条件。如果事后作案人对冰箱或冰柜进行了处理，那更会露出马脚。因此，我们在调查时还应关注处理冰柜、冰箱这一情节。"张飞平补充道。

"如果是情人幽会的话，现场可能还会有卧具之类的东西。而且在卧具上还会留下林安宇和作案人的人体分泌物、排泄物之类的。"刘铁英说。

"我们都知道，作案人是很狡猾的。但无论他多么狡猾，只要犯罪，就要受客观条件的制约。这是不以作案人的意志为转移的。比如，冰冻就得有冰冻的工具，尸体那么大，冰冻工具就得有那么大的尺寸。如果作案人没有处理，这工具就还在现场；如果他进行了处理，就会留下处理的痕迹。这是很重要的排查依据。至于幽会，也必须有幽会的空间，但这空间会是怎样的却不好说。幽会会留下幽会的痕迹也是必然的，但这种痕迹是很容易被处理的。"孟可说。

"这样理一理，对第一现场的情况确实清楚多了。有了幽会和冰冻工具这两点，排查就方便多了！"魏清边说边点了点头，"如果作案人事后处理了冰冻工具，他会如何处理呢？"

"大家设身处地地想想，一般人对冰柜、冰箱类的东西会如何处理呢？"孟可问。

"不外乎三种处理方式：一是直接搬离，二是肢解后搬离或在室内隐藏，三是不予理睬。"刘铁英应道。

"没错，也就这三种处理方式。而不管是哪一种都会留下痕迹、线索。在排查时大家要关注这一问题。"孟可说。

"对。要把这一情况作为排查第一现场的重要依据。"顾煊说。

"我们还有那么多的摸排条件。发现可疑第一现场后，与摸排条件结合起来，要找出犯罪嫌疑人是不难的。"孟可说。

第二天，在片警的支持下，那些能留在家的人都留了下来。有了排查的硬依据，排查的进度果然快多了。到第二天晚上，每组手头都只剩下十多套没有排除。

第三天，进行扫尾工作。四组剩下的无法排除的单元房总共只有十三套，其中顾煊组剩下四套，其他组各剩三套。

顾煊组确定的四套可疑房间分别是第 4 幢 601 室，第 6 幢 1503 室，第 9 幢 1203 室、1204 室。

第四幢楼是一座十六层楼房，有两个单元，每个单元各有三十二套住房。该可疑房间是位于该楼东侧的 601 室，与 602 室相对。601 室面积为一百二十平方米左右，住着一位三十多岁的单身女性。居室有两间卧室、一个大厅、一间厨房、两间卫生间。东侧卧室里摆放着一张双人大床，西侧卧室里放置着一些柜子、袋子及其他杂物。厨房里有液化气灶、电磁炉、各式锅碗瓢盆，而其中放在厨房西侧、南侧的大冰柜、大冰箱特别显眼。据对面及楼上、楼下的邻居说，该女子已在那里居住了四五年，偶尔会有一些男女来找她。据排查的顾煊说，之所以把这个房子确定为可疑第一现场，主要依据是厨房里的大冰柜、大冰箱，西侧卧室里的袋子，从外观上看，该袋子与在抛尸现场发现的袋子有些相似。但这套单元房最终被排除，原因是该女子的背景与其他的摸排条件大都不符。

第 6 幢楼也是一座十六层楼房，房间结构与第 4 幢楼完全相同。该幢楼西侧的 1503 室住着一位三十多岁的单身男子。1503 室的东西卧室都摆放有双人床。西卧室内杂乱，麻袋、旅行袋、木箱、塑料桶等东西无序地堆放在双人床的四周。厨房设施比较齐全，西边有一个大冰柜，冰柜东边的地面上留有成片的污迹。据邻居反映，该男子从 2011 年开始就住在那儿，经常可见到一些男性或女性进出他家。该男子好像在附近的某一公司工作。住

在他对面的邻居还特别强调，近一个月以来该男子进出住所特别
频繁。经正面接触了解：该男子叫林卫东，三十五岁，平南市
人。2011 年年初来滨越做生意，租了一个小店，搞贸易业务，
小本经营，1503 室是他租的。对近一个月以来进出频繁他的解
释是他想再开一间店，因需要办的事多所以就进出频繁。对厨房
地面的污迹他的解释是那是十几天前滴的酱油，最近没空就没去
清理。而大冰柜是租之前就有。而后侦查员围绕林卫东进行了多
角度的关联查询、查访，始终无法将他与林安宇关联。最后也将
第 6 幢楼 1503 室排除。

　　第 9 幢楼是一座十五层的楼房。该楼西侧的 1203 室、1204
室是空置房，长期无人居住。把这两套房定为可疑第一现场的过
程比较曲折。据物业管理处的人说，两套住房都是有主的，但房
主都不住在那里，两家好像都出国了。物业管理处的人还说，现
在有不少出国的人在国内买房子，或出国前在国内买了房子，但
他们通常把房子空着，不出租，只交代朋友、亲戚帮忙搞搞卫
生、照看照看，目的是等房子增值了，哪一天需要时卖了挣一笔
便是。当侦查人员问两家的业主把房子交代给谁照看时，物业管
理人员却说不清楚。走访了两家楼上楼下的邻居，邻居说有看到
一位中年男子曾上下十二层。侦查人员去物业查到了业主的联系
电话，但打过去却是空号。片警陈永林有些不相信，他通过内网
把金合佳源第 9 幢楼 1203 室、1204 室的业主及其亲戚、朋友、
关系人的电话都调了出来。经多方印证终于弄清，1203 室的业
主叫钟建文，2011 年全家投资移民美国，他便把房子委托给在
东南政法大学的好友刘木柯照看。1204 室的业主叫王燕秋，于
2012 年全家投资移民美国，他把房子委托给了亲戚王银堂照看。
除陈永林外，办案的侦查人员大都知道刘木柯，即东南政法大学
刑事司法学院的院长。而王银堂则是王燕秋的舅舅，就住在金合
佳源 10 幢 901 室。征得孟可同意，侦查人员把刘木柯、王燕秋
都叫到了金合佳源警务室。经询问，刘木柯与王燕秋都承认是房

子的照看者。说明缘由后，侦查人员让他们分别打开了 1203 室、1204 室。1203 室面积大约一百五十平方米，为两室、一厅、一厨房、三阳台、三卫生间格局。客厅特别大，几乎占了整套房间的三分之二，厨房连成一片，家具、物件并没有摆放得很到位，给人装修尚未完工的感觉。室内几乎看不到杂物。两个卧室内都放有大床。整个房间的地面都很干净，家具、墙壁、厨房用具等都很新，像是没有人入住过。侦查人员问刘木柯有没有在 1203 室住过，刘木柯回答说有住过。房间墙壁、地面没有留下异常的痕迹物品，室内其他地方也没有什么异常迹象，厨房里的厨具不太完整，餐厅与厨房之间用一个大冰柜隔开。因为 1203 室有独居的条件，且有尺寸合适的大冰柜，所以把它列为可疑第一现场。

1204 室面积也是一百五十平方米左右，但室内结构与 1203 室不同。1204 室有三室、两厅、一厨房、两阳台、三卫生间。与 1203 室比，1204 室的客厅小多了。而 1204 室内的物件却与 1203 室有许多相同之处，且同样地面干净、室内杂物少、物件新。因 1204 室同样符合独居与有大冰柜的条件，所以也把它列为可疑第一现场。

之前邻居反映的有中年男子上下十二层，那是肯定的。因为刘木柯、王银堂都是中年男子，而且他们都承认，近一个月来他们多次到过 1203 室、1204 室。

经与摸排条件对照，王银堂所具备的条件与摸排条件大多不符，而刘木柯具备的许多条件却与摸排条件相符，因此把王银堂排除，而把刘木柯暂列为嫌疑对象。

刘铁英组排出的可疑房间是第 12 幢 503 室、第 14 幢 1301 室和第 17 幢 902 室。503 室是出租屋，住着一位三十六岁的单身男性。1301 室住着一位四十八岁的单身女性，房子是她 2006 年购买的。902 室住着一位五十多岁的男子。此男子妻子已过世，一个女儿嫁到外地。这三套房子被确定为可疑第一现场的依据与其他组相同。经排查，以上三位虽具备杀人的时间、空间条件，但无论如何，他们都不会与林安宇发生什么瓜葛，且这三人也谈不上有什么特别的技巧。所以，这三套房子也被排除。

张飞平组排出的可疑房间是第 23 幢 704 室、第 23 幢 901 室和第 26 幢 1304 室。704 室、901 室被业主出租了，都住着男性中年人。1304 室住着一位已退休的老人。老人有两个女儿，但都不住在滨越市。对照之前确定的摸排条件，这三套也很快被排除。

魏清组排出的可疑房间是第 47 幢 1104 室，第 56 幢 902 室、1204 室。1104 室住着一位男子，名叫廖寿福，四十三岁。对门的邻居说他家的客人较多。他于 2005 年离婚，无儿无女，是滨越市第二医院的外科副主任医生，于 2008 年入住金合，经常有同事、朋友到他家做客。1104 室面积一百六十平方米，为两室、三卫、三阳台、一厅、一厨房、一储物间结构。两间卧室的面积都在二十平方米左右，阳台、厨房、卫生间的面积合计在四十平方米左右，大厅的面积达八十平方米。室内的地面、墙壁、物件上都有些污迹，大厅、卧室、厨房的摆设都很零乱。此外，经查，廖寿福有两辆私家车，据说对改装车子有些兴趣。他具备了杀人的时间、空间以及解剖技术。而滨越市第二医院位于南台区，离天元路 123 号到 353 号不远，因此他一定对天元路较熟悉。更重要的是，廖寿福与东南政法大学的多位教师有来往，其中包括刑事司法学院的教师。综上，廖寿福被列为重点嫌疑对象。

902 室的业主是林东铭，已投资移民加拿大，他把房子交给了谢军伟打理。谢军伟没有把房子租出去，而是自己长期住在那里。这 902 室尽管也具备独居、有大冰箱等条件，但这谢军伟自身的条件却与摸排条件一点儿都不符，故被排除。

最后一套可疑住房里住了一位东南政法大学的教师。1204 室业主王泳超，男性，四十二岁，单身，东南政法大学人文学院副教授。这人文学院与刑事司法学院相邻，两院的教师彼此大都相识。王泳超也说，他认识刑事司法学院的刘木柯、林安宇、陈道林等老师，他也知道林安宇失踪的事。王泳超生性风流，却奉行独身主义。据反映，这位王老师的生活作风并非十分检点，与女性的关系总是不清不楚。他也有两辆私家车，也喜欢改装汽车。尽管他是否具有人体解剖技术还不得而知，但他具备了作案的时间、空间及其他条件，因此也被确定为重点嫌疑对象。

通过条件确认及与摸排条件对照，排出的十三套可疑第一现场又被排除了十套，只剩下第 9 幢 1203 室、第 47 幢 1103 室和第 56 幢 1204 室三套，对应的犯罪嫌疑人是教师刘木柯、医生廖寿福、教师王泳超。

第一现场是否就是三套房子中的一套？作案人是否就是三位中的一位？

二

大学组要在四千多辆车里找到那辆 7 月 14 日上午把林安宇运出校门的福特车。

宋韩研准确地算了算，南夷省有福特蒙迪欧 2010 款 1.8 GTDi240 基本型车辆 4468 部，其中黑色福特蒙迪欧 2010 款 1.8 GTDi240 基本型车辆有 1732 部；滨越市有福特蒙迪欧 2010 款 1.8 GTDi240 基本型车辆 1876 部，其中黑色福特蒙迪欧 2010 款 1.8 GTDi240 基本型有 812 部。

像孟可说的那样，这辆车可能是滨越市的，也可能来自省内其他城市。汽车的颜色也不能作为缩小范围的依据。那么，还能怎样缩小范围呢？除了汽车的品牌、样式、款式、型号、投入使用年份、报价等，还有什么可利用的缩小范围的依据呢？

李长安、宇阳不断观看两段可疑车辆从东南政法大学西门开出的视频。第一段视频摄录的是汽车的前部。车内前排只坐司机一人，前遮阳板被放下，且上面还搭着一块蓝布，完全挡住了司机的面部，无法看出该司机是男是女。在视频里还可以看到车后座有人，但那人的面貌、性别、穿着也无法看清。另一段视频摄录的是汽车的后部，后备厢盖、后车牌、后车灯、后保险杠示宽反射板等清晰可见。

李长安请来了一位长期从事汽车外观改造的古姓师傅，让他也看了这两段视频，希望他能看出些什么。古师傅仔仔细细地看了十几分钟，说道："尽管只是视频，但也可以看出些道道。这车外观很新，被贴了一层膜，而且膜贴的时间也就十来天。我还看出来了，这车原来是银灰色的。"古师傅很自豪地看了看坐在边上的李长安、宇阳和宋韩研。三人听古师傅这么一说，也都把目光转向了电脑屏幕。

古师傅把视频暂停，用鼠标点着屏幕说："你们看，前格栅与保险杠之间有什么？"三人认真看了看，并没有发现什么异常。古师傅把图像稍稍放大，又用鼠标点了点前格栅与保险杠的连接处。这下他们看到了，在连接处黑色的涂漆下隐约有小片银灰色。古师傅又用鼠标点了点后视镜四周，三人在后视镜与发动机罩连接处又发现了小片银灰色。接下来播放第二段视频。当看清车子后部时，古师傅又把视频暂停，把图像稍稍放大，用鼠标点了点后车灯四周以及行李箱盖与后保险杠之间，果然在那里也看到了细微的银灰色。

古师傅乐呵呵地说："我敢肯定，这车原来是银灰色的，后来被变成了黑色，用的是变色膜。从贴膜的效果看，这个贴膜人的技术不咋地。"

"从视频上能看出这些吗？"宋韩研有些疑惑。

李长安也没想到请来的师傅能帮上这么一个大忙。自己之前也认真仔细地看了视频，但就没能得出这样的结论。这古师傅也就看了不到半小时却看出了门道。因此对古师傅很肯定的结论李长安也将信将疑。

　　古师傅离开后，李长安和宇阳、宋韩研把视频又看了看，并一起议了议，认为车子的连接处确实出现了银灰色，而且不止一处，这是客观事实。因此三人认为古师傅的判断是可信的。如果车的颜色是银灰色的，那摸排的范围可就大大缩小了。

　　李长安随即让宋韩研统计银灰色福特蒙迪欧 2010 款 1.8 GT-Di240 基本型车子的数据。统计结果是：南夷省有银灰色福特蒙迪欧 2010 款 1.8 GTDi240 基本型车辆 1193 辆；滨越市有银灰色福特蒙迪欧 2010 款 1.8 GTDi240 基本型车辆 612 辆。

　　由于颜色的确认，可疑车辆的数量大大降低。那么可疑车辆真的就在这 1193 辆车子里吗？

　　李长安让宋韩研制作了两张表。一张是滨越市银灰色福特蒙迪欧 2010 款 1.8 GTDi240 基本型车辆一览表，另一张是南夷省银灰色福特蒙迪欧 2010 款 1.8 GTDi240 基本型车辆一览表（不包括滨越市）。一张表格里 612 辆银灰色福特蒙迪欧 2010 款 1.8 GTDi240 基本型小汽车的数据完整无缺，另一张表格里 581 辆同样车子的数据也尽在其中，包括车主姓名、身份证号、职业、工作单位、车牌号、购买日期、车辆类型、车辆品牌、车辆型号、车身颜色、车辆识别代号、发动机号、发动机型号、轮距、轮胎规格、轴距、外廓尺寸、出厂日期、过户时间、使用者驾驶证号、违章记录等都被罗列了出来。

　　以上排查大都只是案头工作，只是对一些数据的收集、整理和分析。但收集研判这些数据却花了不少时间，当两张可疑车辆表格制作完成时已到了中午时分。

　　孟可也到了东南政法大学，同来的还有重案二大队命案侦查中队的王文博。孟可说，大学组缺人手，因此他调王文博来支援。

　　孟可对李长安他们能聘请具有专业知识的人帮助查案表示赞赏，说："隔行如隔山，这话很多时候不得不信啊！"经分析，他也支持古师傅的判断。

基础数据有了，要从这一千多辆车里去发现嫌疑车辆似也不难，但为了实现快速准确的查找与认定还是得想些法子。

孟可让大家议一议，想想办法。

李长安心想同类的调查不知道做过多少次，查嫌疑车辆可是简单得很，于是说："先把一些明显不具备条件的车辆排除，再对剩下的车辆一辆一辆细查，查 7 月 14 日上午车子的行踪，只要能落实去处的就可以排除。"

宋韩研觉得有些不妥，说："先排除后调查，这做法是没有什么问题，但工作量太大了。我们可只有四个人。有的车辆还在外市。这样查下去可得花多少时间啊?"

宇阳说："排除也不好排除啊，只有先调查才能排除。1193辆，每辆都查恐怕行不通。哪怕我们每人包下四分之一，也得查他个十天半个月的。"

"我们先打电话直接问，还可以让当地派出所、居委会帮忙，从侧面调查该车的使用情况以及 7 月 14 日车子使用者是不是熟悉东南政法大学。如果使用者不熟悉东南政法大学就可以把该车排除了。"李长安又说。

孟可也在想可行的做法。可疑车辆就在这 1193 辆车子里，这一点是可以肯定的。现在的关键是如何更高效地从这 1193 辆车子里发现真正的可疑车辆。如果按照李长安的想法去实施，那需要投入很多的警力，否则就像宇阳说的那样要查他个十天半个月。这显然只是一个常规办法而不是好办法。让当地派出所、居委会协助也有风险，这风险就是遗漏，也许会把真正的可疑车辆给排除了。想到这里，孟可说道："如果人手充足，那就一辆一辆去查呗。但我们人手不足，就你们四个人。刚才长安说了，让派出所、居委会配合，让他们配合肯定是要的，但仅根据他们的配合以及车主的陈述就进行排除有些危险。真正的可疑车辆只有一辆，如果把这真正的可疑车辆不小心给排除了，那可就麻烦了。一旦排除，在这一千多辆车里就再也找不到真正的可疑车辆了，那之后我们小组所做的工作都是无用的了。"

孟可的话不无道理。如何进行排除可是一门大学问。排除是必要的，只有不断排除才能缩小侦查范围。但不当的排除却是危险的。李长安不得不承认孟可想得比自己周全。

"孟支啊，我还真想不出什么好办法，您就给支支招吧！"李长安带着玩笑的口吻说道。

孟可面带微笑说道："支招谈不上，可我觉得可以转变一下查案的思路。先不排除，我就在这 1193 辆车子里去找。只要不排除，那真正的可疑车辆就还在范围里。1193 辆看起来有些多，但我们找真正的可疑车辆是有条件的，有了条件找起来可就快了。这条件就是 7 月 14 日上午该车辆的使用者对东南政法大学熟悉，而且不是一般的熟悉；该车的使用者认识林安宇，而且不是一般的认识。"

"对啊！思路一转，找起来可就不会太费事了。可是为什么就可以肯定该车的使用者对东南政法大学不是一般的熟呢？他熟悉东南政法大学，与林安宇的关系不一般，这些我知道。但说他与东南政法大学不是一般的熟，我却不理解。"王文博问道。

"小宋、小宇应该都理解吧？"孟可反问。

宇阳、宋韩研同时摇了摇头。

但李长安说："听顾煊说过，东南政法大学 7 月初就放暑假了，可 7 月 14 日那天校园里却热闹得很，因为那天刚好是培训结束日，进出校门的车特别多。就是因为那天日子特别，所以认为那个犯罪嫌疑人对东南政法大学特别熟悉。"

孟可说："这是我安排工作时的一个不妥。我只考虑了一面，没有注意到另一面。按理应让顾煊、张飞平他们来大学调查，因为前期就是由他们查的，所以更熟悉一些。正如长安说的，前期调查时发现东南政法大学 7 月 14 日这天有些特别。放假后，东南政法大学应该只有 7 月 6 日和 7 月 14 日才会有较多的车进去，因为该校暑期统一办的培训班，6 日报到，14 日离校。而那个接走林安宇的人刚好选择了 14 日这天。这事我想过，应该不是偶然的。因为如果不选择这天，那么接走林安宇的车辆是很容易暴露的。而选择 14 日这天，调查的难度可就大大加大了。也许有人要问，为什么不在金合小区直接见面，何必多此一举？对此，我的看法是，如果让林安宇把车直接开到金合佳源，对犯罪嫌疑人是更为不利的，与其直接开到金合，不如停在东南政法大学。而且，在东南政法大学接人也许是他们的习惯。林安宇从家里开车出去，需要找个停车的场所，而把车停在校园里再乘犯罪嫌疑人的车外出是最合适的了。"

"孟支啊，你说这些话是要说明什么问题我可不太清楚，你就更直接一点儿说吧！"宇阳打岔道。

"我要说的是，犯罪嫌疑人选择 14 日这天在东南政法大学接走林安宇不是偶然的。他知道 14 日这天会有车进车出的情景出现。说得更明白一些，就是我认为这人对东南政法大学不是一般的熟。"孟可说。

对孟可的判断，李长安、宇阳、宋韩研都心中存疑。王文博倒很相信孟可的判断。而孟可之所以作出这样的判断是基于他对案件的全面了解，基于他对犯罪嫌疑人犯罪手法的逐渐把握。

"按照孟支的分析，我们就可以从东南政法大学的教职工入手去发现可疑的车辆，也可以从这些教职工里去找犯罪嫌疑人。不知我的理解对否？"宋韩研问道。

"准确地说，应该是从非常熟悉东南政法大学的人中去发现可疑车辆，去找犯罪嫌疑人。这些熟悉东南政法大学的人可能是学校的教职工，也可能是校外的其他人。只要他非常熟悉东南政法大学，又具备 2014 年 7 月 14 日上午在东南政法大学使用银灰色福特蒙迪欧 2010 款 1.8 GTDi240 基本型车辆这一条件，他就是本案的重大犯罪嫌疑人。"孟可答道。

三

李长安与王文博搭档、宇阳与宋韩研搭档，分成两组排查可疑车辆。李长安与王文博从 581 部非滨越市可疑福特车中去找，宇阳与宋韩研从 612 部滨越市可疑福特车中去找。

李长安、王文博把 581 部可疑车子的列表放在眼前，一部一部地琢磨。从地域看，581 部可疑车子分布在南夷省除滨越市之外的八个地市。其中平南市 69 部、田园市 67 部、泉亭市 80 部、德宁市 61 部、明源市 68 部、海山市 81 部、漳林市 72 部、龙头市 67 部，属于单位的 16 部；从车主的性别看，男车主 383 位、女车主 182 位，无法归入的 16 部；从户主的职业看，有公务员、公司员工、教师、医生等；从违章情况看，大都有违章记录。而如何判断这些人与东南政法大学熟悉却是一个难题，要搞清该车 2014 年 7 月 14 日上午是否在东南政法大学里出现也不容易。

李长安想，熟悉东南政法大学的人一定是与东南政法大学有来往的人，这人一定到过东南政法大学或就待在东南政法大学里。那么，什么人会与东南政法大学有来往？什么人会到过东南政法大学？什么人会待在东南政法大学里呢？这些人或者是与东南政法大学的教职工相识，或者是自己的子女、亲戚在东南政法大学读书，或者是曾经在东南政法大学工作过，或者就是东南政法大学的教职工，当然还有别的可能。从本案来看，犯罪嫌疑人与林安宇相识，而林安宇可是一位堂堂正正的教授，如果是一般人要把她从东南政法大学里带走可没那么容易。因此，在找熟悉东南政法大学的人时，范围不宜过大，不宜将身份不符的人也列入查找的范围。

李长安把那些教师、那些子女在东南政法大学就读过或正在就读、那些在东南政法大学读过书或正在读书以及在东南政法大学工作的人列为查找的重点。通过内网关联查寻，各地具有教师身份同时又被列入调查名单的人有六个，那些子女在东南政法大学就读过或正在就读且被列入调查名单的人有三个，在东南政法大学读过书或正在读书且被列入调查名单的人有四个，在东南政法大学工作且被列入调查名单的人有零个。对筛选出的 13 部可疑车辆与车主相对应，确认六位教师中有两位对东南政法大学较熟悉，其中一位教师还认识林安宇，三位子女在东南政法大学就读或正在就读的均与林安宇不相识，四位在东南政法大学读过书或正在读书的都认识林安宇。

经排查，最后剩下的可疑人员有五位。第一位是泉亭学院法律系教授肖秉森，第二位是平南市公安局民警林嘉敏，第三位是海山市公安局民警陈锋情，第四位是田园市人民检察院检察人员林文铭，第五位是漳林市海关缉私局民警周斌。

宇阳与宋韩研也对 612 部福特车逐车进行了分析排查。他们也将熟悉东南政法大学、认识林安宇作为排查的重要依据。612 部银灰色福特蒙迪欧 2010 款 1.8 GTDi240 基本型车分布在滨越市的五区、二市、二县，其中北源区 64 部、尾屿区 62 部、南台区 79 部、江台区 72 部、钟楼区 76 部、乐平市 39 部、青木市 39 部、后夷县 33 部、南清县 34 部，属于单位的 114 部。从性别看，男性车主 301 位，女性车主 197 位，另有 114 部无归属。

在 114 部归属单位的车子里，有 36 部属于东南政法大学。据了解，东南政法大学曾分两批购进福特蒙迪欧 2010 款 1.8 GTDi240 基本型车辆，其中 2011 年 3 月购买的 25 部都是银灰色的，这 25 部车被分给各个学院使用，19 个学院每个学院分到一部，剩下的六部留校部使用。2011 年 11 月东南政法大学又采购了 15 部同样的车子作为公车使用，其中有四部是黑色的，11 部仍然是银灰色的。11 部银灰色车辆中的八部分给各学院使用，三部留校部使用。

在归属单位的车子里，单位位于北源区的有三部，位于尾屿区的有一部，位于南台区的有四部，位于江台区的有三部，位于钟楼区的有五部。经查，使用单位车辆的人大都是从东南政法大学毕业的，他们经常去东南政法大学，也都认识林安宇。

通过信息关联，在银灰色福特蒙迪欧 2010 款 1.8 GTDi240 基本型私家车里，发现有 39 部车的使用者符合摸排条件，其中包括东南政法大学的 12 位教职工。另外 27 位分布比较分散，北源区六位，其中四位毕业于东南政法大学，两位是东南政法大学刑事司法学院教师的亲戚；尾屿区三位，其中两位是东南政法大学的毕业生，一位曾开车到刑事司法学院送检，且认识刑事司法学院的很多教师；南台区九位，其中四位为东南政法大学毕业生，五位经常到东南政法大学刑事司法学院送检；江台区四位，其中一位是东南政法大学毕业生，一位亲戚在东南政法大学当教师，两位小孩正在东南政法大学读书；钟楼区五位，其中两位毕业于东南政法大学，两位因送检到过东南政法大学，一位是东南政法大学刑事司法学院的在校生。

8 月 9 日晚上，金合组那边传来消息，可疑的第一现场有三处，而三处可疑第一现场却牵涉两位东南政法大学的教师，一位是刑事司法学院的教授刘木柯，一位是人文学院的副教授王泳超。那么这两位教师有银灰色福特蒙迪欧 2010 款 1.8 GTDi240 基本型车辆吗？

第八章 转向

一

　　摸排工作在枯乏中推进。金合的排查异常顺利，七八个人，三四天时间，就在如此庞大的住宅区里把可疑第一现场找到了，而且确认下来的只有三处，这是一次十分高效的排查。孟可也知道，排查的思路是正确的，参与排查的人是负责的，排查的具体方法是科学的，排出的结果应该是可信的。但对于这个如此快速得到的结果孟可也难免无法做到那么心中有数，可结果就摆在那儿，能不信吗？孟可知道他心中忐忑的原因是觉得对手暴露得太快了，在孟可的心目中，此案的对手是以反侦查能力强为其突出特点的，一个反侦查能力如此强的人怎么就这样暴露了呢？如果三套房子中的一处就是第一现场的话，那破案也就近在眼前了。孟可又想了想，哪怕就是自己去作案，又能怎样呢？犯罪中的有些客观条件确实是不以人的意志去改变的。从本质上说，犯罪留痕无法避免，只要留痕就会被揭露，无论是谁都要受此规律的制约。

　　大学组的进展却要慢多了。但如果与金合佳源的三处可疑第一现场联系起来，排查车辆会那么麻烦吗？

大学组的工作人员夜里就住在东南政法大学的宾馆里。当孟可再次到达东南政法大学时，李长安他们还在宾馆的会议室里议论着，王严波也在那儿。

当孟可进门时，宋韩研正说着。见孟可进来，大家都站了起来。孟可没说话，只挥挥手，意思是不打扰大家，会议继续进行。

宋韩研接着说："我算了一下。现在排出来的可疑车一共有96部，也就是有96个嫌疑人。市外组一共才五部，市内组可就多了，单单东南政法大学就有37部。我不细说了，我做了一张表，大家看表更清楚。关键是下一步又该怎么查？"

表上的数据不复杂，分为市外组和市内组。市外组有五部车，即五个人。市内组又分单位车和私家车，还注明了确定为嫌疑的依据。就单位可疑车辆而言，属东南政法大学的有25部，属其他单位的16部；就私家可疑车辆而言，被列入嫌疑名单的车辆有39部，其车主为东南政法大学教职工的有12部，其他27部分散在北源、尾屿、南台、江台、钟楼区。

孟可坐在王严波边上没说话。

李长安看了看桌上的表格，又看了看大家，说道："我也在想，下一步该怎么查。金合那边的速度比我们快，已查出了可疑的第一现场，有三处。如果我们把他们的调查结论拿来用，那下一步查车子就方便多了，大家也知道该怎么查。但我觉得这样做会有问题，要是他们的结论是错的呢？那我们查的结果也一定是错的。所以我想还是按照我们预定的思路查下去。如果两边重复，那最好不过了。如果两边出现矛盾，那就有是他们错还是我们错的问题了。"

"是啊！如果我们把金合的调查结果拿来用了那效率该多高啊！但这样妥不妥呢？我还真是有些纠结。按理说是可以的，信息共享呗！"宇阳喃喃自语。

宋韩研和王文博也表示了他们的疑惑。

孟可想，只要自己在，这些人就不轻易下结论。李长安也是老侦查员了，如果自己不在，他一定是有主张的，也一定是会果断部署的。于是说道："长安啊，你拍板。"

"一般情况下，信息是应该及时共用的，但本案不可以。我们应该自己查下来，用我们查出的结论去佐证金合那边的调查，因为他们得出的结论是很需要佐证的。"李长安果然变得果断起来。

"对的。金合组得出的结论确实需要佐证。你们也好好查，通过你们得出的结论去佐证金合组得出的结论。"孟可觉得李长安的思路正确，所以强调了一下。

接下来，大学组部署了具体的查证方案。李长安还特别强调说，如果把古师傅的判断作为排查的依据，排查的速度会快得多。

孟可见夜已深了，便叫大家去休息，自己也在宾馆住下。

躺在床上想了想，孟可又下了楼，往刑事司法学院走去。夜已深，可校园内仍然闷热。一半以上的路灯都关了，再加上树的遮蔽，许多路段都显得很昏暗。月亮很圆、很亮，但大部分时间都被乌云遮盖着。南边的电工房里亮着灯，宾馆那头还有人在说话。偶尔有一阵风吹来，带来一丝凉意。

自从刘木柯进入侦查视线后，孟可的心情就变得复杂起来。他和刘木柯是多年的老朋友，木柯是个很优秀的人才，他也没听说过木柯与谁有矛盾或关系不正常什么的。他不希望林安宇是刘木柯杀的，但从种种迹象看，犯罪真像是刘木柯所为啊！孟可越想越心疼，他不敢多想，但又不得不想。

他到了刑事司法学院大楼西侧，站在那里。他想搞懂7月14日上午刘木柯把车停在了什么地方，为什么其他人都没有看到这里停着一部银灰色福特车？当然，他还是希望这事不是刘木柯干的。

　　大楼的西侧有几堵墙壁，墙壁中间被活动板不规则地隔开。这里应该是学生的专业训练场所。那一天，如果刘木柯把车停在墙壁与活动板之间，等林安宇上车后再开走，那前后左右的人都是不容易发现的。

　　孟可想尽快破案，但一想到刘木柯就又深深地叹了一口气。

　　第二天，在碰头会上大家又议了议，都说考虑了古师傅的判断。宋韩研说："昨夜我躺在床上的时候一直在想古师傅的那个判断。假如那部银灰色的福特车是在作案前的十多天被贴上了黑色的膜，作案后又被'变回'银灰色。从这一行为过程看，如果是公车那是不好做到的。如果使用公车的人这样做了，那是很容易被发现的，也是不被允许的。因此，如果古师傅的判断成立，那么那些单位用车大部分都可以被排除，除非那公车归他长期使用。"对宋韩研的分析大家都表示赞同，同时也认为，既然以银灰色进行排查就是相信了古师傅的话，那对他关于十多天前贴了变色膜的判断也是要相信的。

　　根据这一最新的判断，李长安布置了具体的排查任务。他让王文博负责查市外的那五名嫌疑人，安排宇阳排查 36 部单位用车，自己和宋韩研则排查 39 部私家车。

　　王文博调查的那五位车主很配合，当他们知道王文博是在调查林安宇失踪案后都表示全力支持。这五位车主对东南政法大学都很熟悉，也都认识林安宇，而且与林安宇的关系很不错。他们按照王文博提出的要求说明了自己及自己的车子在 7 月 14 日上午的行踪。肖秉森提供了 14 日上午他前往海山市的过路收费记录；林嘉敏提供了他去广东的出差记录；陈锋情邮给王文博 7 月 14 日上午他的行车记录；林文铭让两位同事证明了当天上午他在办案；周斌提供了开会记录，并告知王文博当天一起开会的其他人。随即王文博通过侧面核查，把这五部车、五名嫌疑人排除了。

不管是东南政法大学还是其他单位的车子，凡出车大多有出车记录。东南政法大学的 36 部银灰色福特蒙迪欧 2010 款 1.8 GTDi240 基本型车子于 7 月 14 日上午进出过校门的有 16 辆，这 16 辆车，有 14 辆是各学院的，有两辆是校部的。宇阳在保卫处的配合下，对这 16 辆车一辆一辆加以检查，对 7 月 14 日使用过这些车的司机进行调查，确认了这 16 辆车在 7 月 14 日之前的十多天没有过贴变色膜操作，在 7 月 14 日上午也未搭载过林安宇。对当天上午没有出校门的 20 辆车子也进行了调查和检查，这些车子的使用者也通过各种方式证明了 7 月 14 日上午自己没有出车，经检查也未发现车子有被变色的迹象。

归属其他单位的 16 辆车，有三部在 7 月 14 日上午去过东南政法大学。这三辆车的司机说明了去东南政法大学的缘由，也提供了一起进出校园的其他人。经调查证实，这三辆车都是前往东南政法大学接该单位在东南政法大学参加培训的同事的，且出校门时没有搭载过林安宇。

李长安看了看滨越市拥有银灰色福特蒙迪欧 2010 款 1.8 GT-Di240 基本型车辆的可疑人员名单，且特别看了看东南政法大学的那 12 位教职工。12 位教职工里并没有刘木柯，但那位人文学院的副教授王泳超却赫然在列。

李长安和宋韩研准备不带偏见地一辆一辆查下去。先查东南政法大学的 12 位教职工，看车、见人、问话。12 辆车中有六辆 7 月 14 日上午从东南政法大学大门进出过。这六车六人都是因为培训任务到了学校。他们独来独往，倒也没办法说清当天上午具体的行踪，但有人能证明他们当天上午确实在学院里或校部里忙碌。检查其车子，没发现车子被贴膜又被去膜的痕迹。王泳超的车和另外五部车 7 月 14 日上午并没有在东南政法大学校园里出现。这六人也都很积极地证明了那天上午他们的活动去向。其中有三位提供的 7 月 14 日上午不在东南政法大学的证据比较清晰、可靠，这之中有一位就是王泳超。那天王泳超连同自己的车到省内的海山理工大学开会去了。他提供了好多证据：开会通知、高速公路收费票据、在会场上的合影、会友的证明。另外三位却没有让人信服的证据。观看其车子，王泳超的车子贴膜的痕迹很明显，本来应该是银灰色的，现在却是蓝色的。而其他车子则看不出曾经被变色。

对东南政法大学 12 位教职工可疑车辆的排查出现了胶着。有 11 部车都没有经历过变色，似乎都可以排除，但其中有四位讲不清 7 月 14 日自己的去向，值得怀疑。一部车经历了变色，但车主却能说清自己 7 月 14 日的行踪。

当李长安和宋韩研完成对东南政法大学 12 位教职工的初查任务时，王文博已完成了李长安给他安排的任务，于是也加入了对滨越市拥有银灰色福特蒙迪欧 2010 款 1.8 GTDi240 基本型车辆的可疑人员的调查。

对校外 27 部可疑车辆的调查也在按部就班地进行着。李长安又把 27 部车一分为三，每人各查九部。宋韩研查北源区和尾屿区的，王文博查南台区的，李长安查江台区和钟楼区的。

北源区、尾屿区的九位可疑车主中有八位 7 月 14 日上午没有进出过东南政法大学，且提供了可靠证明，只有一位在东南政法大学出现过。那位出现过的车主叫曹京晨，他参加了东南政法大学的暑期培训班，那天结业，结业式后他就开车离开了学校。曹京晨是东南政法大学 2006 届法学专业本科毕业生，现在北源区法院工作。他十分配合宋韩研，认真回忆了自己出校门后的行踪，用证据证明了他出门后没有和林安宇在一起。他提供的证据是可信的。而检查他们的车子，均没有发现变色的痕迹，故全部排除。

对南台区的九部可疑车辆、九位可疑对象的排查也很顺利，其均有可靠证据，也全部排除。

　　江台区、钟楼区的九位可疑对象中的七位很快就被排除了，只有两位陈述混乱，无法证明自己，一位叫林其增，一位叫牛柯勋。林其增，江台区人，自述有一男孩在东南政法大学念书。其先说 7 月 14 日去过东南政法大学，后又说没去过，是自己记混了。问他认不认识林安宇，他回答说认识刑事司法学院的几位教师，但却不认识林安宇。检查他的车子，发现车子外观很新，问他原因，他回答说刚经过打蜡处理。牛柯勋，钟楼区人，是一位东南政法大学在校生，大三，念的就是刑事司法学院的犯罪学。这名学生与林安宇关系很好，住的也离林安宇家不远，他承认曾多次到过林安宇家，侦查员在林安宇的手机通讯录里也发现了他的名字。他说那几天他一个人去玩儿了，问他到哪里玩儿，他说在省内到处转转；向他要票据，他说他不走高速路，不用交费；问他和谁一起去玩儿，他说自己单独一人。但检查他的车子却没发现什么异常。

　　至此，排查的结果是共有七位可疑对象。他们是：四位讲不清去向的东南政法大学教职工、车子经过贴膜处理的王泳超、生意人林其增以及东南政法大学在校生牛柯勋。

　　接下来集中力量排查重点车辆和使用者。在校保卫处、后保处、相关学院教师的协助下，搞清了那四位讲不清去向的可疑对象的行踪，其最终被排除。那位王泳超喜欢摆弄车，给车子贴膜是他的爱好，而他所提供的开会证明也是真实的，7 月 14 日上午他和他的车不可能在东南政法大学出现，因此他也被排除。生意人林其增最终还是把那几天的活动情况说清楚了。其实，有几次他的儿子就坐在车里，其儿子为他作了证明。牛柯勋最后也还是老实交代了，他是带了女朋友一起去玩儿，还一起住了宿，所以开始不好意思说。

　　但这样一来，96 部可疑车、96 位嫌疑对象就全部被排除了。

二

哪里出了差错？7月14日上午出现在东南政法大学西门的那辆福特车没有被纳入排查的车辆范围？侦查人员排查中粗心大意将其遗漏了？那辆车没有被选入96部可疑车中？车子没有变色？那车不是银灰色的？随着选中的96部可疑车全部被排除，侦查人员的心中顿生许多疑问。

案件侦查进入了关键时期，金合组的四位侦查员也赶到了东南政法大学保卫处。大家又在一起开了个案情分析会。

金合组排查出的三处可疑第一现场被排除了一处，现在只剩下两处。范围这么小，按理说案件突破在即，然而，由于排查可疑车辆时出现的问题，对车子的调查不但不能印证对第一现场的调查，还起了相反的作用。在此情景下，侦查人员便不敢果断地对案件进行突破。

这类案情分析会当然由孟可主持。王严波列席会议，薛登攀也到场了。

先由大学组的四位侦查人员汇报他们的摸排情况。四位侦查人员都特别强调了两点：一是只要是熟悉东南政法大学的，哪怕只是与东南政法大学教职工可能认识的人的银灰色福特蒙迪欧2010款1.8 GTDi240基本型车子都会被纳入。言外之意，是他们在选择可疑车辆和人员时是不会出现遗漏的。二是排除时很慎重，对每一部可疑车辆和每一个可疑人员的排除都经过多方查证，排除是有依据的。孟可很了解李长安、宇阳、宋韩研、王文博四位侦查员，对他们的表态孟可是相信的。

那么问题出在哪里了呢？那部2014年7月14日上午10时23分从东南政法大学西门开出的车一定是福特蒙迪欧2010款1.8 GTDi240基本型，这不会有错。这车归属于南夷省，这也不会有错。那么又会是什么出错了呢？会不会问题还是出在对颜色的认定上呢？这车或许真的就是黑色的呢？在车的前部和后部的相关连接处发现有细微的银灰色，凭这一点就能判断车子经过了变色处理吗？

孟可的脑海里闪过一个人的形象，如果真的是他作案，那这些留在相关连接处的银灰色或许就是欺骗吧。车的颜色如果搞错了，那肯定在划定的范围内是找不到可疑车辆的。

大家又一起看了那两段 7 月 14 日上午福特车从东南政法大学西门开出的视频。但对于到底是在黑色上涂了微量的银灰色，还是黑色没有全面覆盖银灰色，一时难以作出肯定性的判断。

"那天古师傅提出车子是银灰色的，而且说黑色的膜是十多天之前才贴上的，对他的判断我们本将信将疑。后来觉得他说得十分肯定，而且说得有理，所以就采用了。现在看来很糟。如果颜色弄错了，那前面我们做的就是无用功了。下一步还得从头再来啊！"李长安面露不悦。

"但如果摸排做得扎实，在银灰色车子中找不到 14 日上午出现在校门口的那部车，那就很可能真的是颜色搞错了。不过，即使把颜色搞错，也不能说前面做的全是无用功。至少可以在一定程度上确认了颜色真的不是银灰色，而且还排除了重要嫌疑人王泳超。如果那连接处的微量银灰色真的是作案人弄上去的话，那就再次证明了作案人的狡猾。作案人具备的反侦查能力可真的是不一般啊！这一排查看似浪费了时间，其实也推进了侦查。长安你大可不必为此懊恼！"孟可说。

"看来这真的是一个失误。要找到那部车还真的有些不容易啊！"李长安摇了摇头。

"这话倒是实话。车的颜色不是银灰色的，会不会就是黑色的？到现在我可也不敢说了。如果车子贴了变色膜，又在那些连接处弄了些银灰色，那我们说它是黑色不是又错了？我们的对手可狡猾得很呢！"孟可面带微笑地说。

听了孟可的话，大家心里都在想，下面如何找车可真是有些困难了，你孟支倒还轻松自在。

宋韩研禁不住说："如果颜色定不下来，那车子的量可大着呢！全省福特蒙迪欧 2010 款 1.8 GTDi240 基本型车辆可有 4468 部啊！下一步怎么查啊？"

"这真的有些麻烦。"宇阳也禁不住嘀咕了一声。

金合组的那几位侦查员也不太好开口。这种侦查遇到挫折的事是经常发生的。他们已早早地找到目标，就等着大学组找到证据进行佐证。可现在找车出了麻烦，这也在一定程度上影响了他们确认第一现场的信心。

"或再查，或直接突破。可想想，嫌疑人的身份有些特别，现在就突破时机还不成熟。"刘铁英轻声地说。

"铁英啊，你说得再具体一些！"孟可听出了刘铁英话里有话。

"如果继续再查车那是很常规的侦查步骤，但查车很花时间。如果我们放弃查车，采用超常规的做法，直接突破犯罪嫌疑人，这也是一条可行的侦查途径。说白了，现在我们确认的犯罪嫌疑人就两个，而种种迹象表明刘木柯的犯罪嫌疑更大。我说的就是直接突破刘木柯。但我也觉得现在突破的时机还不成熟，我们掌握的证据实在太少了。"刘铁英说。

孟可心想，我也有这样的打算。凭着他对案件的了解，他隐约感到了刘木柯的嫌疑重大。当然他也有些犹豫。

"好吧！就试着走一下捷径。我们不急于突破案件，但我们可以大胆地围绕嫌疑人直接开展侦查工作。前面的侦查是从案到人，现在不妨改成从人到案。这样一来，工作量可就轻多了。如果围绕嫌疑人开展工作时遇有麻烦我们再寻对策。"孟可作出了改变侦查路径的决定。

侦查路径由从案到人改为从人到案，这一变化有些突然。就大多数的专案组成员来说，他们还不敢把刘木柯定为重大犯罪嫌疑人。

大家沉默着，都在整理自己的思绪。孟可扫了一下在场的十一位侦查员，心想除了王文博、魏清外，其余九位都认识刘木柯，有几位侦查员，包括顾煊、张飞平、刘铁英在内还很崇拜刘教授，现在一下子让他们把刘木柯当作犯罪嫌疑人他们心里一定不好接受，其实他自己又何尝不是如此呢？

王严波给大家添水，宋韩研上前帮忙。他们一男一女，一老一少，一个大块头，一个很苗条，一个打开杯盖，一个提壶倒水，配合得倒也默契。

宇阳突然说了一句："我倒也想到过刘木柯，但一下子把他定为犯罪嫌疑人，而且是重大犯罪嫌疑人，这有点儿不好接受。"

"一下子觉得有些突然，但仔细想想，这决定还是很有道理的。"张飞平也应了一声。

"哪一位如果觉得有什么不妥，可以发表看法。"孟可又看了看各位。

"我一直不敢往刘院长那边想，可他的嫌疑依据其实很多。"魏清说。

过了两三分钟，孟可见大家没有不同的看法，于是说道："如果没有什么明显的反对意见，那我们就来分析分析刘院长的嫌疑依据。大家可先回忆一下我们前期确定的摸排依据。"

"对照一下，刘院长几乎什么条件都符合。"顾煊走到电脑前，点了点鼠标，前期确定的摸排条件出现在屏幕上，"他有多部汽车；有多个车牌；具备杀人时间；具备抛尸时间；在南台区金合佳源有一套可供其使用的房间；熟悉东南政法大学，知道7月14日是个特别的日子；认识林安宇；家住南台区；具备单独作案条件；会驾驶汽车；具备解剖技术；具有综合反侦查能力，等等。"

"顾大啊，你还是再解释一下。有些人并不是很清楚刘木柯怎么会具备这么多嫌疑条件。"刘铁英看了看自己的记录本说。

"他有多部车是我们在前期调查中知道的。东南政法大学每一个学院都有两三部公车，有的学院甚至有四五部，这些公车一般由院长管理调配使用。院长自己如果要用车，那是很方便的。刑事司法学院有一个司法鉴定所，服务实务部门的机会多，所以学院的公车也比较多，听说有四部。这四部车刘木柯都可以调配使用。当然，学校也有规定，公车只能用于办公事，所以刘院长自己还有私家车。此外，他有多个车牌，这是我们在办案初期发现的。在刘院长专用的鉴定室里，有好多张车牌，那天我们没有细查，具体有几张不清楚。从犯罪时间看，他应该具备。学校放假了，他有的是时间。其他的就用不着我一一说了。"顾煊说。

"我还是再补充一下。这是南台区金合佳源，刘木柯在这个小区里有一套可供其单独使用的房子。"刘铁英点击鼠标，屏幕上出现了一些图片，"这是确定刘木柯犯罪嫌疑的最为重要的依据。同时，他家住在南台，我知道他家的住址，离南台区天元路123号到353号很近，所以对那一带熟悉是不成问题的。他还具备单独作案的条件、会驾驶汽车、接受过尸体解剖方面的训练。而作为研究犯罪侦查方面的专家，他具有综合反侦查能力也是自然的。"

听完顾煊和刘铁英的话，王严波说道："车的事确实像顾队长说的那样，刑事司法学院有四部公车，这四部公车都由刘院长直接调配。尽管学校有规定公车不能私用，但其实这却是很平常的事。刘院长也有自己的车，在我的印象里好像还不止一部。刑事司法学院鉴定室有车牌这好多人都知道。这些车牌是定做的，在司法鉴定中使用。还有，刘院长的家确实就住在南台。"

正说着，楼外突然传来一声闷响——打雷了。天空乌云密布，一场雷阵雨就要来了。孟可走到窗前，打开窗户，一阵风吹了进来，他顺手把空调关了。滨越的夏天，老天说变就变，前几分钟还骄阳似火，可现在却是满天乌云笼罩，似有黑云压城之意。

"理一理，很多问题就清楚了。"孟可从窗台往座位走，边走边说，"顾煊、铁英把刘木柯院长具备的犯罪嫌疑条件差不多都排了出来。虽然现在没有发现他有福特蒙迪欧 2010 款 1.8 GT-Di240 基本型车子，但不等于他真的就没有。以上顾煊、铁英提到的那些刘院长所具备的条件，还得一一查证。"

之后，孟可强调现在还只能内紧外松，查案时不要太张扬。尽管专案组在调查过程中要接触刘木柯，但在时机尚未成熟之前，做好保密工作还是很有必要的。

孟可把专案组成员重新分成两组：一是廖寿福调查组。此组先围绕廖寿福展开调查，如果廖寿福被排除即转入调查与刘木柯相关的金合佳源第一现场。如果廖寿福的嫌疑上升，则重新调整侦查力量。此组由顾煊负责，组员有宇阳、王文博、肖凡。肖凡是滨越市公安局刑侦支队的老资格技术员。二是刘木柯调查组。主要调查刘木柯的基本情况，及其在物理、虚拟空间的行踪。此组由李长安负责，组员有刘铁英、张飞平、魏清、宋韩研。

当孟可布置任务时，倾盆大雨已从天而降。

三

顾煊从金合调查组那边调来了前期对廖寿福的调查材料。一经梳理发现，把廖寿福当作犯罪嫌疑人的依据主要有五条：一是他在金合佳源有一套符合第一现场条件的住房；二是他有多部私家车，对改装车子有兴趣；三是他是一名外科医生，具备解剖技术；四是他熟悉东南政法大学，与东南政法大学的多位教师有来往；五是他住在南台区，住房离天元路 123 号到 353 号不远，对那一带熟悉。

从前期调查所获得的材料中可以看出，廖寿福外科医生的身份已被查实，已确认他在滨越市第二医院工作，家住南台区。至于车子，前期只查到廖寿福有两部车，但这两部车都不是福特车，至于是什么样的车前期并没有细查。而廖寿福与东南政法大学多位教师有来往，但具体和哪几位教师有来往也没落实。此外，对廖家只是进行了查看，尚未进行详细的勘验。

顾煊让宇阳进入内网，细细查阅了廖寿福所拥有车辆的档案资料。登记在廖寿福名下的车子有两部，一部是保时捷卡宴越野车，于 2010 年 7 月购置；另一部是高尔夫 GTI 2.0TSI 车子，于 2008 年 3 月购置。这两款车与 2014 年 7 月 14 日上午在东南政法大学西门出现的可疑车辆在外形上相去甚远。

尽管如此，但并不能据此排除廖寿福的作案嫌疑。因为，即使廖医生不用自己的车，也可以借用别人的车，他照样可以完成从东南政法大学接走林安宇的行为。

要排除廖寿福的作案嫌疑，还必须深查。廖寿福 7 月 14 日上午是否在东南政法大学西门出现？还有他所认识的东南政法大学教师究竟是哪几位？接下来，还要去廖寿福家进行认真的勘验检查，如果能从现场获取与犯罪相关的痕迹物品，那廖寿福的作案嫌疑便会上升。

顾煊从前期金合组的调查资料中获得了廖寿福的手机号码，当得知廖寿福就在金合佳源时，他和宇阳、王文博、肖凡带上勘验器材直奔廖家。

金合佳源第 47 幢 1104 室，面积一百六十平方米，为二室、三卫、三阳台、一厅、一厨房结构。他们先在客厅询问了廖寿福，重点问他都认识东南政法大学的哪些教师，廖寿福说了八位教师的姓名。其中有两位是刑事司法学院的，而两位中的一位便是林安宇。问他是如何结识林安宇的？廖寿福说，他之所以认识林安宇，是通过自己大学同学的介绍。他有一个大学同学在刑事司法学院工作，是林安宇的同事，大概三年前，林安宇曾为一个亲戚看病的事通过他同学找过他，后来就相互认识了，这几年偶有往来。他还说他同学叫曾思钦，是刑事司法学院法医学教师。

接下来要对 1104 室进行勘查。顾煊向廖寿福出示了工作证、勘查证。对顾煊他们要查看自己的房间廖寿福没有表示明显的反对。顾煊还请了一位廖寿福的邻居当见证人。

把 1104 室巡视了一遍，顾煊决定把这套房间分成五个部分进行勘验。第一部分是位于东北角的第一卫生间和储物间；第二部分是位于东南部的第一卧室、第二卫生间、第一阳台；第三部分是主体位于中部的大厅和第二阳台；第四部分是位于西南角的第二卧室、第三阳台和第三卫生间；第五部分是位于西北角的厨房。勘验的重点空间是床铺、地面、冰柜，勘验的重点目的物是血迹、皮肉碎屑、包装物、毛发及其他人体分泌物、脱落物。

顺着第一至第五部分勘验下去，侦查员在储物间起获了 3 个黑色塑料袋，在第一卧室、第一卫生间、第二卧室的床铺上起获了若干疑似女性的毛发，在与厨房相邻的大厅墙壁上提取了褐色污迹，在离厨房门一米半处的大厅的瓷砖地面上提取了深色污迹。厨房内物件比较杂乱，锅碗瓢盆随处乱放，东北角和南侧各摆放有冰箱和冰柜。冰箱体积不大，里面挤放着肉、蛋、水果、蔬菜。南侧的冰柜长一点八米，宽一米，高一点二米，里面也塞满了干货、茶叶、龙眼干、冻肉等物。侦查员把冰柜内的东西取出，检查冰柜内壁，在壁底及南北内侧均发现有皮肉碎末，随即用镊子夹取。

尽管勘验了现场，提取了一些可疑物，但顾煊却决定不立即送检。根据顾煊的感觉与判断，这廖寿福似乎不像杀害林安宇的凶手。他还是想先进行排除，如果在送检前能够直接将其排除，那就可以省去很多不必要的劳动，也可以节约技术资源。只要证明廖寿福 2014 年 7 月 14 日上午没有在东南政法大学出现，那么他就可以被排除。而如果与此相反，到时再对从可疑第一现场获取的物品进行检验鉴定也不迟。

顾煊想通过做两方面的工作来搞清廖寿福 7 月 14 日的行踪。一是由廖医生自己回忆，通过事件关联，找人帮助等弄清；二是对廖寿福 7 月 14 日的手机运行轨迹进行定位分析。

顾煊安排宇阳、肖凡负责调取廖寿福 7 月 14 日手机运行轨迹数据，自己和王文博则直接找廖寿福谈话。

他们把廖寿福召到金合佳源警务室，让他回忆 7 月 14 日那天的活动情况。廖医生开始表现得很不耐烦，说都过去一个月了，要他回忆当日自己都做了些什么实在有些困难。后来在顾煊和王文博的引导下，通过查看其手机通话、短信记录，并上网找到其微博、上微信进入朋友圈查看其聊天记录等，确认了 7 月 14 日那天他就在医院上班。同时他还让助手提供了看病记录。

而在滨越市公安局技术侦查部门的帮助下，也很快搞清了廖寿福 13722312×67 手机号码 7 月 14 日那天的运行轨迹。与廖寿福的陈述基本相符，7 月 14 日上午该手机确实都在滨越市第二医院范围内。宇阳和肖凡还通过话单分析软件对廖寿福 7 月 1 日至 31 日的手机使用记录数据进行了分析，得出的结论为：整个 7 月，廖寿福都没有和林安宇通过话。且经多方查核，近年来，廖寿福只使用了 13722312×67 的手机号码，没有使用其他手机号码。

至此，各种证据都证明 7 月 14 日廖寿福没有到过东南政法大学。廖寿福被排除。

第九章 教授的活动空间

一

按照预定计划，顾煊组转入对与刘木柯相关的第一现场的勘验检查。

顾煊、肖凡、宇阳都认识刘木柯，刘木柯也认得顾煊。顾煊和刘木柯联系，刘木柯说他在学校。校园里依旧寂静，刑事司法学院大楼里也没有什么人。顾煊直接登上大楼四楼去找刘木柯，肖凡、宇阳在车里等候。当顾煊说要再次看看金合佳源第 9 幢1203 室时，刘木柯不置可否，虽然外表看上去温文尔雅，可黑框眼镜下的眉宇间却透出一道不怒自威的神色。顾煊连忙说只是奉命例行检查，请他不要见怪。刘教授笑了笑把 1203 室的钥匙给了顾煊，并说他就不去金合了，由顾煊他们检查便是。

离开刘木柯办公室的时候，顾煊便想，这刘院长也太淡定了，不管是从言语，还是从举止上，一点儿都看不出他有什么慌乱、不满之处。如果他真的是杀人犯，他能如此镇定吗？也许他不是，是他们搞错了。面对刘木柯时大家总有些发怵，前段时间查案时张飞平也有那样的感觉。不知为什么，顾煊觉得自己也如此，查刘木柯，好像是自己的不是，好像心虚的是自己。顾煊对自己都干了十几年刑侦了，面对犯罪嫌疑人时却还会心虚感到有些不高兴。如果刘木柯不是犯罪嫌疑人的话，自己面对他时有些心虚是正常的，毕竟人家是全国知名人士，名牌大学教授，办案、鉴定、格斗样样优秀，敬重他是理所当然的。可如今是在查案，他是犯罪嫌疑人，自己为什么还要心虚呢？

当顾煊进入车子时脸上的神色有些不悦。宇阳瞧出来了，问道："碰到什么不高兴的事了？""哎，不是不高兴，只是想不开。每次见到这位刘大教授就胆怯。"顾煊摇了摇头。宇阳听罢，马上接话："是啊，我也是。每次见到他就像中学时见到严肃的班主任一般。""这人厉害得紧，我有听过他的课，就他的课我不敢打瞌睡。"肖凡也表示有同感。"顾队，这有什么好郁闷的，有的人就有这种威严，没办法。"宇阳呵呵一笑，"不说了，不说了，钥匙拿到了，刘院长叫我们自己去查，真是大气啊！"顾煊本想笑一笑，可没笑出来，说："其实我知道我不高兴的另一个原因，我并不希望刘教授真的是杀人犯。如果林安宇是他杀的，我会很伤心的。"

王文博开着车，不吭气。车子从东南政法大学开往金合佳源，一路上可见许多监控摄像头。顾煊对这条路已然很熟悉了。上个月月底的时候，他和张飞平已在这条路上行走多次，该取的视频资料都取了，该用的资料也都用了。想想离7月14日都过去一个月了，那些对本案有用的视频资料早已经被层层覆盖，失去它的利用价值了。

第9幢1203室面积一百五十平方米，为二室、一厅、一厨房、三阳台、三卫生间结构。看过1203室后，顾煊就想到了廖寿福的住房。初看这房子与廖寿福的住房好像有很大的差别，可细看，这第9幢1203室和廖寿福的第47幢1103室是何其相似。房子结构相同，卧室的地面都铺着木地板，大厅、厨房的地面都铺着瓷砖。要说不同，只是1103室略大，1203室略小。顾煊心想，如此相似的两套住房，为什么初看会觉得有很大的不同呢？他认真地又瞧了瞧，知道了感觉不同的原因，原来 1203 室并没有用墙壁把厅与厨房隔开，隔开厅与厨房的只是一个大冰柜；1203 室的大厅墙壁没有完成最后的粉刷；1203 室的墙壁、地面、物件都很新，而 1103 室的墙壁、地面则有些旧、有些脏，室内摆设零乱。因此，初看一处像尚未完工，一处却已破旧。

　　勘验时顾煊请了一位空闲的保安当见证人。与勘验 1103 室相同，把 1203 室也分成五个部分。然后在每个部分里先静态后动态、先低处后高处，依照勘验规则按步骤有重点地进行勘验。勘验人员想象着刘木柯就在这一套房子里作案：他把林安宇带到这房子里后，把她杀害了，然后把尸体冰冻起来，之后又进行碎尸，接下来开始抛尸，由于抛尸是分批次进行的，所以有的尸块就又被冻了起来。那在这房子里，他们两人还做了些什么呢？顾煊记得，那一天林安宇和作案人 11 时 20 分离开政法大学基站小区，近 12 点进入南台区的金合基站小区，12 时 14 分林安宇的手机信号消失。结合车辆从进入南台金合基站小区，再到金合佳源，而后被害人乘坐电梯上楼，进入 1203 室需花费的时间可判断，当林安宇进入 1203 室后不久其手机即被处理。因此，作案人与被害人之间可能只有短暂的亲热，而在那之后林安宇就被杀害了。

　　在这样的现场中要找的东西自然是与杀人碎尸相关的痕迹物品。顾煊、肖凡、宇阳、王文博都知道对手的厉害，因此他们必须全力以赴，所有可能用到的设备，如多波段光源、激光勘查灯、电子扫描显微镜等都被搬到了 1203 室。四个人都参加过多起命案的侦查，尤其是顾煊和肖凡更是指挥和参加过无数个命案、伤害案件及其他案件的现场勘查。可是面对 1203 室这个疑似犯罪现场，他们仍觉得有压力。

　　1203 室里的物件其实不多，与其说这里是住宅，不如说是酒店宾馆更合适。在储物间里发现了几个袋子，可袋子的样式、颜色等与在各地现场上发现的袋子全然不同，因此不予提取。第一、第二卧室，第一、第二、第三卫生间，第一、第二、第三阳台都没有留下可以提取的痕迹物品。在室内的各柜子、抽屉、容器里找寻，也没有发现那种用于解剖的手术刀片。凶手，他会在什么地方杀人碎尸呢？无论从什么角度去看，林安宇会跟随作案人到此，都说明两人在此之前是和好的。到了房间后，哪怕作案人要置林安宇于死地，他也可以不急于变脸，而可以选择在亲热中乘林安宇不备时下手，这样既省时又省力，还不容易留下破绽。从前期的侦查情况看，作案人是有预谋要杀害林安宇的。他们之间不是因一时的冲突、争执而引起的激情灭杀。因此，卧室是他们进入房间后先要去的地方。作案人为了尽量不留下明显的痕迹、物品，可能会选择以扼颈的方式杀人，而不会用钝器击打、锐器砍刺。但尽管卧室乃至床铺可能是杀人的场所，但要在这一场所找到与杀人相关的遗留物却并不容易。当作案人卡扼林安宇时，林安宇会挣扎，挣扎过程中可能会把自己身体上的排泄物、分泌物等遗留在床铺上，但作案人只要把床铺一整理、一清洗，这些东西就不复存在了。

接下来勘验的重点应放在碎尸和藏匿尸块的位置。作案人会在哪里碎尸呢？尸体被藏匿于冰柜之中，而冰柜放置于厨房与大厅之间。就常理而言，作案人应当选择离冰柜较近处碎尸，而且把尸体搬到离冰柜较远的地方去切割也没有必要。室内灯光被关闭了，顾煊、肖凡、宇阳各持着多波段光源、激光勘查灯、手持式电子显微镜从冰柜处开始向四周搜寻。转了一圈又一圈，将全部的地面都搜索了一遍。搜索完毕，三人互相看了看，都摇了摇头。四人都有不好的感觉，室内太干净、太整洁了。他们将希望寄托在最后要勘验的冰柜上。

该冰柜长一米八，宽一米二，高一米五。柜内除了三袋茶叶外，并没有其他东西。四人取出茶叶，先后用多波段光源、激光勘查灯、手持式电子显微镜找寻，没有任何发现。这冰柜就像是还没有被用过的样子。

顾煊心里一凛，莫非刘木柯把旧冰柜换成了这新冰柜？可前期调查时并没有任何人提起这件事。顾煊又看了看冰柜的外观，却不像是新的。顾煊真想立即问刘木柯这冰柜究竟用了多久。如此干净的冰柜真的被用过吗？抑或是刘木柯对内部进行过彻底的清理？

勘验结束，可以说在1203室没有提取到任何有价值的痕迹物品，但这并不能说明这里就不是第一现场，也不能就此说明刘木柯不是作案人。尽管对1203室的勘验一无所获，但这一无所获，恰好又一次证明了作案人的狡猾。

当顾煊把钥匙交还给刘木柯时，刘木柯什么也没说，把钥匙接过去就又开始忙自己的工作了。顾煊觉得有些尴尬，也不好意思再和刘木柯说些什么。

二

当一组在查廖寿福时，二组也开始全力调查刘木柯。

李长安总觉得自己不擅长在虚拟空间里搞调查。因此，他自己选择调查刘木柯在物理空间的动向，而把调查虚拟空间的任务让刘铁英去安排。于是，便由刘铁英和魏清去调查刘木柯在互联网空间的踪迹，并结合内网调查刘木柯的家庭情况、车辆情况、住宿情况、旅行情况、房产情况等；由张飞平和宋韩研调查刘木柯在通信空间的活动、资金流转情况。

该如何去查刘木柯在物理空间的情况呢？李长安想，如果刘木柯对调查一无所知，或者已经限制了刘木柯的人身自由，那就很好办了。可现在的情况却不是这样，刘木柯虽然被确定为重大犯罪嫌疑人，但还没有什么证据去证明，因此他的人身完全是自由的。在此状态下，直接去问刘木柯显然是不妥的。这种调查是要避开刘木柯的，但调查一旦开始，很快就会传开，那时刘木柯一定是会知道的。还好现在在放暑假，传播的途径比较单一，如果在调查时能够强调一下保密性，对控制传播还是会有一些帮助的。可认识刘木柯、知道他的情况的人很多，应该选一些什么人去调查呢？同事、同学、会友、同行、亲戚、家人、学生、服务对象，在这么多的目标中，同事应该是询问的重点。而要找与刘木柯来往比较多的同事，东南政法大学保卫处处长王严波是必须要问的；本案侦查初期接触过的陈道林、沈红轩、叶琳也要再次询问；那几位搞司法鉴定的老师也可以列入询问的名单。

以上几位调查对象的电话号码专案组都有。李长安先约了王严波，王严波表示最近他正在配合林安宇失踪案的调查，随叫随到；又约了陈道林，但陈道林说他去外地了，要明天才能回来。于是李长安又约了沈红轩，沈红轩答应可以面谈，但访谈的地点最好在学校，不要在她家里。

李长安随即赶到了东南政法大学。

王严波很熟悉刘木柯，对刘木柯的家庭、生活、工作、来往关系人、情感、性格、为人等都知道一些。

王严波说，刘木柯祖籍南夷省龙头市，妻子好像是泉亭人，原来在一家企业工作，已退休多年。独生女从海山大学研究生毕业后在省建设厅工作。刘木柯夫妻二人关系正常，没听说过有什么特别的事情发生。在人们的印象里，刘木柯是个严谨之人，生活很有规律，没有什么不良嗜好，不抽烟，不随便喝酒，注意锻炼身体。他工作很投入，虽然是院长，但也上课，还亲自搞司法鉴定，且是兼职律师。大家都知道，他的科研能力很强，科研成果在全校名列前茅。尽管刘木柯工作较忙，但是他的交际却较广。他总是温文尔雅，轻易不发脾气，但好多人都有些怕他。他好像不太好接近，但似乎又有不少很好的哥儿们，平时偶尔会一起外出玩一玩、聚一聚。在男女关系问题上，是有一些关于他的闲言碎语，但这样的闲言碎语谁没有？何况刘木柯是一个那么优秀的学者、专家。

看来，王严波很敬重刘木柯。从王严波的叙述中，听不出他对刘木柯有什么不好的评价。

李长安又问那些所谓的闲言碎语是什么。王严波回答说，曾经有传言说刘木柯和本学院的女教师关系暧昧，男女关系不清楚，而其中就包括刘木柯和林安宇。但王严波强调说这是好几年前的事了。

李长安还想从王严波那里了解一些刘木柯的生活、工作细节，但王严波却说不出来了。最后他说，他和刘木柯好像很熟，但真实的刘木柯是怎样的，他其实并不知道。

随后李长安又问到刘木柯所使用的车辆，王严波又一次强调说有很多车供刘院长调配使用。他曾经亲眼见过，在十几天里，刘木柯用过三部不同的车。

王严波确实只是知道一个大概的刘木柯，可谁又能知道一个具体的刘木柯呢？当问完王严波后，李长安又约了下一个问话对象——法医沈红轩。

沈红轩，容貌清秀，看起来比实际年纪要小，说起话来轻声细语，但性格却是坦诚率直。她神情悲伤，对警方怀疑刘木柯是凶手无法接受。她表示她很敬重刘院长，哪怕刘院长和林安宇真的好上了那也正常。她也听说过刘院长和林安宇关系异常的事，但她认为那只是开玩笑的话，从不相信。针对刘木柯和林安宇的关系，沈红轩还补充说，就她个人来说，还真希望林安宇与刘院长好上。她觉得林安宇本就不该嫁给上官文。如果刘院长和林安宇相好，他们会过得很好的，并且刘院长是不可能杀害林安宇的。而对刘木柯的家庭、性格、工作等情况的叙述她与王严波说得差不多。

当李长安问到车牌一事时，沈红轩说，车牌的事最好不要问她，因为车牌归鉴定中心所有，应该去问叶琳、蔡宏基他们。她是搞司法制度比较的，所以也没去过鉴定中心。

问过沈红轩，李长安又约了蔡宏基。

蔡宏基，年近四十，身材魁梧，大嗓门儿，看那模样，一点儿都不像是搞技术的。蔡宏基说，他和刘木柯接触得比较多。他们除了在办公楼会议室见面外，还经常在鉴定室见面。他和刘院长都是痕迹组的。尽管刘院长会的鉴定类型很多，但主要还是搞痕迹、文件鉴定。他知道刘院长外面的朋友不少，他也和院长一起在校外和院长的朋友喝过好几次酒。当李长安问他刘院长的朋友都是些什么人时，他说有政法系统的，也有做生意的，范围很杂。此外，蔡宏基说他去过院长家，并说院长的家与他想象的不大一样，住房不大，地板、墙壁、家具都比较旧。而给人印象最深的是气氛不太对头，沉闷得紧。

"你说刘院长家里气氛不对头是什么意思？"李长安想深究这问题。

"我去过院长家三四次，有的时候院长夫人不在家，有的时候在家，但在家的时候也不太搭理客人，就待在卧室里。有一次，我在院长家待了近一个小时，院长夫人始终都没露面。而院长夫人不露面，院长也不去理她。他家里收拾得倒还干净，但室内光线有些暗，总觉得气氛不对头。"蔡宏基似乎对此也有疑惑，想和李长安一起探讨似的。

"你怎么知道当时院长夫人在家呢？"李长安问。

"我进门的时候还看到她的影子，后来就不见了。院长家不大，且卧室的门关着，那她肯定就在卧室里。"蔡宏基答。

"你认识院长夫人吗？"李长安又问。

"认识，十多年前就认识，以前也和她说过话。"蔡宏基眉头紧锁，似在回忆。

"你的意思是你已经很久没和院长夫人说过话了？"

"是的。有好多年了。"

"为什么院长夫人后来不和你说话了呢？"

"这我就不知道了。中间有好几年我没见过她，听说她到外省自食其力去了，后来听说她回了滨越。不记得是从哪一年开始，我到她家的时候她就不见我了。这事我也没在意。现在想想有些不对啊！"

"院长和你谈过他老婆的事吗？"

"没有。我想刘院长不会和任何人谈他老婆的事。"

"这话是什么意思？"

"我和刘院长算是关系比较密切的，他都不和我说，他还会跟谁说？刘院长不管在什么场合都不谈家事。"

"你是说刘院长家庭不幸福？"

"据我所知，据我所看，应该是不幸福的。"

"为什么这么说？"

"一门心思放在工作上，从来不谈家庭的人，家庭会幸福吗？其实这事大家心照不宣，都知道的。"

"你觉得是什么原因造成的？"

"这我可说不来。但说句不敬的话，两人真不般配，不般配就会使夫妻关系失去稳固的基础。"

"怎么个不般配法？"

"说起不般配，话可就多了，概括为一句话就是两人天差地别。"

"刘院长不是自由恋爱的？"

"这中间好像有个阴差阳错的故事。可我从来没听刘院长说过。"

"问个不该问的问题。依你所见，刘院长和夫人是同睡一间卧室，还是分开睡？"

"据我所知，刘院长并不经常在家里住。根据我所看到的，还有我的判断，刘院长肯定和老婆分开睡。"

"刘院长经常不在家过夜，那他在哪里过夜？"

"他在外面有的是过夜的地方。"

蔡宏基的话提醒了李长安。是啊，刘木柯在金合佳源有一套那么大的房子。那房子的所有权虽然不属于刘木柯，但完全由他支配。他可以住在金合，也可以住在办公室，还可以住在鉴定室。那他在别的地方还有没有住处呢？他应该还有所有权属于他自己的房产，说不定他还另有类似于金合佳源那样的住处。

想到这里，李长安问道："刘院长还有别的房子吗？"

"还有一套。房子在南台区乌蓬路一带，我去过。"蔡宏基很快地作出问答。

"你认识一个叫钟建文的吗？"

"不认识。"

"你到过金合佳源住宅区吗？"

"没有。"

"有人把自己的房子交给刘院长照看，这事你知道吗？"

"不知道。"

"你知道刘院长有朋友或亲戚移民美国或其他国家吗？"

"刘院长是有不少好朋友，有些朋友还很有钱。几年前，我有听刘院长说过他的朋友出国了，好像还不止一个。"

几个人问下来，终于从蔡宏基那里问到了一些涉及刘木柯犯罪思想基础的信息。这蔡宏基还真的是很了解刘木柯，而且挺愿意说，回答问题没什么顾虑。虽然是午休时间了，但李长安还得继续问下去。

他又问蔡宏基刘院长到底有多少可供他使用或调配的车子。蔡宏基想了想，回答说："学院尽管配有专职司机，但学院的那四辆车都由刘院长调配。刘院长自己还有部私家车，他好像还开过别的车。有一次，他开了一辆奥迪，我问这车是哪儿来的，他说是朋友的。"

这话刺了李长安一下。他想到了摸排福特车的事。如果作案人用的是从朋友处借的车来接林安宇，那仅从车主入手排查能查出来吗？他深深地感到前期对车辆的排查真的有很大的失误。

"你知道刘院长从他的哪些朋友那里借过车吗？"李长安心里仍惦记着那辆没有着落的福特车。

"这我就不知道了。"蔡宏基摆了摆手。

车牌的事也得问蔡宏基。蔡宏基说,他们鉴定中心有三十多副车牌,且都是真牌,是鉴定中心申请特制的。别人的车牌挂在车上,他们的车牌放在鉴定室里。车牌主要是痕迹、文件鉴定室在用,以便在鉴定假牌时作为参照物。这些车牌也在教学中使用,上实验实训课时也常被教师借去当教具用。

三

李长安理了理,觉得对刘木柯的基本情况已了解得差不多了。而除了陈道林外,那几位了解刘木柯情况的老师也都问过了。接下来他想去看看刑事司法学院的那几辆车,也要去瞧瞧鉴定中心的那些车牌。于是,他又约了王严波。

王严波让李长安在大学宾馆小憩,自己去联络鉴定中心以及刑事司法学院的相关人员。王严波心想,如果把刘木柯叫来,那李警官想看的东西就都可以看到了。但这时很显然不宜惊动刘院长。所以他联络了鉴定中心的当日值班员,并交代其准备好放有车牌的鉴定室的钥匙。他还联络了刑事司法学院那位姓张的专职司机,也就是车辆管理员,要他带好车库钥匙下午到学校来。

在鉴定中心接待王严波、李长安的还是那位姓林的管理员。她和王严波、李长安一起乘坐电梯直达六楼,然后用钥匙打开了痕迹鉴定室的防盗门。室内中央桌面上、北侧柜子里各放着一堆车牌。李长安翻看了一下,牌子各式各样,有小车的、大车的、私家车的、公共汽车的、货车的、出租车的,有白底的、黑底的、黄底的,品种比较齐全,其中私家小车牌最多。李长安数了数,总共三十六张牌子,光私家小车牌就有十八张。随后李长安给每张车牌都拍了照片。

那位张司机15时也到了学校。他前几天因为车子的事曾被警察问过话,因此见到李长安时,他主动向李长安打了招呼。

　　刑事司法学院的四辆车都在车库里。一辆是银灰色福特蒙迪欧 2010 款 1.8 GTDi240 基本型车，这辆车前几天作为嫌疑车被查过。另三辆车分别是黑色广州本田、灰色东风雪铁龙、灰色东风标致。几辆车都与 7 月 14 日上午出现在东南政法大学西门的那辆车子相去甚远。李长安也从不同角度给这四辆车拍了照。

　　调查暂时告一段落，李长安心里仍在想，7 月 14 日上午出现在东南政法大学西门的那辆车哪里去了？如果那天在校园里接林安宇的人是刘木柯，那么他会选用什么车呢？不是学院的四辆公车，他会用自己的车吗？估计不会。想到这里，李长安给刘铁英打了电话，问她关于刘木柯私家车的调查情况。刘铁英告诉他，刘木柯的私家车已经查清，他登记在册的车是上海大众帕萨特 2.0L 手动基本型，黑色，于 2007 年 5 月购置，那辆车当时的售价约为十六万元。不出李长安所料，刘木柯果然没有用自己的私家车。那么他会用什么车呢？

　　李长安想起上午蔡宏基说的，有一次，刘木柯开了一辆朋友的奥迪车，那么在东南政法大学西门出现的福特车会不会也是刘木柯朋友的呢？

　　傍晚，李长安返回市局，和刘铁英碰了一下头。他查看了刘铁英、魏清的调查情况，摘走了刘木柯两处房产的登记地址，还从刘木柯近两千个通讯录号码中摘录了六、七月与刘木柯通话最频繁的五个电话号码。

　　随后，他到南台区西山路 101 号刘木柯家所在的白马小区看了看，并计算了从白马小区南大门走到南台区天元路 123 号所需的时间，共花费了二十二分钟。白马小区是个 20 世纪末建造的住宅区，小区内有二十多幢七八层高的楼房，外观已较破旧。刘木柯的家在 7 幢 504 室。李长安在楼下徘徊了几分钟，最终还是没有上楼。他想等问过陈道林，并与小组其他成员商议后再作定夺。接下来他又去了南台区乌蓬路 11 号的乌葵小区，这是个较新的住宅区，小区布局合理，环境优美，区内有三十多幢高楼拔地而起。刘木柯的房产位于 12 幢 1206 室。李长安在楼下看了看后就离开了。

第二天，李长安约了那位六七月间与刘木柯通话最频繁的周培钦。他们在周培钦的工作室里见了面。周培钦，四十来岁，戴一副无框眼镜，看起来斯文儒雅。周培钦说他是东南政法大学人文学院法语专业毕业的，后来改行搞了设计。大概十年前，他因为一位朋友打官司经人介绍请了刘教授当辩护律师。由于他是东南政法大学毕业的，很敬重刘教授，再加上投缘，就这样交往了起来，慢慢地成了好朋友。刘教授知识面很广，所以他经常会向刘教授请教各种各样的问题。有时他还会约刘教授一起吃饭，以及到郊外散步。刘教授总是一个人和他见面，从没有带过妻子、孩子。他没有去过刘教授家，刘教授也没有到过他家。他们相见的地点有时在刘教授的鉴定室，有时在他的工作室，有时在咖啡馆，偶尔也在野外。刘教授也会请他参加一些聚会。他和刘教授的其他亲戚、朋友接触不是很深，大都只是一面之缘。

李长安又问周培钦他和刘教授之间有没有发生过经济关系，周培钦很坚决地回答说，尽管他和刘教授偶尔也吃个饭、喝个酒，但他们之间纯粹是君子之交。

正当李长安觉得从周培钦处也问不到自己想知道的事，要结束访问时，陈道林给他打来了电话，说自己已经回到了滨越，问什么时候方便见面。李长安说可以马上见面。于是，从周培钦处出来，李长安随即赶去了东南政法大学。

他们还是在大学保卫处的小会议室见面。

"哎呀，让李先生您久等了。对不起啊！放假后我就一直待在滨越，可这刚一走您就找我了。"一见面，陈道林就叨唠起来。

李长安一看就知道这是一个热心肠的人。

陈道林首先再次表达了对林安宇被害的悲痛，同时也表达了对凶手的痛恨，但他对怀疑刘木柯是凶手也表示不能接受。见状，李长安连忙解释说刘木柯只是嫌疑人之一，侦查部门只是例行谈话。陈道林表示理解，并说一定知无不言。

李长安问陈道林的第一个问题便是刘木柯与林安宇的关系。陈道林将刘木柯与林安宇的关系概括为这么几个字：好，但正常。他说，林安宇长得漂亮，围在她身旁的人很多。和其他的人比，刘院长倒还没有那么多机会和林安宇在一起。林安宇和其他人一起吃饭、喝酒时经常还见不到刘院长。但他们也知道，刘院长很关心林安宇，林安宇也知书达理。二人共事二十多年了。他刚到刑事司法学院的时候就知道林安宇和刘教授关系挺好，那时刘木柯还不是院长。后来二人的关系可能有些不如以前，有时也会有些矛盾，但总体是正常的。

李长安想，刘木柯和林安宇之间有矛盾，这可是第一次听说，于是问："陈教授，你能说说刘教授和林安宇之间的矛盾冲突是如何表现的吗？"

"在有些场合，当他们对一些事情有不同看法时，会板着脸相对。尽管没有吵起来，但大家都可以看出他们之间有冲突。当然，一阵子后一切就又恢复正常了。"陈道林回答。

接着，李长安又问了刘院长的家庭情况。对刘木柯的家庭陈道林表示他也说不准。他去过刘木柯家，认识刘夫人，但不知道他们夫妻关系怎样。刘院长很少谈起自己的家，也没见过刘夫人到过学校。现在刘院长的夫人已退休，还住在南台区西山路的老房子里。

当李长安要陈道林谈谈刘木柯时，陈道林便滔滔不绝地说起来。他说自己很敬重刘教授，大家也都很敬重刘教授。他极力夸奖刘教授，说他德才兼备、多才多艺、文武双全，是广大师生们崇拜的偶像，并再次表示刘教授不可能是凶手。

李长安问起刘木柯的交际情况。陈道林说刘院长的朋友特别多，除了同事、亲戚外，很多学生也会刻意与他套近乎，有的也会成为他的好朋友。他因为搞司法鉴定，常常要与委托人打交道，同时他又兼职律师，常常要与当事人、检察官、法官打交道。此外，他的很多学生在公安机关工作，所以他与许多警察也很熟。他还有在各行各业工作的同学，以及经常参加一些学术活动认识的会友、学者……所以，说起来刘院长的交际还是很广的。

李长安把刘木柯的电话通讯录拿给陈道林看，让他指出十个与刘院长关系特别好的人。几分钟内陈道林就把这十个人选了出来。

李长安还特别问陈道林知不知道有谁把自己的房子、车子交给刘木柯照看。对此，陈道林也说不出个所以然来。

最后，李长安向陈道林要了刘木柯的所有联络方式，手机号：13702328×23，家庭电话号码：835625×5，办公室电话号码：835342×7，电子邮箱：lmkby@sina.com，微信号：mmlmk，QQ号：267363×13，微博网址：http://weibo.com/lmk，博客网址：http://blog.sina.com.cn/lmk。

第十章　内心起因

一

通过陈道林提供的刘木柯所有的联络方式，刘铁英和魏清很快确认了准确的寻踪依据。

查看刘木柯的微博，博文更新的最后时间是 2014 年 8 月 2 日，那是一篇题为"实用价值最高的刑事辩护技巧"的小文章。该文章转自网络，原是一篇长文章，刘木柯把要点摘录在此。在 8 月 2 日之前有上千篇的博文，且大多是转载的。刘铁英稍稍看了看，博文大多转自于微信。在微博里，刘木柯几乎没有展示自己，也很少谈自己。他的博文题材很广，犯罪、法律、法庭科学、心理、教育、社会、经济、文化、体育等问题都有涉及。有很多人关注刘木柯的微博，但纵向比较，前几年的关注度很高，近一两年则有所下降。在个人资料里，刘木柯只填了姓名、性别两项，其他的都是空白。相册里只有六张照片，都是风景照。

刘木柯的博客很受关注，博客等级 24 级，今日访问量 186，总访问量 1116630。博客日志最后的更新时间是 2014 年 7 月 15 日，这篇日志是 7 月 14 日凌晨刘木柯看了世界杯总决赛后发表的一些评论。刘铁英看了看刘木柯的博客资料和记录，发现刘木柯2004年就有博客和微博，但开始在微博和博客上发日志始于2007年。2007年至2011年其博客的访问量逐年上升，但从2012年开始下降，而这主要取决于刘木柯发表博文的数量的先升后降。与微博相同，刘木柯博客里的大多数日志是转载的。日志分成冥思、智慧、瞭望、启示、意境、印迹、情感、探案、犯罪、娱乐十大类。魏清粗略地阅读了一下，日志里不乏精辟、对人有所启发的好文章。博客相册里有六张照片，其中四张人物照、两张风景照。

从刘木柯微博和博客的内容上看，刘铁英和魏清并没有发现什么特别之处。

接下来通过互联网用户名关联查询、内部查询，并进行了密码破解，刘铁英发现了刘木柯在虚拟空间里的其他活动踪迹。在淘宝网上有刘木柯的购物记录。他在淘宝网上的最后一次购物时间是2014年8月7日，购买的是数码产品。在这之前，他还有上百次的购物记录，所购的东西比较杂，有摄影器材、衣物、日用品、小电器等。在当当网上也有他的购物记录，主要购买的是书。他最后一次购书的时间是2014年7月13日，购买的图书共六本，分别是：《五千年犹太文明史》、《出梁庄记》、《论美国的民主》、《法学思维》、《政法笔记》、《法的门前》。而在7月13日之前，他也买了不少书。所买的书比较杂，法律、经济、政治、社会、文化、犯罪、侦查、司法鉴定、心理等方面都有。

此外刘木柯还注册了理财通、支付宝、余额宝，在这些账户里都存有少量的现金，账户上分别有十多笔或二十多笔资金流转的记录。刘木柯还在微信上绑定了一个银行卡，该卡是中国建设银行龙卡，卡号为436770130311214921×。他用该卡通过微信进行了十多次交易，买了一些日用品、数码产品、书，每次的成交价格都在一千元以内。

通过经侦查询系统，发现刘木柯在境内开设的各类账户有五个，分别是工商、建设、兴业、招商、交通银行。账户里的资金只有少量的流转。各账户资金总计二百八十九万元人民币。

据调查，在内网人口信息库里登记的刘木柯的家庭人口共有三人。户主刘木柯，1964 年 10 月 20 日出生，研究生文化程度，身高 175 厘米，在东南政法大学工作。妻子包利梅，1964 年 6 月 18 日出生，高中文化程度，身高 159 厘米，在南夷信雅股份有限公司工作。女儿刘思雨，1990 年 2 月 21 日出生，研究生文化程度，身高 168 厘米，在南夷省建筑厅工作。

从内网机动车/驾驶员信息库检索发现，刘木柯登记在册的私家车有一辆，是上海大众帕萨特 2.0L 手动基本型，黑色，车辆出产日期为 2007 年 5 月 5 日，发证日期为 2007 年 5 月 24 日。

进入旅店业信息系统查询，2005 年至今，刘木柯在省内共有 184 次住宿登记。这些住宿地分处南夷省省内各地级市，在滨越市市内只有十多次住宿登记，而且大都是滨越市下属的县级市，如青木、乐平等市。他在省外的住宿情况暂时还无法查询。而民航信息查询系统显示，从 2011 年至今，刘木柯有五十多次飞行记录。其中飞往北京有十二次，其他的分布于全国的各个城市。

从内网房屋信息系统查询得知，刘木柯名下有两处房产：一处位于南台区天元路 123 号白马小区，一处位于南台区乌蓬路 11 号乌葵小区。

张飞平和宋韩研在市公安局技术侦查部门的配合下，获取了 13702328×23 手机号码的通讯录和半年的通话、短信数据，获取了固定电话 835625×5、835342×7 的半年的通话数据。据调查，号码 13702328×23 手机通讯录里有 1827 个联系人，通过 QQ 通讯录软件存放在云端；半年里的通话、短信记录近四千条。至于手机和固定电话的其他数据暂不作分析。

张飞平他们先从外围查看了刘木柯在微信空间的活动情况。

在征得叶琳的同意后，咱们通过叶琳的手机查看了刘木柯的朋友圈。在朋友圈里，从 7 月 1 日到 8 月 13 日，刘木柯共发日志三十二篇，但大都是转发。同时他也会对一些日志点赞或稍作评论。叶琳说她保留着自己与刘木柯的聊天记录，但聊天记录很少，从 7 月 1 日起，刘木柯与叶琳只有两次聊天，一次在 7 月 4 日，一次在 7 月 17 日。4 日那次聊的是 8 月在甘肃的学术会，刘木柯问叶琳要不要参加，叶琳回答说可以参加。17 日那次聊的是林安宇的事，叶琳问刘院长知不知道林安宇去哪里了，刘木柯回答说不知道。初看刘木柯在微信里的行踪也没有什么异常。

要不要进入刘木柯的微信空间、QQ 空间，张飞平拿不准，问了一下刘铁英，刘铁英说她也拿不准，叫张飞平直接请示孟可。孟可回复说，既然都把刘院长当作重大犯罪嫌疑人了，当然要进入。

这些专门搞数据收集与分析的侦查人员都知道，犯罪嫌疑人通常会把与犯罪相关的微信交流内容、QQ 交流内容部分删除或清空，因此微信空间、QQ 空间里的内容只会是残缺的。为了得到完整的微信空间、QQ 空间记录，必须调取微信和 QQ 服务器数据。与本案侦查初期调取林安宇微信记录和 QQ 空间数据一样，张飞平请孟可通过关系从腾讯公司、腾讯大队获得了刘木柯在微信空间、QQ 空间近半年的记录数据。

刘木柯的微信朋友圈里共有朋友六十一位，7 月以来和他聊天的朋友有三十一位，其中包括林安宇、陈道林、叶琳、沈红轩等。且他圈内的朋友大部分是他手机通讯录里的联系人。刘木柯在微信里的昵称是"木木"。

张飞平重点查看了刘木柯与林安宇在微信里的聊天记录。从 6 月 1 日开始，6 月 1 日至 7 月 14 日，刘木柯和林安宇在微信里有过四次聊天，时间分别是 6 月 4 日、6 月 12 日、6 月 18 日、7 月 2 日。6 月 4 日，刘木柯给林安宇发了一个链接，题目是"人生最大的修养是爱、感恩和宽容"，林安宇回复了一个闭嘴的表情符号，而刘木柯则没有再说什么；6月12日，刘木柯又给林安宇发了一番感慨，林安宇同样只以一些表情回复；6月18日，还是刘木柯先给林安宇发的，他叫林安宇招呼大家一起去玩儿，林安宇回答说去玩儿也不会和刘木柯去，刘木柯回复说只要大家高兴就行；7月2日，刘木柯告诉林安宇在甘肃有个会，问她要不要去，林安宇回复问他什么时间，他说7月中旬，林安宇便说随便吧。

张飞平他们发现，刘木柯和林安宇聊天有两个特点，一是每次都是刘木柯发起。为证明这一特点，宋韩研又查了前面的聊天记录，的确如此。在前面的聊天记录里，只有个别几次是由林安宇发起的。二是相互不称呼对方的职务。刘木柯没有叫林安宇教授、教师什么的，林安宇也没有叫刘木柯院长、教授什么的。从这两个细节，张飞平看出了他们关系的不一般，甚至有点儿不正常。如果是正常的上下级、同事关系，不至于总是刘木柯先找林安宇聊，而林安宇则多数爱答不理。当然，如果要说他们关系很密切，那倒也不见得，因为二人并没有亲密的称呼及互动。

根据腾讯大队提供的密码，侦查员进入了刘木柯的QQ空间。刘木柯很少用QQ，QQ里只建了一个群，群名称为东南政法大学刑事司法学院教师，群成员六十三个。张飞平记得这与在案件侦查初期调查林安宇时一样。在QQ空间聊天记录里看不到刘木柯的影子，空间相册里只放了一些学院活动的照片供下载。

至此，张飞平和宋韩研对刘木柯的这些情况有了一定的了解，他们把这些重要数据存放在移动硬盘里，留备后用。

二

"7·29两女被害案"有些胶着。

迄今为止，本案的侦查经历了四个阶段。先找失踪的林安宇，接着并案，通过DNA鉴定确认林安宇死亡，同时发现一林女伴牵扯其中，之后发现可疑车辆、寻找第一现场，围绕第一现场、可疑车辆展开排查，发现线索、搜集证据，因没能发现实质性证据而转入第四阶段——直接调查刘木柯。

从前期确认的摸排条件看，刘木柯具有重大的杀人嫌疑，但仅仅是有嫌疑而已。刘木柯有杀人的动机吗？对此问题，孟可也甚觉头疼。动机是一种内心起因，有时简单明了，有时却极其复杂，要把一个人的杀人动机一下子搞清楚谈何容易。孟可头疼于搞不清刘木柯杀害林安宇的动机，也没能搞明白为什么会有一位林女伴被牵涉其中。从这几天调查刘木柯所获取的信息分析，尚未能获取能证明刘木柯杀害林安宇动机的依据。不但没有获取，而且得到的大都是不相信或刘木柯不会杀害林安宇的信息。对此，孟可有些纠结，他甚至自问，是不是真的搞错了？

孟可知道，直接查刘木柯完全是自己的主张，如果自己没有提出，其他人决然不会在此时提出。可自己提出直接查刘木柯是有依据的，这些依据来自于对前期侦查所获信息的分析判断。孟可知道，所谓犯罪，就是基于某种内心起因而去实施一些行为，而要实施行为就会受到客观条件的限制，要完成行为就要具备相应的条件。把刘木柯定为重大犯罪嫌疑人是基于林安宇失踪案中一系列犯罪行为的特定性以及根据这些特定性分析判断的结果。把前期确认的摸排条件再理一理，孟可对把刘木柯确定为重大犯罪嫌疑人又有了信心。

至今，林女和林女伴身体上各有五个部位还没有找到，但从7月29日在北源郊发现林女伴的尸块后，其他的尸块就再也没有被发现。林女的头部、左右手、躯干下半部、左手臂以及林女伴的头部、左右手、躯干下半部、右大腿到底哪里去了？

而认尸通报发布后，至今没人来认领，也没有失踪人口的报案。那林女伴是谁？如果刘木柯是凶手，她与刘木柯之间又是怎样的关系？

8月15日晚上，孟可又把专案组成员召集到市公安局刑侦支队办案中心会议室，决定再进行一次案情分析，部署下一步的侦查。薛登攀、肖凡没有到会。

顾煊组排除了廖寿福的作案嫌疑，还告诉大家一个不好的消息，在刘木柯代管的金合佳源第9幢1203室没能发现任何能证明那是第一现场的物证。

李长安通过调查刘木柯，发现东南政法大学刑事司法学院鉴定室里确有一批真车牌；刘木柯的夫妻关系冷漠、异常，但他交际较广，有数量众多的朋友，李长安还提出一点，他查看了刘木柯可以支配的车子，并没有发现什么疑点，只是他有一个看法，刘木柯的朋友那么多，会不会是他借用了朋友的车？

刘铁英、张飞平调查了刘木柯在虚拟空间的活动踪迹，还把他存储于内网各信息库的基本信息查了一下，发现他在虚拟空间的活动情况正常，他登记在各信息库的数据信息也没有什么大的异常，车辆、房产、住宿、存款等信息均符合他的身份。而通过调查刘木柯的手机号码，已获取了他的手机号码近半年的通话、短信数据，但目前还没来得及分析。另外，查看了刘木柯的微信和QQ近半年的记录数据，并重点查看了他和林安宇的微信聊天记录，经分析，觉得他们之间不像是上下级的关系，似乎蕴藏着某种特殊联系。对此，张飞平补充说，之所以有这种感觉完全只是他们查阅其聊天记录后的一种初步判断。

总之，调查线索少之又少，各类证据都不具备，对刘木柯的怀疑仍然只停留在依据摸排条件对他的怀疑上。

"我们把刘木柯确定为重大犯罪嫌疑人是有依据的，只是现在还找不到有力的证据去证明。但找不到证据不等于刘木柯的犯罪嫌疑就可以降低。侦查还在进行中，下一步的任务仍然是围绕刘木柯采取措施，把其犯罪事实逐步查清，获取其犯罪证据。"听完各位的介绍后，孟可表情严肃，"我们都知道，对手身份特殊，具有全面的反侦查能力。对此我们是有心理准备的，但准备得还不够充分，包括我自己。现在我们会怀疑、会犹豫、会为难，这很正常，但不能让怀疑、犹豫左右了我们的思想，影响了我们的行动。其实，有很多工作我们还没做，有很多工作我们还没有深入下去。下面大家议一议，下一步该怎么办？"

对"7·29两女被害案"的侦查已超过一个月，近几年，大家已很少经历这么长时间的专案侦查了。由于数据化侦查手段的运用，许多案件都在"瞬间"内告破。"7·29两女被害案"的作案人的确十分狡猾，这种狡猾一方面激起了侦查人员的探案欲望，另一方面也很容易使侦查人员陷入犹豫与彷徨。

刘木柯为什么要杀林安宇，大家都想不通；在金合佳源第9幢1203室找不到杀人的任何痕迹、物品；在刘木柯所能调配使用的车子里没有发现2014年7月14日上午出现在东南政法大学西门的那部可疑车子；在虚拟空间里，没有找到刘木柯与林安宇关系异常的可靠依据。这些都让侦查人员对侦查方向的确定产生了怀疑。大家心里不免产生疑问，林安宇真的是刘木柯杀的吗？还要不要继续调查刘木柯？

听孟可这么一说，大家又回过神来，随之想到的是如何再查刘木柯。

"我在想如果是我作这案会怎样。我想了很久，感到这案件真的很复杂，作案经历了很长时间，如果是我作的话，会有不少的漏洞。"面对孟可的严肃，宇阳却显得很轻松，"都会有什么漏洞呢？比如，我会和林安宇通电话或聊微信；我会把手机带在身边；我抛尸时会一次性抛，顶多分两次；我会对杀人现场进行清理，但不会清理得那么干净；我会考虑到车子的暴露问题，但不会给汽车变色；我会换车牌，但不会频繁地去换；还有对第一现场的选择，我会选择在野外……不一一说了。一比较，我在很多方面都不如作案人，但有一点我觉得他不如我，那就是他选择了在室内杀人。"

这问题大家其实都想过，对凶手来说，杀害与自己熟悉的人时选择与自己有因果联系的场所作为第一现场是很拙劣的。都说此案的作案人反侦查能力强，却为什么会作出这样的选择呢？对这一点孟可是这样解释的：一是作案人可能认为选择那样的地点最为合适，如果选择在野外，不能自如地处理尸体，反而容易暴露；二是作案人不认为在那样的地点杀人容易暴露，他甚至可能认为办案人员不会找到那套房子，根源在于作案人的过于自信。

对孟可的解释大家基本能够接受。

李长安想到了蔡宏基、陈道林提到的刘木柯夫妻之间的异常关系，觉得挖掘其夫人倒是一个方向，于是说道："我们恐怕要会一会那位刘夫人包利梅了。刘木柯杀害林安宇，似乎没有什么动机，但无论是怎样的杀人都是会有动机的，刘木柯杀害林安宇也不会有例外。外人猜不透、看不透，可刘夫人却与外人不同，说不定从她那里可以听到些什么。"

"大家都搞过命案，都知道动机这个东西可不太好搞懂。有些命案发生得连凶手自己都莫名其妙。人心难测，大家可能都觉得不应如此杀人，可凶手却会觉得非杀不可，杀得痛快。金庸是描写恩怨情仇的高手，看过金庸小说的人都会对小说中作者对爱恨情仇精到的揭示而赞不绝口。记得他在一部名叫《天龙八部》的小说里写道，丐帮马副帮主之妻马夫人之所以忌恨帮主乔峰，非将乔帮主置之死地而后快，是因为在一次百花会上乔帮主居然都不正眼瞧上自负美貌非凡的马夫人一眼。传统的杀人动机不外乎情、仇、财，而当代杀人的动机却变得日益复杂，除了情、仇、财之外，可能还有政治性杀人、游戏性杀人、人格异化杀人、激情杀人、遗弃杀人、竞争性杀人、笼统复仇式杀人，等等。但在所有命案中，因情、仇、财而引发的杀人还是占绝大多数。就情而言，它有真情、畸情、孽情等；就仇而言，其种类更是五花八门。人通常都不想结仇，但偏偏却结上了，有时是如何结上的可能自己都还不知道。就像小说里写的那样，乔帮主不想得罪马夫人，但只因自己没好好瞧一眼马夫人，却使马夫人对他恨之入骨。我说了这么多，目的是要讲讲本案凶手的杀人动机。从前期调查所获的情况看，财杀基本上可以排除，政治性杀人、游戏性杀人、激情杀人、遗弃杀人、竞争性杀人、笼统复仇式杀人基本上也可排除，因此，剩下的不外乎是情、仇及人格异化杀人。也许本案的犯罪动机不是单一的情或仇，或许它是情与仇的结合，再加上人格异化的催化。爱恨无常，畸情预示着独占与毁灭，瞬间就会演变成仇恨，而在仇恨笼罩下的心灵也预示着毁灭。"刘铁英深有感触地发表了一通长篇大论。

对刘铁英的论述大多人表示赞同，联系到具体的"7·29两女被害案"，大家都认为凶手的动机也许就是复杂的情与仇交织的结果。

刘铁英接着说："就动机来说，刘夫人可能会知道一些，但也不要寄太大的希望，为什么要把林安宇杀死大概只有杀人者自己知道，也或许连杀人者自己也不知道。"

三

休息了一会儿，大家继续讨论案情。

"前面小宇谈到了第一现场的选择问题，长安提到了要通过刘夫人了解情况，铁英分析了作案人的犯罪动机，或者说直接分析了刘木柯杀害林安宇的动机。这些都是关键性的问题。下面大家有什么不明白的问题再提出来议一议，然后重点围绕应采取怎样的措施发表一下自己的意见。"孟可引导大家思考分析。

"青木、乐平、平南等地没有发现可以直接揭露犯罪的痕迹物品、视频资料，这我能理解。但有几个问题我却弄不明白。那部在西门出现的可疑车子哪儿去了？为什么就发现不了呢？为什么位于金合佳源的第一现场没有留下痕迹物品呢？林女伴也是在那里被害的吗？还有那位林女伴是谁，为什么就没有任何人报案呢？"宋韩研提问。

孟可知道，宋韩研提的问题也是大家共同的疑惑。本案的抛尸现场那么多，但在所有的抛尸现场都没有发现可用的视频，对此大家开始也是有疑惑的。后来随着侦查的深入，发现了作案人的狡猾，于是解开了疑团。作案人对视频监控很了解，他绕开了监控摄像头，在不同的地方用不同的车子，并不断更换车牌，同时推迟案件被发现时间，当案件被发现时视频资料已经失效。在案件侦查过程中不断有疑惑，这很正常。于是他说："估计对这几个问题大家都有疑惑。我是这样看的：出现在西门的车子找不到、第一现场没有留下痕迹物品这和在各地现场没有找到可用的视频是同一个理。那就是作案人的反侦查能力强。他把车子藏得很深，把留在第一现场的痕迹物品全面细致地去除了，所以我们找不到。林女伴是在哪里被害的，现在确实还没有任何依据能证明。或许和林安宇在同一现场被害，或许另有第一现场。这问题倒提醒了我们，在今后的侦查过程中还需留心这一可能存在的第一现场。至于为什么没有任何人报人口失踪案，我的理解是因林女伴的身份比较特殊，有些从事特殊工作的人通常是不被注意的。比如说，大家知道的性工作者，看似有好多人在管，其实并没人管，这种人如果被害了，短时间内是没有人会觉察到的。"

大家觉得孟可的分析还是很在理的，也都努力地往如何推进侦查方面去思考。

"我认真地推敲过，侦查方向应该不会有什么问题。对把刘木柯定为重大犯罪嫌疑人我也有过怀疑，但后来细细地去推敲，怀疑倒是越来越少了。现在的关键问题是如何推进侦查，如何发现并获取能证明刘木柯犯罪的证据。我把下一步我认为可采取的措施说一说，大家看看合适不合适。"顾煊翻动记录本，慢慢地说，"我把可以采取的措施分成三大类，一是传统类措施，二是数据化类措施，三是两者结合类措施。前面提到的直接接触刘夫人是必需的，只是要等待时机，不但要直接接触刘夫人，还要直接接触刘木柯的女儿和亲戚朋友。案件侦查初期，我和孟支、飞平去过林安宇家，那时只是作了一般性检查，下一步可以对林家进一步进行检查。另外，时机成熟时可以直接接触刘木柯，并结合其他信息继续查找第一现场，以及可能存在的另一个第一现场，这四条算是一类措施。二类措施有这么几条：一是进行话单分析，获取我们想知道的情况。二是对微信聊天记录资料的分析。听飞平、韩研说，对这些数据还没来得及深入分析利用，所以下一步应该做这事。三是手机定位。选择特定的时间点对刘木柯使用的手机进行定位，搞清在特定的时间点他都在哪里。四是跨省检索住宿记录。刘木柯在省内的住宿情况已检索，其在省外的住宿情况也要有针对性地展开调查。五是深入检索刘木柯与林安宇的航空记录，并进行比对。三类措施有三条：一是从其通讯录联系人、微信朋友圈里去找有福特蒙迪欧2010款1.8 GTDi240基本型车子的人，并对其进行排查。二是从其通讯录联系人、微信朋友圈里去找已出国但在国内还有房产的人，并对其进行排查。三是把其通话记录号码与通讯录联系人号码对照，从中发现特别对象，再对该对象进行排查，进而发现其他问题。"

大家觉得顾煊提出的措施很全面、很适用，都快速地把这些措施记在了本子上。孟可对顾煊提出的措施也大加赞赏，特别指出这样分类对正确选择侦查措施很有帮助。

对顾煊提出的措施刘铁英想作一些补充，她说："我也绞尽脑汁地想过，下一步能采取的措施确实也就是顾煊提出的这些。只是若要将措施马上变成具体的行动，还须将措施具体化，并要落实措施采取的先后顺序。孟支你给大家说说吧！"

孟可看了一下刘铁英，说道："还是铁英你先说吧！别客气。重点说一下先后顺序，还有采取措施时的关键点。"

"那我就不客气了。我认为这四条传统措施可以马上实施的只有一条，就是对林安宇家进行再次检查，检查时应重点关注林安宇与刘木柯的关系这类资料，其他三条不宜马上采取。直接接触刘木柯的夫人、女儿及亲戚朋友都要往后排，现在还不适合直接接触他们，要等到其他事情都查得差不多之后再接触比较妥当。而寻找可能存在的另一个第一现场也得等待时机，等其他工作做得差不多后，这所谓的第一现场可能就暴露出来了。我认为五条数据化类措施采取的顺序是：先进行话单分析、微信聊天记录资料的分析，再进行手机定位，跨省检索住宿记录与航空记录比对应该放在最后，等有了依据后再有针对性地一一进行。如果顺序反了，那就会事倍功半。三条结合类措施中，从通讯录联系人、微信朋友圈里去找车、找已出国但在国内还有房产的人这两件可以先做，如果找到了要找的车，排出了要排的可疑第一现场，那第三条措施可能就可以免了。我知道，把通话记录中的号码与通讯录联系人号码对照，从中发现特别对象，这是一条起保险作用的措施。顾煊的意思是怕作案人把关键人物的电话号码从通讯录里删除，所以要来一个对照。但如果作案人真的删除了，而被删除的人曾经又比较多地与刘木柯通过电话，那这样的人就是我们要重点关注的对象。也许从这些对象那里可以发现我们渴望发现的那部可疑车辆或那个可疑现场。"

孟可赞同刘铁英的判断与建议，他说："措施采取顺序的选择、时机的把握很重要。顺序混乱或颠倒会使措施失效，时机未到就采取该类措施会过早暴露意图而使侦查陷入困境。而该采取措施时却不采取，就会失去战机，使措施成了'马后炮'。刚才顾煊把下一步应采取的措施差不多都提了出来，铁英又把采取这些措施的先后顺序、时机理了理，这很好。各位觉得还有什么不妥之处吗？"

"孟支啊，我觉得顾队考虑得很周全，刘队安排得很合理。我可是绞尽脑汁也没想出更好的招。我看先就这样吧，有什么不足等查案中再发现吧，孟支你可以安排具体任务了。"魏清说。

对魏清的提议，李长安、张飞平、宇阳、宋韩研、王文博也表示赞同。

"好吧！时间也不早了，我就安排一下下一步的工作吧。考虑到工作的延续性及个人的特点，安排顾煊、铁英、长安、宇阳围绕第一类措施开展工作。铁英、魏清再次去林安宇家进行检查。长安、宇阳先不忙行动，等时机成熟时即对刘木柯夫人、女儿及刘木柯本人进行询问。这一时间点应该快到了。"孟可正了正身子，"至于另一个可能存在的第一现场大家也一起关注一下。对刘木柯的手机话单、固定电话话单、微信聊天记录资料的分析由飞平和韩研负责。刘木柯的手机定位由我来做。刘木柯、林安宇的省外住宿、航空旅行记录情况先不急于查询，等时机成熟时再行动不迟。第三类措施由顾煊、文博负责。像铁英分析的那样，先从通讯录联系人、微信朋友圈里去排查有可疑车辆、已出国但在国内还有房产的人，如果没能发现可疑人就对照通话记录号码与通讯录联系人号码，以发现漏网之人。任务不是太重，有的人暂时还没什么事。长安先休息一下，宇阳先到我这里。"

宇阳应了一声："是。"接着又嚷嚷道，"孟支啊！要不要犒劳一下大伙啊？"

尽管宇阳说得有些含糊，但孟可听得明白，心想，今天是周末，大伙已有四个星期没过周末了，查案够辛苦的，犒劳一下也是应该的。于是说道："好吧！现在下班。老规矩。"

这老规矩就是到单位边上的"雅米小驻"炒几个菜，喝几口酒。尽管有八项规定、有禁酒令，但现在是下班时间，自费小吃倒也不违反任何纪律。

此时已是北京时间 22 时 30 分。晴朗的夜空没有一片云彩，月亮还挂在西边的屋顶上。位于刑侦支队西侧的西蒲路在繁忙了一天之后慢慢地安静了下来。路灯略显昏暗，道路两侧的蓝花楹树影婆娑。孟可一行顺着西蒲路往北走去，一阵阵风吹来，使滨越的夏夜显得并不十分闷热。那家大家熟悉的"雅米小驻"就在前面一百多米处，店铺里还亮着灯。那是一栋两层小阁楼，一楼开店，二楼住宿。见孟可一行人进来，老板热情地打起招呼。不一会儿，几盘菜就上了桌。原来，宇阳在出门的时候就按老规矩点好了菜。大家围在一起吃吃喝喝，希望能在另外一种场景氛围中找到灵感。

第十一章　林安宇的风流往事

一

　　刘铁英还记得林安宇家二楼的书房里有一个保险柜，上官文曾说过，他不知道该保险柜的钥匙放在哪里，更不知道该保险柜的密码。这次检查上官文家重点即要查看该保险柜，因此，如何打开保险柜是必须事先考虑的。把保险柜带回支队并不妥当，因此她带上了骆川——刑侦支队新生代破锁技术员。

　　清晨，北源郊笼罩在一层薄雾之中，源泉山、源泉湖朦胧一片。远处不时地传来杂乱的鸟鸣声，晨练者悠闲地从北源郊公园大门进进出出。微风拂面，北源郊的清晨倒也凉爽得紧。

　　刘铁英、魏清、骆川直奔北源郊 14 幢 1407 室，上官文开门问候，言语冷淡，面无表情。1407 室还是上次见到的那样，上官文说他没有心思去整理。刘铁英说明来意后，就和魏清、骆川上了二楼。

　　骆川看了看放在书房北侧的保险柜。这是一个国产家用电子保险柜，尺寸：四十二厘米×三十五厘米×五十厘米，重量四十公斤上下。骆川表情轻松，似乎对打开这类保险柜胸有成竹。果然，只见他拿出万能钥匙拨弄了几下保险柜就被打开了。刘铁英让上官文到场，见证保险柜里的物件。小保险柜里放有笔记本一本、U盘一个、移动硬盘两个。另有玉器四块、金银首饰等若干。

笔记本有些旧，纸张有点儿发黄。本子前十二页记录了一些文字，后十八页记录着一些数字、字母，中间都是空白页。前十二页每页文字字数都不多，且排列散乱，字迹潦草，字体较大。在文字的开头或末尾都有日期，最早的日期是 2005 年 7 月 10 日。2005 年一共记了三次，2006 年记了四次，接下去一次没有记日期，再接下去就到了 2012 年，2012 年记了两次，2013 年、2014 年各记了一次。2005 年 7 月 10 日记载的内容是：七年之痒，无法摆脱，亦不例外，见鬼去。接下来是 2005 年 8 月 10 日，写了这么几句：回归或离去，平静的背后是煎熬，他好吗？2005 年 10 月 18 日记录的内容是：在研儿面前，平和。回到了过去。有些幸福。隐藏着冲突，难过。2006 年记载的四次内容分别是：2 月 10 日，修复。思念的感觉还是有的，就这样吧！4 月 12 日，无端的争执。为什么？谁对谁错？不知道。难过。7 月 17 日，不如从前。风景如画，却悻悻而归，嗨！10 月 18 日，这个时刻最好。研儿支撑着。看到笑容，平静。接下去没写日期的记录内容是：研儿没有走。老天惩罚我？2012 年记录的日期分别是 3 月 12 日和 7 月 14 日。3 月 12 日记了这么几句：归来如此痛苦，原来没有离开。套着面具生存。在折腾中寻找安慰。谁对谁错。老天惩罚吧！7 月 14 日记录的内容是：五年间，苦痛始终伴随。一直恨着。恨谁，恨一切。无法摆脱。无能为力。伤害是绝对的。恨他。报复。无名的报复。不该，应该。2013 年记载的日期是 7 月 17 日，内容是：没有目标，死去活来，哈哈！爱恨情仇，冤家？他是对的。我是错的。第十二页记录的日期是 2014 年 5 月 12 日，内容是：他有些可怜，累了吗？为什么要这样？本子后十八页记录的都是数字和字母，有的是单纯的数字，有的是单纯的字母，更多的是数字与字母的混杂，每页记两三串，共有四十多个字串。

前十二页记载的内容应该称之为年记，是一种对重要事件、重要心理活动的有意记录。记录里没有出现人的名字，陈述得也不是很明确。但从记载的内容可以看出，林安宇有过复杂的情感纠葛，且研儿在她的心目中占有很重的分量。她与某人开始有情感纠葛的时间是 2005 年之前的第七年。十二次记录中出现了两次 10 月 18 日，说明对林安宇来说，10 月 18 日是个重要的日子，而结合记录的内容可以判断 10 月 18 日是林安宇女儿研儿的生日，在这一天有一个人与林安宇母女在一起，这一天他们过得很开心。还有一个时段是 7 月 14 日及前后，从记录里可以得知 7 月 14 日是研儿的忌日。那页没有日期的文字也应该是在 7 月 14 日前后记的。刘铁英突然想到林安宇的被害日也在 7 月 14 日，那么研儿的忌日与林安宇的被害日之间是否有某种因果联系？

尽管年记不多，记录的内容也不明确，但这个年记蕴含着极为重要的信息：林安宇身边有人，有一个与她有过情感纠葛的人，这个人与林安宇发生情感纠葛的时间很长。这中间他们有过其乐融融，有过矛盾冲突。这个人是谁呢？会不会就是刘木柯？

那些字串应该是用户名和密码。刘铁英把字串与前期所获取的数据对照，在其中也找到了林安宇本子里记录的几个字串。

刘铁英又打开移动硬盘和 U 盘看了看，里面有大量的文本、照片、图片等。因为审阅这些文件材料需要花不少时间，于是，刘铁英办理了证据调取手续，把笔记本、U 盘、移动硬盘提取带回了支队。

上官文木木地送刘铁英等三人出去。刘铁英顺便问了一下研儿的出生日期和忌日，上官文的回答与林安宇笔记本上的记录相吻合。

刘铁英、魏清返回支队后即刻对 U 盘、移动硬盘进行深度审阅。

U 盘里存储的文件几乎都是文本文件，有电子信件、听课记录、讲稿等。电子信件有六封，内容不长，似是别人向她抒发情感、表达爱意的信件。电子信件没有标注日期、时间，也没有署名。此外还有两张 2012 年存下的林安宇的个人标准照。

两个移动硬盘，一个日立牌，一个西部数据牌。日立牌里的文件存储时间在前，西部数据牌里的文件存储时间在后。日立牌硬盘里存放的有文本文件、图片、照片等。西部数据牌里存放的几乎都是照片。文件有的加密，有的未加密。

破解了加密文件，刘铁英开始对日立牌移动硬盘里的数据进行审阅。这盘里除照片、图片外，其他类型的文件不多，只有一些讲义、PPT 课件等。图片大都来自网络，没看出有什么特别之处，照片占去了 95% 以上的存储空间。那些没有加密的照片大都是旅游风景人物照。拍照的最早时间是 2002 年，最迟是 2005 年，拍摄的地点有厦门、深圳、海口等。在两个加密文件包里则分别发现了林安宇与其他人的合影照和林安宇个人的裸照。

在合影照里，有三张林安宇与刘木柯的合影。三张照片是在同一时间段、同一地域拍摄的，存储时间是 2004 年 10 月 13 日。经分析，拍照的地点应该是在杭州西湖。其中一张照片上的林、刘两人挨得很近，肩并肩，头靠头，刘木柯的右手搭放在林安宇的肩膀上，半抱着林安宇，两人都面带微笑，面向前方。另一张照片上两人坐在长条石凳上，相互注视，表情自然，面带笑容。还有一张两人分坐在石桌的两侧，林安宇伸出右手，刘木柯伸出左手，搁在桌面上的双手紧紧相握，同样都微笑着。

而裸照有十六张，其中六张全裸，十张半裸，拍摄的时间也是 2004 年，存放在移动硬盘里的时间是 2004 年 8 月 22 日。六张全裸照片拍摄的地点在室内，用光恰当，框图合理。照片中的林安宇身材匀称，表情自然，面带笑容，尽管赤裸，但看不出半点儿色秽。这些照片应该是裸体艺术照，而不是色情照。另外十张半裸照，拍摄地点在野外，有躺着的、有坐着的、有站着的、有的照片里可以看到茂密的树木和瀑布。画面中的林安宇都是下着蓝色短裙，上身赤裸，双手放在胸前，丰满的乳房半遮半露，羞涩地往地面或侧面注视着。无疑他们选择的地点是不受打扰的。这些照片不可能是自拍的，一定有一个拍摄者，那这个拍摄者会是谁呢？

西部数据硬盘里存放的大都是旅游照片。照片拍摄的时间从2005年开始到2014年。经分析，拍摄的地点有杭州、西安、桂林、三亚、南宁、贵阳、青海、张家界、成都、峨眉山、乐山、昆明等。其中，大量的照片是在2005年、2006年、2007年拍摄的，2008年至2014年之间拍摄的照片极少。照片几乎都是风景照和林安宇的个人照。那这个拍摄者又是谁呢？会不会和拍摄裸照的是同一个人？会不会是刘木柯？

尽管没有什么更为直接的证据，但那个小本子里记载的内容和刘、林二人的亲密合照已经把他们联系在了一起。随后，刘铁英把这些情况告知了孟可。

二

张飞平和宋韩研计划分两步对刘木柯的通话话单、微信聊天记录进行分析，首先分析林安宇失踪前一个月至今刘木柯通信工具话单和微信聊天记录资料，根据发现的情况再进行第二步——分析林安宇失踪前半年刘木柯的通信工具话单和微信聊天记录。

刘木柯的手机从林安宇失踪前一个月至今的通话记录、短信息有近千条，其中与林安宇的手机、家庭电话相关的只有四条，且都是通话记录，时间分别是6月16日、6月18日、6月23日、7月7日，每次都在下午，且时长都没超过两分钟。此外，刘木柯使用办公室电话与林安宇的家庭电话联系一次，通话时间是6月27日17时11分57秒，时长三分四十七秒。

接着把从移动公司调取的刘木柯手机通信数据导入话单分析

软件，在数据库里进行了关联分析，号码为 13702328×23 的手机从 6 月 14 日至 8 月 10 日的通话数据呈现在张飞平他们的眼前：这段时间里，该手机的通话记录、短信共九百八十七条，其中通话八百一十二次，收发短信七十二次，涉及的通话对象位置遍布全世界，通话时间多集中在下午，每次时长大都不超过三分钟；且与手机联系得多，与固定电话联系得少；拨出得少，拨入得多。随后重点关注了 7 月 14 日前后的通讯记录：7 月 10 日有十二次通信记录，九次通话，其中一次未接，三次短信；7 月 11 日有十一次通信记录，九次通话，两次短信；7 月 12 日有十一次通信记录，八次通话，其中两次未接，三次短信；7 月 13 日有十次通信记录，八次通话，其中一次未接，两次短信；7 月 14 日有十三次通信记录，七次通话，其中四次未接，六次短信；7 月 15 日有十四次通信记录，九次通话，其中五次未接，五次短信；7 月 16 日有十二次通信记录，九次通话，其中五次未接，三次短信；7 月 17 日有十一次通信记录，八次通话，其中六次未接，三次短信；7 月 18 日有十一次通信记录，八次通话，其中六次未接，三次短信；7 月 19 日有十八次通信记录，十一次通话，其中十次未接，七次短信；7 月 20 日有九次通信记录，七次通话，其中一次未接，两次短信；7 月 21 日有十二次通信记录，八次通话，其中一次未接，四次短信；7 月 22 日有十三次通信记录，九次通话，其中一次未接，四次短信；7 月 23 日有十一次通信记录，八次通话，其中三次未接，三次短信；7 月 24 日有十三次通信记录，九次通话，其中六次未接，四次短信；7 月 25 日有十一次通信记录，八次通话，三次短信；7 月 26 日有二十六次通信记录，二十次通话，其中一次未接，六次短信；7 月 27 日有二十八次通信记录，二十次通话，其中一次未接，八次短信；7 月 28 日有二十次通信记录，十八次通话，其中一次未接，两次短信；7 月 29 日有十四次通信记录，十二次通话，其中一次未接，两次短信。

从分析结果中张飞平看出了两个异常：一是7月26日、27日、28日的通信量突然增加，二是从7月15日起未接电话次数增加。7月26日、27日、28日刘木柯手机的通信量突然增加比较好解释，从7月26日起东南政法大学刑事司法学院的老师开始关注林安宇失踪一事，并于27日报案，那几天作为刑事司法学院院长的刘木柯手机的通信量突增是很正常的。而这一点通过对照通话记录也得到了证实，26日、27日、28日三天，大都是刑事司法学院的教师给刘木柯打的包话。那么，为什么从7月15日起刘木柯手机的未接电话次数会明显增多呢？这些未接电话大都也是通讯录里的联系人手发的，有的连拨几次刘木柯都没接。一般来说，电话没接要么是没感知到有人打来电话，要么是电话没带在身边，但如果一连打了几次都没接，那很可能是故意不接电话。查看刘木柯以前的通信记录，他并不是一个经常不接电话的人，且在7月14日之前以及7月26日之后，未接电话只有每天一两次。未接电话增多，只能说明那段时间刘木柯或不带手机或不接电话。为什么呢？无论如何这是一个重要的发现。联系到林安宇是7月14日被害，之后又被碎尸、抛尸之情节，张飞平、宋韩研感到刘木柯手机的未接电话次数明显增加含义深刻。他们把这一情况及时告知了孟可。

对话单分析取得了重要的发现，所以暂时可以不对林安宇失踪前半年刘木柯的通信工具话单进行分析。张飞平、宋韩研即刻转入对刘木柯微信聊天记录的分析。通过内网从腾讯大队FTP来的微信聊天记录数据有2.5G，而张飞平、宋韩研前几天已分析了从6月1日至林安宇被害前二人的微信聊天记录，因此，此次他们直接分析了刘木柯与林安宇从2014年2月1日至5月30日的微信交流情况。

在朋友圈里，刘木柯和林安宇几乎没有交流。对刘木柯发的日志林安宇没有什么评论，对林安宇发的日志刘木柯似乎也不怎么关注。在聊天记录里，刘、林的聊天次数也不太多。之前已分析过，从6月1日开始至7月14日，刘木柯和林安宇在微信里只有过四次聊天。而从那往前推，每月刘木柯与林安宇的聊天情况如下：5月，刘木柯和林安宇在微信里有过四次聊天。与前面的分析相符，每次都是由刘木柯发起，且二人相互间没有称呼。其中三次是刘木柯给林安宇发了链接，一次是刘木柯向林安宇问好。而林安宇则表现冷淡，通常只是简单地回复一两个字，或回复一个表情。再往前看，4月，刘木柯和林安宇在微信里有过三次聊天；3月有过四次聊天；2月有过五次聊天。他们之间大多数的聊天内容是正常的，没有什么特别之处。只有2月的聊天记录引起了张飞平他们的关注。2月14日上午8时，刘木柯给林安宇发了四个字：节日快乐！8时30分，林安宇回了五个字：有什么快乐？紧接着，刘木柯发了：不知道能说什么！过了五分钟，林安宇回：累了吗？没话说了吧！刘木柯立即回复：也许还能回到过去。又过了十分钟，林安宇回：做梦吧！想过，没门了。刘木柯回：就做做梦吧！过了十五分钟，林安宇回：与其如此，不如不见。无言的结局！刘木柯回：保重。这个发生在情人节当天的聊天，双方的情绪都显得很沉重，似乎在这之前他们之间发生了什么。可以看出刘木柯还关心着林安宇，但林安宇似乎已心灰意冷。

三

　　魏清、王文博利用分析软件很快就分离出181个与刘木柯通信工具通信过但没有出现在其通讯录联系人里的号码。这181个号码与刘木柯办公室电话通信的有23个，与刘木柯家庭电话通信的有18个，剩下的是与刘木柯手机通信的号码。与刘木柯手机通信的140个号码中，有33个是短信通信，其他的是电话通信。在33条短信中，有28条是广告、商业、推销、诈骗、天气、健康、旅游等类型的短信。在107个通话号码中，广告、商业、推销、诈骗、健康、旅游类的电话约占五分之一。魏清、王文博先将这些号码放在一边，暂不作具体分析。

刘木柯手机通讯录里的联系人有 1827 个。魏清、王文博先将这 1827 个号码所对应的姓名按字母排列顺序列表然后合并一个人有两个号码以上的号码，这样的人有 36 个。接着是剔除不符合条件的电话号码。所谓不符合条件的就是那些已查过明确不具备排查条件的人，比如陈道林、王严波等。这一剔除又减去了23 个，还有 1768 个。虽然魏清仍然觉得范围太大，但要继续直接排除却有些困难，于是只好作罢。

接下来魏清和王文博各负责 884 个号码的排查。还好这种排查只是简单的劳动，二人各自又请了几位文职帮忙。支队里连接内网的电脑人手一台，网速很快。魏清和王文博说清排查的方法后，大伙很快就上手了。

先依据姓名进入内网人口信息库，核对其电话号码，确认其家庭住址，接着从该对象关联其家庭成员及电话号码，然后进入内网房屋信息系统查询该对象及其家庭成员的房产登记情况，以及进入内网机动车/驾驶员信息库查找该对象及其家庭成员的车辆登记情况。

年轻人风风火火，查找速度特别快，只花了三个小时，就将1768 个对象及其家庭成员的房产情况、车辆情况查清楚了。

经查，1768 个对象及其家庭成员共有 4527 处房产，其中房产登记在滨越市的有 3023 处，登记在南夷省省内的有 3427 处，另有 1100 处房产登记在外省。魏清和王文博随即在地处滨越市的 3023 处房产中去查找全家都已出境、出国之人。这种全家都已出境、出国，在国内尚有房产的人不多，在 3023 处房产中只有四处房产属于这种情形。这四处房产分别是钟楼区前塘小区10 幢 802 室、北源区西湖小区 6 幢 1203 室、南台区虎丘小区 8幢 501 室、钟楼区文儒坊小区 12 幢 1105 室。

而 1768 个对象及其家庭成员共有车辆 3183 部，其中在省外注册登记，挂省外牌号的有 636 部，属于滨越市的有 1876 部，属于南夷省的有 2547 部。在属于滨越市的 1876 部车辆中，只有五部是福特蒙迪欧 2010 款 1.8 GTDi240 基本型车子。

随后，魏清、王文博急奔北源区西湖小区、南台区虎丘小区、钟楼区前塘小区、钟楼区文儒坊小区，在片警的配合下进行实地查看。但结果证实这四处房子业主均借给了他人使用，7 月 14 日前后，这四处房子没有空闲过。也就是说，这四处房屋不具备作为第一现场的条件。同时调查那五部福特蒙迪欧 2010 款 1.8 GTDi240 基本型车子，很快也都被排除，且排除依据充分。

从刘木柯手机的通讯录联系人及微信圈朋友里没有找到可疑车子、可疑房子。目前可疑房子是否存在还不能肯定，可疑车子却是客观存在的。如果刘木柯是犯罪嫌疑人的话，那可疑车子一定与他有关联。现在在其通讯录联系人、微信朋友圈里找不到可疑对象，那么，在那些没有出现在通讯录中的联系人里能不能找到呢？

魏清、王文博把 181 个与刘木柯通信工具通信过但没有出现在其通讯录联系人里的号码又找了出来，剔除了广告、商业、推销、诈骗、天气、健康、旅游类等号码 49 个，剩下可疑号码 132 个。

魏清、王文博先通过移动通信系统确定这 132 个电话号码的户主，还好，这些号码大多是实名登记，没花多长时间就把其中 126 个号码的户主查清楚了，只有六个号码无法查清。这六个号码无实名登记，其中有三个是境外来电。

看到这几个境外来电，魏清灵机一动：既然要找的是已出国但在国内还有房产之人，那么这人应当已在境外。如在境外，他就会用境外电话与刘木柯联系。因此这境外才应该是要查的重点。

魏清向孟可作了请示。在孟可的安排下，滨越市国安局技术侦查支队电信侦控大队支援了魏清他们的调查。通过定向追踪查寻，发现3个境外来电分别是洛杉矶手机号码626335671×3、纽约手机号码823435677×5和洛杉矶固定电话号码00162665681×2。其中号码为626335671×3的机主姓名为陈昌明、823435677×5的机主姓名为钟建文、00162665681×2的机主姓名为林昭国。当看到钟建文这一名字的时候，魏清有些激动，这钟建文可是金合佳源可疑第一现场的业主。依此判断，这几个没有存在刘木柯通讯录里的境外号码应是很重要的号码，其机主应该是刘木柯的重要关系人。魏清觉得，钟建文就不必再查了，陈昌明和林昭国却要好好地查一查，看看他们到底与刘木柯是什么关系。

魏清算了算，现在洛杉矶和纽约还没到休息时间。于是，他先给陈昌明挂了电话。电话顺利拨通，他先用英语进行问候、解释，听对方的英语说得很蹩脚、别扭，就改用普通话，后来发现这位在国外定居的华侨的普通话也不怎么样，滨越口音很重，于是就改用滨越话和其交谈。用方言交谈，气氛很是融洽。陈昌明说他和刘木柯是多年的好朋友，他很信任刘木柯，于是将滨越的房子就交给了刘木柯看管。魏清问陈昌明他滨越的房子具体在什么地方，陈昌明回答说在钟楼区登俊坊小区8幢1208室。魏清又问他还有没有其他的东西交代给刘木柯照看，他回答说没有了。紧接着魏清又给林昭国打电话，第一次其没有接，过了五分钟再拨有人接了。魏清一听林昭国的英语和普通话也说得不好，于是如法炮制，改用滨越话与其交谈，使得交流顺畅多了。林昭国说，他与刘木柯年龄相仿，是多年的老朋友了。刘木柯德高望重，他们圈子里的人都很敬重他，他自己也很信任刘木柯。当魏清问林昭国与刘木柯有没有经济往来时，林昭国说，他们谁也不需要向谁借钱，他们的往来就是相互关照，互相帮助。刘木柯去美国时他周全款待，他回到滨越时刘木柯也会帮他解决遇到的各种困难。魏清又问林昭国在滨越还有没有什么亲人或资产，他说他们全家都移民去美国了，只在滨越还有一套房子，留着回国探亲时居住。当魏清问他滨越的房子在哪里，交给谁管理时，林昭国回答说房子在滨越市南台区碧园小区 11 幢 1102 室，交给刘木柯管理，并说刘木柯管理他放心。问他还有什么东西交给刘木柯托管时，林昭国说还有一部车子，2011 年买的，还说平时就将这车给刘木柯用，而刘木柯也把这车管得好好的。魏清又一次有些激动，他问林昭国那车是什么牌子、什么型号的，以及车牌号是多少，林昭国回答说是福特牌黑色三厢车，车牌号为南 AB12×1，什么车型不记得了，排气量好像是 1.8 的。

天哪！福特车！由刘木柯支配、颜色相符、排气量相符……踏破铁鞋无觅处的那辆福特车真的出现了？魏清迫不及待地将林昭国提供的车牌号南 AB12×1 输入机动车/驾驶员信息库检索，确认其车主确实是林昭国，而车也的确是福特蒙迪欧 2010 款 1.8 GTDi240 基本型。魏清让王文博找到 7 月 14 日上午可疑福特车开出东南政法大学西门时的截图，把截图与南 AB12×1 后部、前部分别比对，认定其为同一。魏清、王文博再次激动了，马上把这一消息报告给了孟可。

接着，魏清和王文博再次进入房屋信息系统查询，发现钟楼区登俊坊小区 8 幢 1208 室和南台区碧园小区 11 幢 1102 室确实存在，且业主分别是陈昌明和林昭国。后来，他们又赶到两地实地查看，两处房子均房门紧闭。分别问了邻居，邻居都说此房没人住，只是有时会有人来打扫打扫。

孟可指示宇阳只要定位、分析 7 月 14 日及之后一段时间刘木柯的手机轨迹即可。

宇阳把从移动公司获取的号码为 13702328×23 的手机 7 月 14 日到 8 月 10 日的通信数据导入分析软件，该手机在不同时间点的空间位置显示了出来，随后把在不同时间出现的点连接起来，13702328×23 的手机 7 月 14 日到 8 月 10 日的运行轨迹清晰可见。

7月14日8时30分之前，该手机位于南台区西山路白马基站小区，8时30分该手机开始向南移动，9时出现在东南政法大学所在的基站小区，之后该手机一直没有移动过，直到17时32分，该手机才离开东南政法大学所在的基站小区，19时25分回到南台区西山路白马基站小区。

7月15日8时之前，该手机位于南台区西山路白马基站小区，8时之后向南移动，8时45分出现在南台区碧园基站小区，中午12时离开该基站小区，半小时后转到罗成基站小区，又过半小时后返回南台区碧园基站小区，一直到16时20分离开碧园，18时10分返回南台区西山路白马基站小区。

7月16日8时之前，该手机位于南台区西山路白马基站小区，8时25分出现在东南政法大学基站小区，9时5分在金合基站小区活动，11时20分离开金合基站小区，12时32分出现在碧园基站小区，15时42分回到金合基站小区，五分钟后离开金合基站小区，16时零3分又出现在碧园基站小区，20分钟后回到金合基站小区，17时离开金合基站小区，17时40分出现在东南政法大学所在的基站小区，18时35分返回南台区西山路白马基站小区。

7月17日9时12分该手机离开南台区西山路白马基站小区，9时43分出现在东南政法大学所在的基站小区，一直到中午12时42分离开。

7月18日，该手机的运行轨迹与17日差不多，只是离开东南政法大学所在的基站小区的时间迟了两个小时。

7月19日，该手机9时离开南台区西山路白马基站小区，9时30分进入东南政法大学所在的基站小区，一直到20时20分钟才离开东南政法大学所在的基站小区，21时左右返回南台区西山路白马基站小区。

7月20日，该手机没离开过南台区西山路白马基站小区。

7月21日，9时该手机离开南台区西山路白马基站小区，9

时 50 分出现在金合基站小区，17 时才从金合基站小区消失。

7 月 22 日，该手机没离开过南台区西山路白马基站小区。

7 月 23 日，该手机 15 时离开南台区西山路白马基站小区，16 时出现在南台乌蓬基站小区，18 时 23 分离开乌蓬基站小区，19 时 12 分返回南台区西山路白马基站小区。

7 月 24 日，该手机的运行轨迹与 23 日完全相同。

7 月 25 日，该手机 9 时离开南台区西山路白马基站小区，9 时 50 分出现在金合基站小区，12 时出现在碧园基站小区，14 时又返回金合基站小区，下午 16 时才从金合基站小区消失。

孟可让宇阳把这些轨迹用电脑绘了出来。从轨迹运行的方向可以看出，7 月 14 日到 25 日，刘木柯的手机就没出过南台。7 月 14 日上午 10 时 18 分之后，刘木柯的手机本应该与林安宇的手机位于同一个基站，但实际情况并非如此。如果青木、乐平、平南、田园、泉亭等地的尸块是刘木柯抛弃的，那么在相应的时间其手机也应该出现在相应的城市、相应的位置，但实际情况却不是这样的。

手机轨迹与犯罪行为之间发生了一些错位，能不能因为这一错位就否定刘木柯的作案嫌疑呢？答案显然是否定的。只要稍加分析，就可以找到发生错位的原因：只要刘木柯抛尸时不带手机就可以造成如此情况。

其实，犯罪行为与手机轨迹之间并没有完全错位。14 日刘木柯的手机没有出现在金合基站小区，但 15 日他的手机却在金合基站小区出现了。而这一天，他的手机还出现在了罗成、南台碧园等基站小区。为什么他的手机会出现在这两个基站小区呢？他到那里干什么去了？答案现在还不能知晓，但手机在碧园、罗成出现，说明这两处场所与刘木柯之间有所关联。也许这是刘木柯作案过程中的一个失误。还有每当外出抛尸时，他大都把手机放在学校办公室，且不关机。这些从侧面证实了手机在学校没有移动的时候恰好是他去抛尸的时间。

结合张飞平、宋韩研反馈来的从 7 月 15 日起刘木柯手机的未接电话明显增多这一情况，可以进一步推断——刘木柯抛尸时把处于未关闭状态的手机放在办公室或其他场所。

再结合魏清、王文博反馈来的信息：地处滨越市南台区的碧园小区 11 幢 1102 室是刘木柯的朋友林昭国托他照看的。结合他 15 日曾长时间待在碧园小区的情况分析，碧园小区 11 幢 1102 室很可能是另一个第一现场。

而魏清、王文博反馈来的另一个信息更是给刘木柯以无情的一击：7 月 14 日上午把林安宇从东南政法大学带走的黑色福特蒙迪欧 2010 款 1.8 GTDi240 基本型车子也是刘木柯的朋友林昭国交由他使用照看的。

孟可默默地看着眼前的轨迹图，联系到所有的线索，觉得刘木柯已节节败退。在这之前，孟可一直觉得刘木柯是个强劲的对手，可现在他不这么认为了。尽管还缺少强有力的证据去证明，但孟可觉得把刘木柯拿下只是时间问题了。孟可摇了摇头，叹了口气，心想，多么聪明的刘木柯啊，但正是他这种聪明的反侦查把自己完全暴露了。他以为抛尸时不带手机就不会暴露自己，可他没想到他次次抛尸时都不带手机反而把自己的活动规律暴露无遗。木柯啊！聪明一世，糊涂一时啊！

第十二章　林女伴现身

一

　　李长安用了一天的时间从侧面调查了刘思雨和包利梅。

　　在不同的场合，李长安已多次见过刘思雨的照片。这是一位面貌清秀、神情忧郁的姑娘，五官长得像父亲，脸型长得像母亲。她于2013年从华侨大学建筑学专业研究生毕业后考进建设厅，目前在南夷省建设厅信息中心工作。她还没有结婚，好像也没有恋爱对象。她通情达理，为人随和低调，总是安静地做着自己的事，蛮讨人喜欢的。但也有人说，她显得不够开朗，神情有些忧郁。

　　包利梅住在滨越市南台区西山路101号白马小区3幢506室。据她的邻居反映，包阿姨话少，不爱串门，很少和邻里来往，大多数时间待在家里，很少到户外活动，更是很少看到她和丈夫一起出入小区。包利梅在孩子上小学后不久就离开滨越去了外省，2000年后才回到滨越，后来到南夷信雅股份有限公司工作。南夷信雅股份有限公司是一家以信息产业、光电、电子标签和电子元件制造为主营业务，同时经营国内外贸易的综合类贸易公司。包利梅曾在该公司贸易部工作，后因贸易不景气，贸易部的员工有的离职，有的提早退休。包利梅没有什么特殊才干，加之也到了接近退休的年龄，所以 2012 年就提前退休了。

当李长安约见刘思雨的时候，她犹豫了一阵子最后还是答应了。访问的地点被安排在离白马小区很近的"研磨时光咖啡馆"。"研磨时光咖啡馆"开辟有十多间咖啡室，大多数面积都在十平方米大小，室中央摆放一张暗色木方桌，供四五个人喝咖啡、打牌、聊天时使用。那天是星期天，下午 3 时，刘思雨如约前往，李长安和宇阳已在咖啡室里等候。刘思雨上穿白色 T 恤，下着蓝色牛仔裤，拎着一个米黄色拎包缓缓地走了进来。和照片上看到的一样，她面貌清秀，身材修长，半长的头发扎在脑后。见刘思雨进来，李长安、宇阳连忙起身让座，刘思雨冲他们点了点头，笑了笑，以示回应。

相互寒暄了几句，李长安让服务员送来了三杯咖啡。

刘思雨静静地坐着，表情自然，但那种忧郁的神态已然成为她身体言语的一部分，就是她笑着的时候也没能摆脱那种神情的压抑。

"你也知道我们是从哪儿来的。我们约你，只是想和你聊聊，聊聊你的家庭，聊聊你父母的情况。"李长安再次说明约见刘思雨的来意。"这是公事，占用你宝贵的时间，抱歉了。但我们不得不来问你一些情况，你就把你知道的如实说便是。你所说的我们不会对其他无关的人说，也不会告诉你的父母。不急，你先喝口咖啡。如果有不便回答的也可以不回答。"李长安温和地说。

刘思雨心想，长这么大自己从没有对别人说过家里的事。可既然是公事那也没什么办法，于是轻轻地说了一声："你们问吧！"

"你平时都跟谁生活在一起？"李长安问。

"父母亲。"刘思雨答。

"你们为什么不搬到乌蓬路那边去住？听说那边宽敞多了。"李长安问的同时宇阳开始记录。

"我妈不想搬过去，她不想动。而且白马小区这边离我爸和我上班的地方都近。"刘思雨仍然轻声细语地说。

"你爷爷、奶奶、外公、外婆都住在哪儿?"

"都去世了。"

"这是什么时候的事?"

"我从来没见过爷爷，奶奶、外公、外婆一年前相继过世。"

"你父母亲关系好吗?"

听罢，刘思雨沉默了一下，脸上原有的那种忧郁神情更甚。她不自觉地用右手挠了挠耳朵，说道:"不好。"

刘思雨作出如此肯定的回答倒让李长安觉得意外。一般子女对父母的评论都不会如此明确，除非已经有了肯定性的答案。看来刘思雨对父母之间的关系一定有一些具体的看法。

"谢谢你这么爽快地回答问题。你作出这么肯定的回答一定有你自己的看法，你为什么说父母关系不好呢?"李长安问。

听到这一问题，刘思雨不假思索地应道:"别人的父母相亲相爱，可我的父母不是。"

"能说得具体一点儿吗?"李长安小声地说。

刘思雨又一次沉默了，神情悲伤，低下了头。李长安也不急于追问。瞬间，咖啡室里显得十分安静。

约莫过了一分钟，刘思雨抬起了头，叹道:"唉! 这些事本来我是不该说的，我长这么大还没和别人说起过。"

"谢谢你对我们的信任。我知道你把一些话压在心底很难受，说出来吧!"李长安已从刘思雨的神情中看出她心中的压抑和难过。

"你们也认识我爸，我爸表面上开朗、乐观、无所畏惧，其实，他的内心是很苦闷的。他跟我妈不和，从我懂事时起，家里就很难听到笑声。我爸和我妈之间虽不怎么吵架，但其实一直处于冷战。他们之间不说话、不一起走路、不一起做事，更没有一起去参加过什么活动。不知道的人以为他们相敬如宾，其实他们是一对没有共同语言的夫妻。"刘思雨突然变得有些激动，像在评价外人似的评价着父母。她说话时有些颤抖，脸颊微红。

"这会不会只是你的错觉？他们不和，如果他们是那样的一种关系，为什么还一直生活在一起呢？"李长安仍轻声地问。

"我看在眼里，急在心里。他们关系怎样我怎么会看不出来呢？我妈是爱我爸的，可我爸不是。我也求过父母，可他们总是冷冷的，不作表态。对此我也很苦闷，后来也就麻木了。"刘思雨说。

"冒昧地问一句，你父母同房住吗？"李长安问。

"同房住就好了。要是那样我就不说他们不和了。"刘思雨回答。

"你知道你父母为什么会是这样的一种关系吗？"

"我问过父母，可他们都不说。我觉得，他们太不一样了，本来就不应该走到一起。"

"这话怎么理解？"

"我父母差距太大了，我爸是学者，知识渊博，什么都懂；而我妈只是一个没有文化的工人。"

"那他们为什么会走到一起呢？"

"我问过他们，但他们都不说。"

"为什么不离婚呢？"

"我也不知道。"

"你结婚了吗？"

"没有。"

"有没有谈恋爱？"

"没有。"

"一般像你这个年龄的女生都会谈恋爱，你为什么不谈？"

"其实，我觉得独身好。"

"顺便问一下，你是 1990 年出生的，按年龄今年应该研究生毕业，可你去年就工作了，这是为何？"

"我比别人早一年读书，这是我妈决定的，对这事我爸很不满。"

"好吧，先就聊这些，有需要时我们会再找你。谢谢。"

"我也不知道为什么和你们说了这么多。"刘思雨又深深地叹了一口气，她忧郁的神情似乎有些缓解。李长安知道，这姑娘被父母不和的事压得太久了，她之所以在所谓的陌生人面前谈了自己的父母，这只是压抑的一种宣泄。

随后，李长安又约了包利梅，可包利梅并不想见李长安他们。她说，有什么话就在电话里说，有什么事就在电话里问。李长安见包利梅态度坚决，也就没有强求。

其实至此见不见包利梅已无关紧要，刘木柯与包利梅的关系他们已从刘思雨那里知道得差不多了，问包利梅只是想进一步证实。李长安想，既然包利梅不愿面谈，那就暂且放放吧。

二

碧园是个住宅小区，2010 年投入使用。小区里矗立着近二十幢十至十五层的高楼，第 11 幢位于小区的中部靠东处。孟可又把肖凡调了过来，协助顾煊组勘查现场。他们把勘查的仪器搬到了现场，通过技术手段开锁进入了碧园小区 11 幢 1102 室。1102 室面积一百四十平方米，三室两厅三卫。顾煊、宋韩研、肖凡从门口开始沿着逆时针方向进行勘验、检查。

门的右侧是储物间和卫生间，储物间里有一些袋子，这些袋子有的捆在一起，有的散放在地面。顾煊开灯察看，觉得这些袋子与在青木、乐平现场上发现的袋子有些相似。卫生间里空空如也，到处都十分干净。

客厅的地面铺有瓷砖，瓷砖上覆盖有一层薄薄的灰尘，在客厅的南侧放有木质沙发一套，此外客厅里就再没有其他物件。紧靠客厅的北侧是饭厅，饭厅西侧紧靠墙壁放有一台冰柜，长1.6米，宽1米，高1.3米。看到这冰柜，顾煊他们想到了金合佳源的1203室现场。两套房子面积相当，结构相似，尤其是两套房间的冰柜颜色相同、牌子一样，只是这1102室的冰柜小了一点儿。顾煊他们认真地检查了冰柜。冰柜的电源处于关闭状态，柜内有三瓶矿泉水。取出矿泉水，分别用多波段光源、激光勘查灯、手持式电子显微镜在柜内探寻，除了发现一些微量物质外，没能发现与人体有关的分离物、脱落物。

虽然顾煊他们知道这里极有可能是另一个第一现场，但同时也预感到在此现场可能与在金合佳源1203室一样，不会有什么重要的发现。他们知道作案人的能耐——作案人具备不在现场留下有价值痕迹物品的能力。

随后顾煊他们加快了痕迹检查的进度。卧室、卫生间、阳台等处都比较简洁，摆放的物件很少，在地面、床铺、枕头、梳妆台、木梳、抽水马桶盖上都没能发现有检查价值的物品。

尽管已经预感到对此现场的勘查不会有什么收获，但当勘验完确实没有什么收获时，勘验人员又觉得很不甘心。顾煊、宋韩研、肖凡又分头在室内到外看了看、找了找，灶台墙壁上的几个字引起了宋韩研的注意。她靠近仔细地看了看，字迹很模糊，好像是写上去后又被擦去了。宋韩研取过显微镜一看，那是这样的几个字：车库，D-21，取贷。宋韩研不明白这几个字的意思，她把顾煊叫了过来。顾煊看了看，挠了挠头，突然说了一声："对啊！为什么我们都没有想起车库啊？这D-21应该是这1102室的车库。"顾煊随即联系了物业，经核对确认D-21确实是11幢1102室业主林昭国购房时同时购买的车库。

对此结果，顾煊笑了笑说："有时我们的脑子真是不开窍啊！那位林昭国说过他有一部车交代刘木柯照看，可是如果没有这几个字的启发，我们压根儿就没想到车库。唉，有时就是迂腐啊！"

他们通过技术手段很快就把车库的门打开了。车库里停放着一部三厢黑色福特车，牌号南 AB12×1，车型为蒙迪欧 2010 款 1.8 GTDi240 基本型，车身上覆盖着一层灰尘。宋韩研立刻对车子进行了拍照、录像。

同样用技术手段打开了车门、后备厢后，只见车内用肉眼能看到的杂物只有后座与后挡风玻璃之间的行李箱隔板上的盒装面纸以及变速操纵杆与驻车制动操纵杆之间的手纸。根据 7 月 14 日出现在东南政法大学西门的可疑车辆的视频，已确认林安宇坐在车的后排，所以顾煊让肖凡用擦拭法提取了后排座位上的微量物质——人体分泌物与脱落物。后备厢里很干净，内有运动鞋一双、雨伞一把。从鞋子的长度看，应该是男性的。雨伞放在一个塑料袋里。侦查员同样用擦拭法提取了后备厢里的微量物质。

顾煊掰了掰前后车牌，又弯身看了看，发觉这车的车牌和车牌的挂法与别的车不同。车牌上的螺丝、螺丝帽只是装饰，螺丝的尖部已被挫断，并被焊死在车牌背面。车牌的后部和车头、车尾的相应部位被焊上了两个小榫头和插槽，车牌是通过这焊接的榫头和插槽固定的，通过这榫头和插槽可以实现快速地换牌。

检查完车库，他们又返回 1102 室，利用手机准确测量了 1102 室所在的经纬度，并利用定位仪测量了 1102 室所在的基站小区的扇区位置。

返回支队后，在技侦部门的配合下，结合刘木柯的手机 7 月 15 日的运行轨迹，侦查员调取了 7 月 15 日与刘木柯手机运行轨迹在碧园小区发生交叉的手机的基站数据。

随后利用软件对从移动公司调取的基站数据分析发现：号码为 18653438×03 的手机 7 月 15 日 13 时曾出现在碧园基站小区 11 幢 1102 室所在的扇区，并与刘木柯手机的轨迹交叉。五分钟后，该手机关机，接着信号消失。这一通讯轨迹反映出此手机与刘木柯之间的因果联络，而该手机的使用者很可能就是那位林女伴。

这位林女伴是谁呢？只要确认号码为 18653438×03 的手机的使用者是谁，也就知道林女伴是谁了。

宋韩研先通过互联网搜索引擎查找该号码，显示这是南夷省滨越市的联通手机号。这号码从 7 月 15 日 13 时 5 分 11 秒即停止使用。进入联通资料库查寻，发现这号码非实名登记，资料库里没有使用者的姓名、身份证号等。小宋调取了该手机 7 月 15 日之前一个月的话单，发现在这一个月里，这号码有过近五百次的通话和信息记录，其中有三个人与这号码有过频繁的联系。通过查问，这三人都是"灵都会所"的女服务员。其中一位谢姓的女服务说，这个手机号码是陆碗青的，她和陆碗青在一起工作，可她已很久没看到小陆了。

这"灵都会所"是一个小型夜总会，其老板会招募一些有姿色的年轻小姐为客人服务。经查问那几位与陆碗青与过频繁联系的女子，她们都说，平时除了在会所里见面外，只通过电话联系，没有其他的交往。她们和陆碗青电话来往频繁，也是因为工作的需要。至于陆碗青平时和谁在一起，日子是怎么过的，她们并不知道。

问了"灵都会所"的老板，他说他们那里的服务员来来去去很正常，特别是那些女服务员，虽然让她们交了押金，但她们并不在乎，如果她们找到了更好的去处，就会不辞而别。他还说，对小陆只知道她的名字叫陆碗青，是一个挺漂亮的姑娘，二十岁出头，自己说是广西人，来滨越之前在广东干过，到"灵都会所"工作已有三个月，其他的他们不打听，她也不太说。至于她的家庭情况就更不清楚了。

来自广西的陆碗青不见了。她很可能就是那位林女伴。

宋韩研通过住宿信息、互联网购物信息关联，很快得到了陆碗青的身份证号码。接着，通过内网进入全国人口信息库查询，得知该女子曾用名陆碗，系广西壮族自治区贺州市贺街镇安塘寨人，1989 年 8 月 11 日出生，家有父亲、妹妹、弟弟。信息库里陆碗青的照片还是小孩模样，梳着两条小辫子。

随后宋韩研又通过用户名、密码关联，获取了陆碗青的 QQ 号和微信号，通过密码破解，进入了她的 QQ 空间，查阅了她在互联网上的活动踪迹。从 QQ 聊天记录得知，陆碗青到滨越之前曾在东莞"阿伦故事"夜总会工作，以及她 2009 年至 2011 年曾在贺州学院读了一年多的书，学的是金融学专业。从旅馆住宿信息可以看出，陆碗青从 2014 年 2 月开始才有在滨越的登记信息，在这之前，她在滨越以及南夷省其他城市都没有住宿登记。

侦查员随后找到了陆碗青的租处房——滨越市南台区连山小区。这是一个破旧的小区。陆碗青和其他五个人合租了该小区的一套双卧套房。当顾煊他们向陆碗青的室友了解陆碗青的情况时，没有一个人觉得陆碗青一个多月不回这里住有什么异常。在其室友的引导下，顾煊从陆碗青住的房间里提取了陆碗青用过的梳子及枕头上的皮屑等脱落物。

接下来对陆碗青的话单进行分析。7 月 15 日及前几日，号码为 18653438×03 的手机没有和刘木柯的手机、家庭电话、单位电话联络过。顾煊心想，这很正常，刘木柯不会用这些电话联络陆碗青，估计陆碗青也不会知道刘木柯的电话号码及其他信息。但是，如果陆碗青是刘木柯杀的，刘木柯就必须有一个约见陆碗青的过程，而这一约见就会涉及通信工具。为了不暴露自己，刘木柯很可能会选择公用电话。顾煊据此分析，查看话单，果然 15 日及之前在陆碗青的话单里有固定电话呼入记录。一查，这两个固定电话果然都是公用电话，一个位于南台区天元路 123 号到 353 号之间，刘木柯曾用那里的公用电话与林安宇联络过。另一个位于南台区罗成路 45 号附近，那里离碧园小区很近。这两个公用电话的所在位置提高了刘木柯曾与陆碗青联络的可能性。

三

登俊坊小区位于钟楼区的西部，于 2010 年建成使用。张飞平、王文博通过技术手段进入了该小区 8 幢 1208 室。

1208 室面积一百六十平方米，三卧、两厅、三卫、三阳台。室内摆设异常简单。偌大的客厅仅摆放了木质沙发一套、立式空调一部，厨房里只有一套炉具。每间卧室也只有双人床一张。尽管地面、墙壁、家具上没有什么污迹，但各处都蒙上了一层不薄的灰尘。这里很像是尚未投入使用的宾馆。卫生间里没有发现什么杂物，用勘查灯照射，也找不到值得提取的人体分泌物、排泄物、脱落物等微量物质。室内没有冰箱、冰柜，锅碗瓢盆都被收纳在厨房的壁柜里。在客厅的长沙发上发现了两根长发，张飞平让王文博拍照提取带回。第一卧室床铺上的被褥呈卷曲状，床尾的被褥被拆起搭在床头的被褥上。摊开被褥，发现上层是被子，下层是床垫；被子是蚕丝被，床垫是棉花垫。两个枕头并排放在床头前，经仔细寻找，并没有发现什么可疑物质。第二、第三卧室与第一卧室只有大小上的不同，其他情况大同小异。

从小区所在的环境及灰尘厚度看，这 1208 室已有一段时间没人来过了。从沙发上发现的长发分析，这里曾经可能来过女性，从床上铺设的情况看，这完全是冬天的格局，也就是说，自冬天之后并没有人入住过这房子。

张飞平采集了 7 月 14 日、15 日 1208 室所在基站扇区的手机数据，没有发现刘木柯、林安宇等人的手机出现在该空间。

刘铁英、魏清进入内网民航信息系统查询，发现从 2005 年至今，刘木柯有一百四十多次航行记录，林安宇有六十多次航行记录。2005 年、2006 年两人都有二十次左右的航行记录，从 2007 年开始，两人的航行次数都明显减少。经比对，2005 年，刘木柯与林安宇共有十六次同飞记录；2006 年，两人有十八次同飞记录；2007 年，两人的同飞记录只有八次；之后，就只有2009 年、2012 年、2013 年各有两次两人的同飞记录。2005 年他们同去过杭州、西安、桂林、三亚、南宁、贵阳、西宁、张家界等城市，2006 年他们同去过成都、乌鲁木齐、黄山、济南、长春等城市，2007 年他们同去了昆明、南京、成都等地。经拓展查询，没有发现与刘、林相识的朋友可能同行。

从 2005 年至 2007 年，刘木柯和林安宇的同飞次数达四十二次。2007 年二人最后一次同飞时间是 7 月 14 日，起飞地点为成都双流国际机场，到达地点为滨越乐平国际机场。倒数第二次同飞的时间是 7 月 12 日，起飞地点是滨越乐平国际机场，到达地点是成都双流国际机场。这显然是一个来回。2007 年 7 月 14 日飞回滨越之后，两个人的同飞差不多就停了。2009 年的两次飞行也是一个来回，起飞时间是 2009 年 7 月 16 日，返回时间是 7月 18 日，目的地是呼和浩特。经拓展查询，未发现此次旅行有可能熟悉的人同行。那 2012 年、2013 年的同飞又是怎么回事呢？刘铁英扩大检索范围，发现这两次与二人同飞的还有东南政法大学刑事司法学院的其他教师。

刘木柯和林安宇在过去的岁月里来往密切，关系不正常，航行记录信息再次证实了这一点。

与前面的调查结合起来，可以印证：2007 年 7 月 14 日是一个特别的日子，在这一天发生了很特别的事件，这事件导致林安宇与刘木柯之间开始出现裂痕。这事件就是林安宇的女儿上官研儿因交通事故死了。

刘铁英、魏清根据刘木柯、林安宇的航行路线，委托省外同行协查，发现刘木柯在去过的城市的旅馆系统中大都留下了住宿登记信息。而林安宇则不然，在她和刘木柯同行的城市住宿系统里大都没有留下她的住宿信息。在刘铁英委托查询的十个城市住

宿系统里，他们两人同住的记录只有一次，时间是 2006 年 7 月
21 日至 24 日，地点是乌鲁木齐市。尽管只有一次同住记录，但
结合航行记录信息，刘木柯与林安宇长期同行，外出时同居已是
不争的事实。

    各个小组都按部就班地完成了自己的侦查任务，并将侦查所
得及时反馈给了指挥部。看着各小组的侦查所获，孟可心里却有
说不出的痛。刘木柯与妻子关系不好，他与林安宇好上了，后来
却与林安宇发生了矛盾，最后不知为何竟把林安宇给杀了。他杀
林安宇一定有他的理由，可为什么他把那个陆碗青也给杀了呢？
木柯为什么变得如此残忍？孟可一直不希望这事是刘木柯干的，
但随着侦查的深入，犯罪事实渐渐清晰，能证明刘木柯杀人的证
据越来越多。孟可想去否认一些证据的证明力或证据力，但那些
证据，尤其是电子数据类证据，其说服力却是不容置疑的。把那
些遗留在虚拟空间的证据联系在一起，刘木柯的行踪也渐渐
暴露。

    尽管如此，案件还得查下去，离真正可以把侦查终结还有相
当长的一段距离。有人会问，能证明是刘木柯作的证据在哪里？

    是的，事实清楚只是建立在分析推断的基础上，犯罪涉及如
此多的时间点、时间段，只有犯罪嫌疑人把林安宇从东南政法大
学带出这一时间点有一定的说服力，至于其他的时间，如杀害林
安宇的时间、杀害陆碗青的时间、碎尸时间、抛尸时间等都只是
根据对手机轨迹的定位而作出的一种判断。而犯罪空间的确定更
是缺欠说服力，把金合佳源 9 幢 1203 室、碧园小区 11 幢 1102 室
分别确定为杀害林安宇和陆碗青的第一现场，可办案人员并没有
从现场获取能证明这是第一现场的人证、物证或书证。至于第二
现场、第三现场、第四现场等也不是十分明确。尸块还没有找
全，说明他们对犯罪现场的认识还很不到位。刘木柯是犯罪嫌疑
人，那有没有其他人参与？林安宇被害了，可另一位被害人却才

刚刚现身。本案涉及了大量的物件，多部车辆、多张车牌、杀人工具、碎尸工具、包装袋，等等，这些物件大都还没有发现或确认，此时就下结论为时尚早。

所以还要推进侦查。从碧园小区提取的塑料袋、从福特车里提取的微量物质、从陆碗青住处提取的毛发和皮屑、从登俊坊客厅长沙发上发现的两根长发都被送到了市刑侦支队刑事技术大队。经检验鉴定确认：从碧园小区提取的塑料袋与在乐平、青木现场发现的用于包装尸块的袋子被认定不同一，在福特车里提取的微量物质里未能取到可以与林安宇的 DNA 进行比对的检材，从陆碗青住处提取的毛发和皮屑的 DNA 与林女伴的 DNA 被认定为同一，那些与林安宇的尸块混在一起的身体组织是陆碗青的，从登俊坊客厅沙发上发现的两根长发是林安宇的。

由此，陆碗青的身份得到了进一步确认。那么林安宇的毛发为什么会出现在登俊坊 8 幢 1208 室呢？最好的解释是她曾经去过那里，且当然是和刘木柯一起去的。

在碧园小区 D－21 车库发现的黑色三厢蒙迪欧 2010 款 1.8 GTDi240 基本型福特车是不是就是 7 月 14 日上午从东南政法大学西门开出的那部呢？通过多角度、多方位辨认，确认其确是 7 月 14 日上午在东南政法大学西门出现的那部可疑车辆。而这部车由刘木柯支配，当然又提升了刘木柯的作案嫌疑。

在东南政法大学刑事司法学院鉴定中心的痕迹室里有三十六张车牌，这些车牌被用于司法鉴定或学生实习，很多人知道这些车牌。从常理看，在作案过程中，刘木柯不会使用这些车牌，但事实证明他确实用了车牌，所以他自己一定还拥有车牌。那他会把那些车牌藏在什么地方呢？

也许他已将车牌扔了。如果扔了，那要从与他相关的处所去找车牌就找不到了。不过，他不会扔车牌。因为扔掉这些车牌对他没有什么好处，还可能会有坏处。这些用于作案的车牌是极为秘密的，因为秘密，所以早期在监控资料里无法去关注这些视频，后来可以关注时已时过境迁，视频资料被删除了。这些刘木柯一定是知道的。他用不同的车牌就是要达到这一目的。所以，到底有哪些车牌被用于作案其实只有刘木柯知道，他没必要扔。那他可能还是把车牌藏了某处。会藏在哪里呢？刘木柯可以用于藏车牌的空间很多，办公室、鉴定室、实训区、白马小区及附属区、乌葵小区及附属区、金合佳源及附属区、碧园小区及附属区、登俊坊小区及附属区、车子等地方都可以用于藏车牌。而金合佳源及附属区、碧园小区及附属区、登俊坊小区及附属区都已查过，没有发现；白马小区及附属区也不会成为他的选择，因为包利梅住在那里，他从那里取车牌并不方便；鉴定室除了刘木柯可以进入外，其他痕迹室的教师也可进出，所以鉴定室也不会是较佳的选择；实训区是敞开式的，如果经常取出、放入车牌容易被人发现；其办公室和乌葵小区也派人去查了，没有发现；四部单位的车可以排除，因为单位的车不单只有刘木柯可以使用，如果把车牌藏在单位的车里，容易被发现；那部福特车勘验过了，也没有发现。那他会把车牌放在那部还没出现的奥迪车里，还是放在他的私家车里？

查吧！查刘木柯已经成为一件公开的事了。只是现在还没有控制他，没有对他采取强制措施而已。

孟可也加入了进来。他想了想几次抛尸的线路，又想了想刘木柯手机运行的轨迹，觉得应对白马小区和刘木柯办公室进行再次搜查。

孟可亲自去了刘木柯的办公室。其办公室二十多平方米，门在南，窗户在北，东侧一排书橱紧贴墙壁立着，办公桌摆放在室内的中部，办公桌的南边是电脑桌，书橱南边摆放着三人沙发，沙发以西有一张茶几。室内摆设不复杂，物件也不算多。按理车牌应放在书橱下部的抽屉里或办公桌右边的抽屉里，但这些部位侦查员上次都找过了，没有发现。孟可想，如果车牌藏在这间办公室里，藏在哪里才不容易被人找到呢？

孟可把沙发翻倒看了看，沙发底下没有东西。他又用手在办公桌的底面到处摸了摸，而后叫站在边上的两名侦查员把办公桌也翻倒，只见办公桌底部左侧安装了一个暗格。孟可用手把暗格里的东西轻轻地拿了出来，一块、两块、三块、四块、五块、六块，一共有六块车牌。滨越的三块：南 A23A×1、南 AD23×1、南 A2E3×9；田园的一块：南 B37D×6；泉亭的一块：南 C77×D；平南的一块：南 H0C6×2。其中三块车牌后面有两个凸起的小榫头。

第十三章　淡定的教授

一

　　孟可还无法作出拘捕刘木柯的决定，他的顾虑在于还没有找到一种直观且有说服力的证据去证明。孟可想，如果有人问，刘木柯驾车到那么多地方去抛尸，现在监控技术又那么发达，你们为什么就没找到他驾车抛尸的视频呢？你们说他换车牌，只是你们自己瞎猜罢了，你们用什么证据证明他换了车牌呢？因为一些事还没有做到位，所以要回答这些问题有些难。孟可觉得在这件事上还是必须做些什么。当时在勘查乐平、青木、荔园、力涵、平南、泉亭、北源郊等现场时提取了不少与车辆相关的视频资料，在这些视频资料里能不能找到从刘木柯办公室里发现的车牌号呢？如果能够找到，哪怕只在一个现场上找到，就有了直观且有说服力的证据了。如果真的能够找到，那就可以拘捕刘木柯了。

　　孟可让顾煊、张飞平、刘铁英等专案组成员分头去找，找了一个多小时，终于在田园力涵卡口的视频资料里发现了挂着南B37D×6车牌号的小汽车，这部车是刘木柯的私家车——大众帕萨特。而这部车车牌的挂法与一般车的挂法没有什么不同。

孟可不停地想着直面刘木柯的那一天。这一天即将来临。当大家忙于查找车牌、车辆的时候，孟可抓紧时间构思该如何面对刘木柯。回避审讯是没有必要的。尽管自己无法判定刘木柯有罪，但他已由受人敬重的专家、学者、教授、院长变成了杀人嫌疑犯却是不得不面对的。孟可不希望这样，但事实确是如此。无论如何，杀人是不应该的，既然刘木柯杀了人，那他就应受到谴责、惩罚。尽管法律面前人人平等，但孟可觉得面对不同的对手应持不同的态度。面对对手时确立一种恰当的态度是必需的，也是很重要的。如果一味地敬重对手，把对手当作善人，那在审讯时就会束手束脚，反之，则可以激发斗志、激情、正义感。当然，不管面对怎样的对手，这种面对都是一场博弈，既然是博弈就会有对抗，又有合作。在很多情况下，都要把双方假定为理性的经济人，要假设双方都会往对自己有利的方向去思考、去选择策略。

现在的刘木柯在想些什么呢？对他而言，他还有什么利益可以争取的呢？他实施了那么多反侦查行为，当然是为了不暴露自己，所以，现在的刘木柯当然还是希望自己的行为没有暴露。如果侦查员说林安宇、陆碗青是他杀的，他当然会否认、反驳。因此，要把事实摆在他的面前，要用证据去证明。

孟可让顾煊和宋韩研把证据好好地理了理。刘思雨的陈述、美国朋友的电话录音、毛发、尸块照片、第一现场照片、抛尸现场照片、DNA鉴定报告、车牌、车辆照片、监控视频资料、通信话单、微信记录、数据分析报告、手机运行轨迹、林安宇照片、陆碗青照片、上官研儿照片、刘木柯和林安宇的同行记录、刘木柯和林安宇的合照、林安宇裸照等数据、材料都被打包放在电脑或物证袋里。

孟可也想好了面对刘木柯时交谈的切入点。孟可知道，对刘木柯而言，许多审讯技巧、审讯术都是不好用的。与其使用那些，不如实打实地审，但切入点的选择却是必须好好考虑的。人为何是人？是因为人有人性，这是共性。就刘木柯而言，从此共性切入可能效果最佳。据孟可的判断，刘木柯不一定很了解陆碗青的底细，如果把陆碗青的艰辛经历抛出，可能会给刘木柯以打击，以此唤醒他的良知。

孟可让宋韩研搜集了陆碗青的背景资料。这位来自广西安塘寨的女子，年纪轻轻，人生经历却颇为曲折与可怜。陆碗青家里有姐弟三人，但弟弟出生后没多久，母亲就因病去世了，那年陆碗青才十岁。父亲要她辍学在家照看弟、妹，帮忙做家务，可她坚持要上学。于是，她一边上学，一边挑起了照看弟、妹的担子。陆碗青人聪明，再加上学习刻苦，所以学习成绩在班级里总是名列前茅。日子一天一天地过着，尽管生活艰辛，但也没把陆碗青一家人打倒。十八岁那年陆碗青考上了大学，尽管现在考大学已不再稀奇，但对安塘寨人来说，能考上大学还是很不容易的事。为了能继续照顾弟、妹，陆碗青选择了离家乡最近的大学——贺州学院。

在大学里，陆碗青见识了很多新鲜玩意儿，她感觉到了自己的无知，也开始不满于家庭的贫穷。她努力地在学校里或学校周边兼职，挣一点儿小钱贴补家用或供自己开销。大家都很同情这位清纯、机灵、漂亮的小姑娘。至此，陆碗青演绎了一个感人的励志故事。但是，从那之后，情况变了。一个学期后，她改了名字，把原来的陆碗改成了陆碗青。后来，陆碗青认识了一些人，那些人向她推荐了挣钱的门道。于是，她去了广州，又去了东莞，当上了性工作者。她美丽动人、清纯妩媚、聪明伶俐，博得了不少人的欢喜。在广东的那几年，她挣了不少钱。她继续供养弟、妹读书，自己也有了一些积蓄。再后来，东莞严厉打击性服务业，陆碗青从东莞转移到了滨越。然而，到滨越后，由于刘木柯的介入，这个有些苦涩的励志故事演化成了悲剧。

听完这小小的故事，孟可心中很不是滋味。"作孽啊！木柯。"孟可狠狠地骂了一声。他确信把这故事作为交谈的切入点是不会有错的。

刘木柯究竟会如何防御，现在还不得而知。但孟可总是喜欢把境况往难处想。万一听了陆碗青的故事，刘木柯仍旧无动于衷，这时又该作何打算？

对于本案，刘木柯运用他拥有的专业知识进行了周密的筹划，具体实施时也没有出现大的纰漏，作案后，他稳稳当当、不急不躁。而从案件立案侦查开始至今，刘木柯没有为案件的事采取过任何额外的措施。他很淡定、从容，从事后行踪看不出他有任何异常，真不愧是犯罪的高手、行家。

但是，物质总是在不停地发生着变换。在信息技术广泛被运用的年代，电子痕迹的遗留更是不以实施者的意志为转移，哪怕再高明的作案人只要实施了行为就无法不留下电子痕迹。刘木柯也不例外，他是高手，但电子痕迹却把他是高手这一特性也揭示了出来。在抛尸时，他连续不停地不关机、不带机，这是高手的特征，但这一特征却又揭示了作案人行为的特点，从而揭示了行为者的活动轨迹。

这一点是刘木柯意想不到的，其活动轨迹被揭示正是因为他习惯地反侦查所造成的。这是高手的弱项。如果刘木柯丧失人性地顽抗，孟可当可依仗这些"弱项"进行进攻。

孟可让支队的内勤布置了一下支队办案中心讯问室，并让顾煊、宋韩研当自己的助手。投影机、移动硬盘、证据袋都被带到了讯问室，电脑工作正常，同步录音、录像设备工作正常，孟可严阵以待。

二

拘捕刘木柯时，他没作任何反抗。面对办案人员，刘木柯依旧表情轻松，淡然自若。

孟可从刘木柯的角度想了那么多，很多都是对的，但也有些不对。其实，此时的刘木柯很麻木。他早就料到会有这一天。那一天顾煊向他要金合佳源 9 幢 1203 室钥匙的时候，他便知道对自己的调查正式开始了。那时他就想，该做的事在那之前都已做了，听之任之吧！被发现、被处决都是自己计划中的一部分。父母去了，女儿已经自立，没有了爱情，没有了等待，在绝望中等不到什么，无牵无挂，有什么好担心的，去就去吧！由于做好了最坏的打算，所以当警察出现的时候他已经没有了畏惧。他淡然而轻松的表情不是故意装出来的。

刘木柯心里明白，杀害林安宇还有那位性工作者不是自己一时的心血来潮，这是一次恩怨情仇的了断，也是对自己人生的一个了结。与其说他是杀人，不如说是一种仪式的履行，他只是按计划做了一些早就想做的事。他不想抵抗，不想辩解，他只想快速地把一切了断。

他努力地去预谋，去筹划，去实施，但他知道实施了行为就会留下痕迹，这是不以人的意志为转移的，哪怕自己多么内行也逃脱不了这一客观规律的制约。

刘木柯静静地坐在审讯椅上，微微地闭着双眼，面无表情。

孟可走过去把拷在他手上的手铐取了下来。孟可没有说话，刘木柯也不出声。

空调发出轻微的"呼呼"声，宋韩研击打电脑键盘的"呲呲"声显得特别刺耳。刘木柯真希望就这样一直静静地坐着，但孟可却必须打破这寂静。

"刘教授，我还是叫你刘教授。我知道你不想说话，但你真的不想说些什么吗？"孟可坐回审讯椅后说了这么一句。

刘木柯没有应答。

"木柯，你可以保持沉默，但我觉得你不能保持沉默。你不该做那些事，你做的事不可思议，你必须为你自己做的事给个理由。"孟可提高了一些声调。

"我不想保持沉默，但我真的不想说话。"刘木柯应了一声。

刘木柯这么快就开口倒出乎孟可的意料，他本以为起码要在他说了陆碗青的故事后刘木柯才会说话。刘木柯这一开口，孟可便直接提到了陆碗青。

"你认识陆碗青吗？"孟可问。

"孟支，我不会狡辩、抵赖的。我会说，只是现在真的不想说。"刘木柯不正面回答孟可提出的问题。

"刘教授、刘院长，我觉得我们一起来说说这陆碗青倒是必要的。"孟可口气变得严肃，声调又提高了些。

刘木柯又闭起双眼，还是没有回答孟可提出的问题。

"你认识陆碗青吗？回答这问题不会太累、太难吧？"孟可觉得既然他开口了，那这问题就必须得让他回答。

"不认识。"刘木柯想了一会儿说。

"我就知道你不认识。但你却把她给杀了。"孟可说。

"孟支，我想问你，你为什么就那么肯定地认为我杀了一个我不认识的人？"刘木柯反问。

"问得好。木柯你了解我，如果没有把握我当然是不会说这种话的。其实你认识陆碗青，可惜你连她的底细都不知道，甚至连她的姓名都不问一下就把她给杀了，不该啊！"孟可根据自己的判断直指刘木柯作案中的一个盲点。

听罢此话，刘木柯脑海中出现了那位本不该被杀的年轻女子。那女子叫陆碗青，自己确实不知道她的姓名，更不知道她的底细。刘木柯虽然想交代，但他还是想再探探孟可他们探案的深浅。于是他说："我真的不认识这女子。她是什么人我怎么会知道？"

"给你明说了吧！陆碗青是被你杀害的另一个女子的姓名。你杀了林安宇，为什么还要杀陆碗青？杀陆碗青真是太不应该啊！"孟可边说边摇头，"她可是一个好女子，你却把她当作一个游荡的妓女轻易地杀了！"

听罢此言，刘木柯眨了眨眼，欲言又止。

孟可接着说："我们到她家乡查过了。她是广西安塘寨人，那是一个很穷、很偏僻的小山村。安塘寨的人都认识陆碗青，都说她是位好姑娘。她十岁时失去母亲，却仍坚持读书，还扮演了母亲的角色，照顾年幼的弟弟、妹妹。后来，她居然还考上了大学。只可惜受人误导，大学还没毕业就当上了妓女。但她当妓女也是为了挣钱培养弟弟、妹妹啊！听说，她把挣到的钱大都寄给了也已上大学的弟弟、妹妹。"

孟可说这些话的时候，刘木柯倒是很认真地听着。当孟可说完话，他的眼睛睁大了，坐得很直。

见状，孟可继续说："唉，听了这事，我真的很难过。木柯你为什么就把她给杀了呢，多好的姑娘啊！"

只见刘木柯也叹了口气，说道："阴差阳错，命该如此，不得安宁。"

原来，陆碗青是这样的一个人，刘木柯确实不知。他原以为这小姑娘既然都去做妓女了，杀也就杀了，没有什么好可惜的。可现在知道，陆碗青是这样的一个人，他那颗麻木的心却有些疼痛起来。他知道，孟可是不会用这样的故事骗自己的。

"一切已无法挽回。你自己说说看该怎么办？"此刻孟可和刘木柯一样同情着那位被杀的陆碗青。

"唉，我心本已死，但这女子却不让我把心放下。这样吧，孟支你帮帮我，先从我账户上取出十万元钱交给陆碗青的家人，以后法院判赔偿多少再公事公办吧！没什么好说的，杀了人就得偿命。现在你想问什么就问吧！"刘木柯叹气、摇头，宣告缴械投降。

孟可心想，看似无比残忍的行为背后却隐藏着善良与柔情，刘木柯良知未灭。此时，他的心又疼了起来。木柯，一个好好的同志，为什么就鬼迷心窍，走上了不归路啊！

准备好的证据也不用出示了，孟可想了想，把那些想知道的问题提了出来。

"木柯啊，你还是先把如何杀林安宇、陆碗青的事好好说一说吧！"孟可声音低沉。

"杀林安宇是我谋划很久的事了。在杀她之前，我约了她。我对她说，7 月 14 日一起纪念一下研儿。这几年，我约她，她经常不理睬，可说到研儿她就答应了。我到我家附近的街边用公用电话和她联系，这时候，不留下和我有关的电话记录很重要，安宇也没有问我为什么不用手机打电话。以前，凡是重要的约会我也通常会通过公用电话和她联系，所以她也见怪不怪了。我联系她，定了约见的时间和方式后，她便很自觉地不再给我打电话，她已经很久不主动给我打电话了。我约她在学校里见，以前我和她经常那样。现在是放假期间，在校园里把她带走是最佳的选择。我开了一部以前没开过的车，并把车停在大楼东侧紧靠实训基地的墙边，那里是一个死角，除了经过的人，其他的人都看不到。出门后，我们在学校附近的日杂店里买了一些祭品，还去了学校南边的莫干山、莫干湖，以前安宇、研儿和我一起在那儿玩过。看到偏僻处的石碑上研儿曾经的涂鸦，我和安宇都默默地呆立了一会儿，我还差点儿放弃那天的行动。下山后，安宇想去研儿的墓地，我说先吃饭，我们便在山脚附近的小饭店吃了午饭。林安宇又恢复了在我面前的那副嘴脸，于是，我还是把她带到了金合。"木柯认真地回忆，慢慢地说着，"我是决定要杀她的。进屋后，她坐到客厅的沙发上，我装出关心她的样子，站在她身后给她按压肩膀，趁她没注意，我用右手击了她的后脑。你知道，我的拳重，只一击她就歪倒在沙发上。我又重重地扼她的脖颈，十分钟后，她彻底断气了。而后我找到她的手机，取下手机电池。接下来，我把她移到客厅的地上，把她身上的衣服脱光，把她身上的物件全部取下，然后我把她抱到厨房，放进冰柜里。这些都是我事先想好的。我带她在学校附近转悠，是为了模糊她手机的运行轨迹，我取下她的手机电池是为了不让她的手机信号在金合小区长时间出现。我在客厅的沙发上坐了一会儿，想了想前面应该没有做错什么。我是通过公用电话约林安宇的，那车我以前从来没有开进过学校，车牌是真牌，但没有登记，是第一次使用，且是进校门后才换上的。我自己的手机放在办公室里没带在身上。我有些担心林安宇的手机，尽管我以最快的速度进行了处理，但仍会有一些问题。之后我把林安宇的提包、衣服、鞋子、手表、项链、发夹、手机等东西放在一个袋子里，离开的时候一起带走了。"

刘木柯认真地供述着。孟可想，他真的是毫无保留啊！他想离开了！

三

孟可不忍再追问刘木柯什么，但当刘木柯停止陈述的时候，孟可却又问道："后来你把那些东西放到哪里去了？"

"我又在楼下的停车处换了车牌。这车子挂车牌的地方是特制的，我有几块车牌也是特制的，所以更换起来很方便。出了金合佳源后，我往南开，开到了虫门江边。夏天的虫门江，江水滔滔，我先把林安宇的眼镜、手表、手机抛到江中，然后往下游走一百米，再将林安宇的衣服、鞋子扔到江水中，而后我又折回，走了五分钟，把剩下的也全部甩到江里。不知道有没有人拾到这些东西。那地方我还记得，需要的话我可以带你们去看。"刘木柯不停地说着，几乎不用孟可等人引导。

在孟可的印象里，刘木柯是个不爱说话的人，可今天的刘木柯却不太一样。他似乎知道这将是他人生最后的陈述。

孟可有些心酸，在自己的职业生涯里，面对过无数的犯罪嫌疑人，可从来没有像今天这样，缺乏追问的欲望。他想让刘木柯歇歇。他给刘木柯面前的水杯添了些水，说："木柯，喝水。"

但讯问还是不得不继续进行。"说出来吧，说出来也许会好受些。"沉默了一两分钟，孟可说道。

"我会说的，没有什么好隐瞒的，我知道的我都会说，我没说到的你们再问。我作案之前，经过仔细的筹划预谋，我想过不暴露自己，但也做好了行为败露被处以极刑的准备。杀害林安宇是迟早的事，但有时我总想拖一拖，今年没能再拖下去。"刘木柯的表情从麻木转向淡然，表述更加沉稳清晰。

"还是先说你杀人的经过吧！"孟可插了一句。

"把林安宇的遗物处理完后，我就回到了学校，拿了手机，还到鉴定中心坐了一会儿，后来就回家了。回家后，我又到附近的公用电话亭给十七号打电话。十七号就是你们说的陆碗青。年初时我找过她，认识她时她说她的编号是十七，我有她的手机号码。在我的杀人计划里，要找一个人陪林安宇，说是陪，其实是为了混淆侦查视线，拖延你们认定死者身份的时间。我选定了十七号。十七号这个小姑娘挺可爱的，但她就是一个妓女，选她下手，我当时没觉得有什么不安、不妥，而且没有什么人真正关心这些性工作者，哪怕她们失踪很长时间也没人会过问。所以，我搜索了脑海中的人选，就选定她了。十七号答应第二天见我，我说到老地方，她说有点儿不太记得了。于是，我把碧园小区的楼号、房间号告诉了她。第二天，我一大早就到碧园小区等她，可等到中午，她还没出现。我出碧园到罗成去吃中午饭，顺便在那儿又给十七号打了电话。十七号说昨晚睡得太迟，上午没起来，她一会儿就到。吃完饭，我回到碧园，没多久，听到有人敲门。我开门，来的就是十七号。我把她引到床上，在那里和她亲热了一阵，然后在床上把她了结了。和处理林安宇一样，我把十七号的手机、身上的首饰都取了下来，和她的衣服、提包一起放到一个手提袋里，然后将她放到厨房的冰柜里。之后我带上十七号的遗物，又开车到了虫门江畔。这次的抛投点有点儿变化，我选择了下游。那天虫门江的水流照样很湍急，我一会儿扔一件，没多久就把衣服、鞋子、提包、手机、手表、项链、手镯、戒指、发夹、墨镜等都扔到了江里。那天，我开了另一部车，车牌是原车的。"说到这儿刘木柯看了看孟可，问道，"我说得这么详细，有必要吗？"

孟可左手托着下巴，认真地听着，边听边想，刘木柯说得的确很详细，回想调查所得情况，他的陈述和许多调查所得完全相符，他说了真话。正想着，突然听到刘木柯发问，孟可一下子不知如何作答。

停顿了一下，孟可回答："这样说很好，只是辛苦你了。接着说吧！"

刘木柯突然轻轻地叹了一气，说道："唉！我成了阿 Q。要死了还为圆画得不好而苦恼。不过，这样最好。"

孟可答道："其实谁不可悲呢？任何时候能把心态调整好就是胜利者。说吧！"

"后来，我就开车回家了。那天我没有把手机放在学校。那天夜里我做了一个梦，梦见我和林安宇、十七号、研儿在一起，在虫门江畔玩耍、嬉戏。虫门江水浊浪排空，研儿、十七号紧紧地躲在我身后。梦醒时分，我有些伤感。16 日上午，我先到学校的鉴定室取了一些袋子、几把手术刀，然后就去了金合。在那里，我把林安宇从冰柜里抱出来，放在地上。她被冻得很硬，我在那儿等了一个多小时，尸体慢慢软了。于是，我用手术刀开始切割。我知道头和手指是最不能暴露的。于是，我先割下头和手掌，并将其他的部位分成八块。分解完后，我把尸块一块块分别放到袋子里，放回冰柜。"刘木柯很淡然地说着，好像在说别人一样，"中午吃完饭，我又把工具带到碧园，在那里，把十七号也切成十一块。切完后，我分两次把十七号的尸块移到了金合。我准备过一天开始扔，因此放在一起比较方便。我把十七号的左手臂和林安宇的右大腿分别包装，把十七号的右手臂和林安宇的右小腿放在一起，把十七号的左大腿和林安宇的躯干上半部放在一起，把十七号的右大腿和林安宇的躯干下部、左手臂放在一起，把十七号的右小腿和林安宇的左小腿放在一起，把十七号的左小腿和林安宇的左大腿放在一起，把林安宇的头、右手臂、两个手掌单独打包，十七号的头、躯干上半部、躯干下半部、两个手掌同样单独打包。这样打包，有些是刻意的，有些是随意的，目的就是故意制造混淆，让发现的人以为尸块是同一个人的。"

几位侦查员者都挺佩服刘木柯的记忆力。在青木、乐平、平南、田园、泉亭等现场的景象都已刻在了孟可、顾煊、宋韩研的脑海里，他们在脑子里努力地核对着。

刘木柯继续说："我并不紧张。侦查员要找到这第一现场可没那么容易。我准备慢慢抛尸。第一次抛尸，我想了很久。当然，抛尸的时候是不能带手机的。我准备把尸块先抛到青木和乐平，并想好了抛尸的具体地点。我熟悉青木和乐平，青木有一个村子，那里曾经荷塘遍地，我和林安宇很早以前一起去过那儿。如今，大片的荷塘不在，但却还有零星的荷塘存在，我想把头两袋尸块抛到那儿。我知道莲花的花语是清白纯洁，我曾经和林安宇也清白纯洁地爱过，后来爱被破坏了，就像青木的莲花。我记得我和林安宇还一起去过乐平的中村镇，那儿有一段路，路旁尽是树冠高大的蓝花楹。夏秋时节，树下铺满了蓝花楹飘落的花瓣，形成了一条望不到头的蓝色长廊，那景象蔚为壮观。蓝花楹寓意着在等待爱情中绝望，我和林安宇何尝不是如此。17 日，我又换了一部车，用了另一个车牌，先到青木的荷花塘，细细一看，那荷塘已不成样子，但没办法，也只好把尸块抛在那儿。这头两块我刻意分开包装，以示对纯洁爱情的敬重。然后我直接把车开到乐平中村，中村镇的蓝花楹的盛放之势不减当年。我在那路上转了一圈，找了个合适的位置停车，把袋子扔到路边的花瓣之中。别了，一切。"

刘木柯沉浸在对往事的回忆中，心情有些激动。孟可想，现在的刘木柯是这样感性的吗？以前的刘木柯可是一位不拘言笑、理性十足的人，现在抑或只是难过下的一种感性？

孟可又给刘木柯加了一些水，他知道现在的刘木柯想说话，他压抑得太久了。

"18 日你还是没有带手机，你又换了车和车牌？"孟可问道。

刘木柯接着说："18 日我想把尸块抛到平南。所以，我换了一块平南的车牌，车没换。这天，对地点的选择我不太讲究了，但我考虑要能躲开视频，不容易被发现。我先在市区的一个垃圾桶里扔了一袋，后来拐到平南的南溪县。在悬崖边，我往前开一段后折回，在一个偏僻处把另一袋子往悬崖下一扔，然后将车子开回了滨越。"

"等等，"孟可打断刘木柯的陈述，"你扔在南溪的是哪些部位？"

刘木柯想了一下说："这包里有三块，是十七号的右大腿和林安宇的躯干下部、左手臂。"

"坦率地说，这几块我们还没发现。你还记得抛尸的具体位置吗？"孟可问。

"还记得，但要找找。"刘木柯答。

"其他的又是怎么扔的，再说说吧！"孟可说。

刘木柯答："我本想慢慢扔，可扔了两天后，我想索性把那些不需要特别处理的一起扔了。我又换了一部车，挂上田园的车牌。我还是把手机放在学校办公室。出了力涵高速路口不久，我便将车往右侧小道开，开了几分钟，发现有一个垃圾堆，那里很安静。我下车，把一袋尸块扔在垃圾堆上，但转身要离开的时候我又折回，拾了一条木棍，在垃圾堆上捅了个洞，重新把袋子放到洞中，再用垃圾盖上。我继续往前开，左拐右拐驶入了荔力大道。我顺着大道往西开，突然看到一个熟悉的路口。一年前我曾到过那儿，知道往小道里开有停车的地方，车还可以在里面调头。于是，我把车开进去，在小路边停车，然后打开后备厢，把另一袋尸块拎出，扔到旁边的稻田里。我开车返回荔力大道，继续往西开。没多久，进入荔园高速路口收费站，我便继续往南开。沈海高速田泉路段，路的两侧风景优美，车子就要到泉亭时，我突然发现路边有一簇含苞待放的三角梅，我心里一动，感觉到没有真爱是一种悲伤，于是我把车停在紧急停车带上，把另一袋尸块往三角梅处扔了过去。这一袋特别轻，里面只有林安宇的右手臂。我没有出高速，继续往西南方向开去。路两旁的风景甚美，但我心中却觉得悲凉，三角梅不停地在我眼前浮现。不知过了多久，车子出了南夷。当然，这也是我事先想好的。今天要扔的最后一袋，里面装的是十七号的头颅，我必须把它扔到外省。我看到了高速路出口——广东饶平高堂，我已经到了广东。从高速路出去后，就进入了山路，路的四周风景也挺美的。我慢慢开了二十多分钟，靠路边停了下来。路面不大，来往的车辆很少，四周死一般的静。路的右侧是悬崖峭壁，我把袋子往悬崖下一扔，便调转车头返回。我不知道那段公路的名字，那里的尸块估计你们还没有找到。你要问我能不能找到那路段，我想我可以。"

咳，真是洒脱的刘木柯。孟可又在心里叹了一口气。自己和他虽还算不上好朋友，但两人之间有过不少的来往。如果没有今天这事发生，未来两人成为好朋友也不是没有可能。和很多人一样，孟可是很崇拜刘木柯的。他的知识、他的为人、他的声名都让孟可仰慕，可为什么就发生了这样的事呢？刘木柯杀了林安宇、陆碗青是确定无疑的，哪怕他后面不再供述也是无法改变的了。但孟可还想听刘木柯陈述，顾煊、宋韩研也是一样的心思。

"19日，你回滨越了吗？"孟可关切地问。

"回了。我扔了最后一袋后，就往回开。晚上天黑不久我就到了学校。我在学校边上吃的晚饭。14日中午，我和林安宇也是在那家吃的。"刘木柯答。

"其他的尸块你又是如何处理的？什么时候处理的？"孟可问。

"20日，我就待在家里。21日在金合那边处理林安宇的头，还有她们两人的手指。"刘木柯想了想，小声地说。

孟可觉得刘木柯似乎没有了前面说话的劲头，也许是累了。

"休息一下吧！你不用急，我们也不急。我们一起去一下卫生间。"孟可说。

刘木柯站起来伸了伸腰，用双手扶了扶眼镜，跟着孟可往讯问室门口走去。顾煊、宋韩研也跟了出去。刘木柯腰板笔直，步履矫健，宋韩研心想，他哪像是一位就要被判以极刑的人，真是可敬又可恨！

讯问继续。尽管孟可、顾煊、宋韩研都觉得心情沉重，但也感受到这是一次从未经历过的轻松讯问。刘木柯是如此自觉，把一些本来需要讯问人员发问的问题自己一并回答了。

"你是如何处理林安宇的头，还有她们的手的？"孟可问。

"安宇的面貌还很清晰，我用刀将其面部划花，而后又将手指煮了一下，脱了一层皮，那样指纹也就不能用了。这些就用不着我细说了吧。"刘木柯似乎不太喜欢说这一节。

"告诉你，林安宇的头颅我们没找到，那些手掌我们也没找到。你把这些部位扔到哪儿了？"孟可问。

刘木柯答："我本想慢慢处理尸块，可后来有人开始关心林安宇失踪一事，外地碎尸案也传到了滨越。于是，我抓紧了行动。23 日下午，我把十七号的身体上半部扔掉了，这块尸块我是有意扔在北源郊的。你要问为什么？因为扔尸块的地方离林安宇的家很近，如果尸块被发现，人们第一时间会认为这尸块是林安宇的，其实还是为了混淆视听。24 日，我处理了剩下所有的尸块。我把十七号躯干的下半部、林安宇的头颅、两人的手掌带到虫门江口，四处扔掉。那地方杂物很多，我估计扔在虫门江口的这些尸块你们发现不了，是吧？"

"的确没发现。你为什么就知道我们发现不了呢？"宋韩研冷不丁地插了一句。

刘木柯答："虫门江口我常去，那地方有很多的漂浮物，我从没见到有人去关注、去打捞，把尸块扔在那里一点儿都不显眼。除非特意去找，否则怎么能知道那么多的杂物中会有某一起命案的物证呢？"

听到这儿，孟可想起了曾办过的一起命案。那起案件同样涉及在虫门江抛投尸块，办案人员到虫门江口捞了一天一夜，最终还是没能捞到想捞的，偌大的虫门江口到处漂浮着杂物，单单动物的尸体就有成百上千具之多。

"木柯啊！有一些问题干脆一起问了。虽然你杀了人，但我还是把你当作客人。我一直想请你吃一次饭，可等啊等，却请到了监狱里。现在很多事还不明朗，晚上我们请你吃饭吧。"孟可诚恳地说。

刘木柯看了一下孟可，苦笑道："其实我们一起吃过饭的，和孟支和小顾都一起吃过，我都记得。不提了，需要问什么就尽管问吧！"

"7 月 14 日那天，林安宇对她丈夫说她要到甘肃出差十天，这话是你对林安宇说的吗？"顾煊问。

"我没有对林安宇说过这种话。"刘木柯答。

"你知道林安宇为什么会对她丈夫说要出差十天吗？如果林安宇 14 日那天没有被你杀死，之后的几天她会去哪里呢？"顾煊问。

"不知道。"刘木柯想了想，摇了摇头。

"手术刀是从哪儿弄到的？"顾煊问。

"从医疗器械商店买的。"刘木柯答。

"从哪里的医疗器械商店买的？"顾煊问。

"就是滨越的商店。不过是几年前买的。"刘木柯答。

"那些包装袋又是从哪里搞到的？"顾煊继续问。

"有一次出差，在河南省买的。都说了吧，这袋子是三年多前就准备好的，你们想从袋子入手找线索是没用的。"刘木柯答。

"为什么在金合、碧园的第一现场都找不到与死者相关的东西?"宋韩研问。

"要处理这类现场确实还得我来教你们，本着全面、细致的原则，我检查了一遍又一遍，当然还要有恰当的方法。"刘木柯说。

"给我们说说吧!"宋韩研说。

"你们怎样勘查现场的，我也就怎样勘查。你们有工具，我也有。勘验检查，发现了痕迹就把它们清除。比如，那两个冰柜还有碎尸的地面，我抛完尸块后，花了一个多小时对冰柜和地面进行了清理，用软布蘸上食具洗洁剂轻轻擦洗，然后用清水将洗洁剂拭去，最后用手持电子显微镜观察。"刘木柯答。

"你为什么要杀陆碗青?"宋韩研问。

"我说过了，就是为了拖延发现时间，制造混乱。从客观上来说，本案侦查初期，这一招还是起了一定作用。"刘木柯说。

"你知道我们侦查初期很难?"宋韩研又问。

"是的，我很关注，我也在侦查。"刘木柯说。

"有没有其他人帮你作案?"

"没有。如果有人帮忙会被发现得更快。"刘木柯答。

"这话什么意思?"宋韩研问。

"高手与低手搭档作案，那就都成了低手，'木桶理论'在此适用。"刘木柯答。

"供你支配使用的车一共有几部?"宋韩研又问。

"八部。"刘木柯答。

"刑事司法学院四部，私家车一部，林昭国一部，还有哪两部归你支配?"宋韩研问。

"还有一部奥迪车、一部丰田车，都是朋友出国了，把车交给我照看。抛尸时奥迪车也被用过。"木柯答。

"你是刻意选择7月14日杀林安宇的吗?"宋韩研问。

"当然，7月14日是研儿的祭日，而且那天学校有很多培训班结束，进出学校校门的车辆多。"刘木柯答。

　　"你刻意对那部 7 月 14 日上午载走林安宇的福特车进行伪装了吗？如何伪装的？"宋韩研再问。

　　"那车肯定是要伪装的，车牌换了，本来还想改变车身的颜色，后来觉得没有必要，就在车身的一些连接处涂抹了点儿银灰色涂料。"刘木柯答。

　　孟可知道刘木柯是很细心、很狡猾的，因此他如此这般策划实施犯罪不足为奇。

　　"说说为什么要杀林安宇吧？"孟可轻声问道。

　　"唉！这事说来话长啊！"刘木柯长长地叹了一口气。

第十四章　可信任的哥哥

一

1992 年秋天，一场全国性的犯罪学会议由中南政法学院承办。刘木柯出席了该会，并在会上作了题为"依法治国背景下的犯罪治理"的发言。别看刘老师年纪轻轻，却对如此大的课题驾驭自如，加上他的观点新颖独到，语言干练风趣，博得了与会代表的热烈掌声。

会歇期间，一个学生模样的小姑娘走到刘木柯跟前，笑着和他打招呼，并自我介绍说是刘木柯的老乡，还说她是中南政法学院犯罪学系的学生，被会务组安排在会上做一些服务。这姑娘二十岁左右，青春亮丽，微微一笑的样子妩媚动人。刘木柯不由得和她多说了几句，得知这小姑娘姓林，名安宇，南夷省明源市人，1989 年到中南政法学院犯罪学系念犯罪心理学专业。她对刘木柯的发言大加赞扬。面对如此清纯貌美的姑娘的赞赏，刘木柯心里也是美滋滋的。林安宇还说，她毕业后真想到东南政法学院工作。当时刘木柯也只是听听而已，两人武汉一别，就没再联系过。

　　1993 年秋天，在东南政法学院刑事司法系大楼的过道上，刘木柯与林安宇再次相遇。刘木柯匆匆地从东往西走着，看到一位女子从对面走来。尽管过道上的光线不是很足，但刘木柯还是一下子认出了迎面走来的女子，那女子也认出了刘木柯。只见那女子笑了笑，说道："刘老师，您好。还认得我吗?"刘木柯面带微笑，说道："林安宇，你真的来这学校当老师了?"两人握手、寒暄，刘木柯觉得林安宇变化挺大的，尤其是笑容，不像一年前那样纯真了。林安宇确实来到了东南政法学院工作，而且工作的部门就是刑事司法系。在那之后，由于一年前的巧遇，刘木柯和林安宇之间似乎多了一层与别人不同的关系。

　　根据规定，新老师必须到实际部门锻炼，因此，林安宇和刘木柯之间也就没有什么机会能在一起。当林安宇锻炼结束后，刘木柯又去北京念研究生课程了。这期间，刘木柯从同事那里听到了林安宇的一些事，知道林安宇在感情上遇到了挫折。

　　1994 年年底，东南政法学院改名为东南政法大学，刑事司法系也随之改为刑事司法学院。当刘木柯再次见到林安宇的时候，发现林安宇瘦了不少，而且满脸尽是愁容。见状，刘木柯很是心疼。

　　有一天下午，当刘木柯准备下班回家时，顺便到隔壁教研室看了看，却见林安宇独自一人坐在窗前发呆。刘木柯进屋和林安宇打招呼，没想到林安宇眼眶里尽是泪水。刘木柯上前问候，两人便聊了起来。

　　刘木柯问林安宇近来为什么瘦了那么多，林安宇回答说心里难过。刘木柯说："时间不早了，难过归难过，饭还是要吃的，我们找个地方吃饭，边吃边聊，好吗?"林安宇点点头，表示同意。

　　刘木柯用摩托车把林安宇载到莫干山脚下，他知道那里有一家环境宜人、适合交谈的小饭店。小饭店位于莫干山西侧山脚下一条小道的近旁。当二人抵达时，天色已晚，小道两侧间距甚远的路灯已经亮起。冬日的莫干山异常冷清，偶尔传来一两声"啾啾"的鸟鸣声，更衬托出山野的宁静。刘木柯泊好车，见小饭店里亮着灯光，便往饭店的方向走去，林安宇紧紧地跟在后面。

小饭店正常营业，但客人甚少。刘木柯把林安宇带进一间可以看见莫干湖的包间。室内比室外暖和了不少，两人都把外套脱下放在桌旁的椅子上。没多久，服务员进屋点菜。刘木柯问林安宇吃些什么，林安宇让他定便是。于是，刘木柯点了几样认为林安宇可能会喜欢的菜。

窗外不远处就是莫干湖，尽管天色已暗，但莫干湖还依稀可见。岸边的柳枝在晚风的吹拂下轻轻摆动，不时地搅动着暗绿色的湖水。

林安宇静静地看着窗外，轻声叹道："这地方真美！""是很美。这山周、湖畔都有小路环绕，可以沿着小道散步，空气很是新鲜，有空时可以来这里走走。"刘木柯道。"我只知道这里有座山，可我还没来过。"林安宇略显激动。"听说政府要把这山、湖交给房地产商开发，山周、湖边的路都要扩宽，让汽车通行，还要在湖畔、山腰盖别墅、饭店。唉，真是可惜了。用不了多久，这美景可能就不复存在了！"刘木柯叹道。"为什么这么可恶啊？"林安宇注视着刘木柯。"鬼知道，为了发展经济呗！现在到处都在搞房地产开发，似乎一派欣欣向荣的景象。可是，环境都被破坏了，我看是一塌糊涂！"刘木柯又叹道。听罢，林安宇又侧头看窗外，说道："这世道不如意的事真多！"

正说着，服务员进来上菜，刘木柯和林安宇便吃了起来，边吃边聊。

"林老师，说说你的苦闷吧！"刘木柯见林安宇搁下筷子，便说道，"我们算是同事加朋友了，你可以信任我，只有信任了才可以谈些知心话。"

　　林安宇看了看刘木柯，瞬间眼泪充满眼眶，哽咽道："在滨越，我也没认识几个人，谢谢刘老师关心我。我当然信任你了，那年在武汉听你作报告时就开始信任你了。"

　　"说说吧！也许说一说，心情就会好些。就像你说的，这世道不如意的事很多，我们只能去适应，无法去对抗。"刘木柯笑了笑，笑得有些苦涩。

　　"我在大学谈过一场恋爱，现在他把我甩了。"林安宇双颊泛红，微微低头，"我很难过、很痛心。"

　　"如果是这事，那好办，不必太难过，大学生谈恋爱通常只是谈谈而已，很多在大学谈恋爱的最后都没有在一起。我们那个年代就已经那样了。安宇啊，这事真的不用难过，更不用伤心。"刘木柯口气爽朗。

　　"可是，我是奔着一辈子和他在一起去谈恋爱的。你不知道，在我老家，我那个该死的邻居，在我很小的时候就追我，双方父母也都有意要让我和他结合。但是，我很讨厌他，真的很讨厌，所以我才到武汉去上大学。为了摆脱那个人，我大二的时候就谈起了恋爱。我是以结婚为目的去谈恋爱的，我全身心投入，可是他却把我甩了。"林安宇说着说着，眼泪哗哗地流了下来。

　　见此情景，刘木柯知道林安宇的痛苦是发自内心的。她谈恋爱可不像别的大学生那样逢场作戏。因为投入很深，所以伤害很大。他本想用轻松的口吻说说话，可看到林安宇如此伤心，只好换了另外一种口气进行安慰："有一个讨厌的邻居追你，而你却想把自己托付给大学同学，可这大学同学却是一位负心汉，把你给甩了。"

　　林安宇满眼泪花，微微地点了点头。刘木柯递给她一张面巾纸。

　　"我理解，这一定会很痛苦、很难过的。不过，我觉得这也好，与这种负心汉越早脱离干系越好。安宇啊！你要自信。这世上，像你这么美貌、这么有气质的姑娘不多啊！他甩你算他瞎了眼。不怕，咱们再找。不，不用找，我相信追安宇的人排着一长队呢。"说着说着，刘木柯的声调又变得爽朗起来。在他的心里，压根儿就觉得林安宇不应为这事伤心。林安宇是美丽动人的，那男的不要她，真是个傻瓜。刘木柯甚至想，要是自己未婚，也要追林安宇。

"刘老师你取笑我。"听了刘木柯的话后，林安宇的心里好受了一些。

刘木柯出去了一会儿，拿来了几瓶啤酒。他给林安宇和自己各倒了一杯，举起杯子说道："安宇，以后没外人的时候我就称你安妹，你就叫我木哥。来，喝一杯，把忧愁忘掉吧！"

林安宇拿起杯子，轻轻地喝了一口。

"安妹啊，你是学心理学的，你也知道，遇到这事，重要的是自己的心态要好。只要咱心态好，别人就伤不到咱。他不要咱，咱不去求他，也不要为这种人去伤心。仰慕你的人多着呢！何愁找不到好婆家。"刘木柯又给自己倒了杯酒，一饮而尽。

"这理我也懂，可就是难过、伤心。不过，听刘老师这么一说，好受多了。我努力去调整，谢谢刘老师了。"林安宇脸上有了微微的笑意。

听罢，刘木柯说道："你忘了？没其他人的时候可以叫我木哥。好吧，不要光说话，再吃点儿菜。"

两人边吃、边喝、边聊，聊着聊着，聊到了刘木柯的爱情、婚姻。

"要说爱情，我可真不幸。我娶了一个她不爱我、我不爱她的女子。没有受人强迫，不是贪慕虚荣，不是为了金钱，不是标新立异，就是阴差阳错，我娶了一个如此不和谐的女子。有时我不得不相信命运。嘿嘿！"刘木柯苦笑道。

"嫂子一定很漂亮，你是贪慕她的美貌吧！"听刘木柯谈论他不幸的婚姻，林安宇倒觉得自己得到了大大的安慰。同时也在心里问道，这么风光的木哥，婚姻也会不幸？

"要说贪慕美貌，那也活该。可不是，你那嫂子的容貌都不及你的百分之一。现在，我还常常问自己，我为什么就娶了她呢？不过还好，谁也看不出我对婚姻有什么不满，我把心态调整得很好，尽管常常有矛盾冲突，我都能积极地去化解。"刘木柯说。

"嫂子文化程度很高、个性很强，所以和你合不来？"林安宇问。

"不不不，她只有中专文化程度，不如我，个性倒是很强。"刘木柯答。

"她家里很有钱，你看上了人家的钱财？"林安宇又问。

"不不不，她有六七个兄弟姐妹，有的是农民，有的是工人，而且都很贫穷。"刘木柯答。

"你和嫂子青梅竹马，感情深厚？"林安宇似是开玩笑地问。

"不不，我们是通过别人介绍认识的。"刘木柯苦笑。

"这也不是，那也不是，到底是为了什么？这我就不明白了。"对刘木柯的婚姻林安宇蛮感兴趣的，"木哥，你就给我说说吧。"

"这都怪我自己。"刘木柯给两人都添了酒，举起杯子和林安宇的杯子碰了一下，边喝边说，"怪我自己。在过去很长一段时间里，我都不太重视爱情、婚姻，更确切地说是不重视婚姻。我觉得结婚只是举行一个仪式，完成一项任务。那一年，动乱的那一年，有人要给我介绍一名女子，我就答应见面了。在那之前，我其实没谈过恋爱。见面之后，通过各方的说合，我居然也就答应了和那女子来往，想想，归根结底是自己自卑。我是龙头地区人，就是现在的龙头市。那时家里穷啊，要多穷就有多穷，弟弟妹妹一大堆，家里就我那一点儿工资收入。你一定会问，那么穷我如何能上得了大学啊？这话说起来可就长了，以后慢慢再说这事吧！因为贫穷，所以也就没有什么更多的追求。那女的很是一般，我自己也犹豫过。可后来别人一说再说，我也就同意了。结婚，不就是完成一项任务嘛。我们认识之后没多久就结婚了，再过没多久就有了孩子。就这样，我人生的关键几步路就糊里糊涂地走过去了。安妹啊，这是命!"

"木哥啊，真看不出来你有这样的过去，更看不出你对爱情、婚姻是持这样的一种态度。在我的思想里，你应该是个爱情至上的人啊!"林安宇叹道。

"你高估我了。"刘木柯笑了笑，笑中带有苦涩，"后来情况有些变化，家里经济有了好转，我也好好地梳理了一下自己的爱情观、婚姻观，发现过去的自己是错误的。婚姻与事业一样重要，甚至比事业更重要。但当我认清这道理时已经太迟了。我不能抛弃我的家庭，我还没有那样的勇气。"

林安宇喝了一些酒，有些兴奋，话也变得有些多。可听了刘木柯的陈述后却又静了下来。她心中敬仰刘木柯，爱慕刘木柯，可听到刘木柯说他不能抛弃家庭时，她突然觉得有点儿难过。这种难过完全不同于被男朋友甩了的难过，那是一种酸甜之中带有些许苦涩的难过。

刘木柯和林安宇已然成为同病相怜、患难与共的好朋友。出门的时候，刘木柯给林安宇紧了紧围巾，林安宇笑笑，以示感谢。他们沿着莫干湖畔走了十多分钟，有时刘木柯在前，有时林安宇在前，有时二人并排相依，宛如一对热恋中的男女。可他们心中都明白，他们只是兄妹。

二

1995 年春天，刘木柯到美国罗格斯大学刑事司法学院当访问学者。临走的那一天，林安宇前去送行。林安宇要刘木柯好好照顾自己，刘木柯交代林安宇要乐观、要坚强。20 世纪 90 年代中期，通信条件还很落后，国际长途话费十分昂贵，林安宇与刘木柯的交流只能通过信件。

刘木柯离开后不久，上官文便开始向林安宇发起了总攻。一会儿是林安宇的父亲给林安宇做工作，一会儿是上官文的父亲给林安宇施加压力，上官文更是对林安宇死缠烂打。

每到周末，上官文就到东南政法大学女教工宿舍看望林安宇，有时提着袋水果，有时扛着几根甘蔗，有时还会带上几束花。他逢人便说，他很小的时候就认识林安宇，双方父母早已把他们的婚事定下了。没过多久，上官文陪同林安宇的父母来看望林安宇。又过了几天，上官文带着他的父母也出现在东南政法大学女教工宿舍的门前。

林安宇很痛苦，也很恼火，可在同事面前她什么话都不能说。她心里痛恨大学男朋友的无情，却更厌恶这上官文的无赖。她有时会离开宿舍到教室、图书馆去躲避，可那些不知情的同事却总会把她的行踪告诉上官文。于是上官文在图书馆出现了，在教室出现了。林安宇怒火中烧，可上官文并不生气。任凭林安宇如何发火，上官文就是不生气。他只是笑着，让林安宇最终没了火气。周末，林安宇到外面去躲，可又能躲到哪儿去呢？有时逛了一天的街，天黑时回到教工宿舍的时候，上官文却还是像幽灵似的在宿命楼前徘徊。

林安宇想求助于刘木柯，可刘木柯不在。她想给刘木柯打电话，可在电话里又能说些什么？大家都说上官文对自己好，那么爱自己，嫁给他吧！刘木柯会不会也那样说？哪怕刘木柯就在跟前，自己又能对他说些什么呢？他能理解自己吗？想想刘木柯的婚姻，想想刘木柯说过的话，林安宇的心死了。是啊！结婚只是去完成一项任务。上官文那样追自己，嫁给他也不会有什么错吧！

后来，林安宇就不再总是躲着上官文了，她收下了上官文送的东西。有一天，上官文还开来了一辆大摩托车，把林安宇接到钟楼区一个住宅小区，观瞻了一套一百平方米左右的套房，还对林安宇说，这是他们以后结婚用的房子。

林安宇想，大学时的恋爱对象那么可恨，罢了罢了，就嫁给上官文吧！爱情是什么？看不见，摸不着。你说有就有，你说没有就没有。那就像木哥说的，去履行一个仪式吧！

年底，上官文在滨越办了一场订婚仪式，宴请了三百多位亲朋好友，向世人宣告，林安宇将成为他的妻子。

在罗格斯大学当访问学者的刘木柯也知道了这事。他致电表示祝贺。可当林安宇接到刘木柯的电话时却是泣不成声。林安宇知道自己是多么不愿意嫁给上官文！刘木柯在电话里安慰她，开导她，要她调整好心态，还说有些事是命里注定的，要想开一些。

1997 年春天，刘木柯回到了滨越。他想单独见见林安宇，请她吃个饭，但他退缩了。最终他请了院长冯瀚、副院长雷由荣、一系主任陈开登、二系主任赵伟，同事沈红轩、林安宇等一大班人。聚餐的时候，林安宇坐在角落里，没有给刘木柯敬酒，也很少说话。

1997 年夏天，林安宇结婚了。举行婚礼的那一天，刘木柯和林安宇的同事都去了。在婚礼上，刘木柯第一次见到上官文。见到上官文的时候，刘木柯心里"咯噔"了一下，上官文怎么长成这模样？怎么那么老？苦命的安宇，和自己一样的命啊！但愿上官文能对安宇好，刘木柯在心里默默地祈祷。

婚礼上，林安宇没有露出甜甜的笑容。她真的是在执行一项任务，而且是在执行一项自己不喜欢的任务。

有一天上午，刘木柯突然接到林安宇用手机打来的电话。她在电话里说，她想见刘木柯，要他到莫干湖等她，她随后就到。

刘木柯纳闷，林安宇可是在度婚假啊，发生了什么事？他二话不说，放下手头的活计，骑上摩托车赶去莫干湖。

让人痛心疾首的事真的发生了。莫干山小道、莫干湖湖道正在被扩大，湖畔、山腰正在搭盖别墅，山周、湖畔到处都是乱石、杂土，两年前见到的美景消失殆尽。

刘木柯愤怒地诅咒了几句，无可奈何地叹了口气。一部的士顺着已被扩宽的马路开了进来，从车上走下了林安宇。当的士调转车头离开的时候，林安宇禁不住把刘木柯紧紧拥抱。紧接着，她伤心无比地抽泣了起来。刘木柯也紧紧抱着林安宇，并用右手轻轻地拍打着她的背部。

"木哥，我们走吧！上官文是无赖、骗子！"林安宇哭诉道。

"安宇，发生什么事了？有话慢慢说，不要激动。"刘木柯贴着林安宇的耳朵轻声说道。

"木哥，你把我带到宾馆去，我把自己给你。"林安宇显得很激动。

"你先冷静冷静。"刘木柯说。

"走吧！我已经想得很清楚了。我已经想了一夜，我不会后悔的。"林安宇略显平静。

听罢此话，刘木柯也难免激动起来。他的脑海里竟出现了与林安宇同床而卧的画面。

刘木柯没有再说什么，他扶着林安宇走到摩托车前。他想启动摩托车，手却有些抖，启动了三次才将车子发动起来。

刘木柯知道莫干湖附近就有几家宾馆。他让林安宇坐在摩托车的后座上。林安宇双手紧紧地搂着刘木柯的腰。摩托车向目的地急奔而去。

简单地登记后，刘木柯、林安宇进入了房间。突然林安宇按住刘木柯狂吻起来。刘木柯也情不自禁了，没有再问什么。薄薄的衣衫全部褪去，没多久两人就都气喘吁吁，达到了性的高潮。

林安宇坐了起来，靠着床头，脸上因激动、害羞有些泛红，她抓了件上衣盖住了自己的胸部。

阳光从窗外照射进来。刘木柯细细地看了看林安宇：害羞的脸庞，水汪汪的双眼，尖尖的鼻子翘着，嘴唇轻轻翕动，几根长发垂落在额前，皮肤白里透红。

刘木柯笑了笑，林安宇也笑了笑。刘木柯把林安宇搁在胸前的衣服拿开，林安宇笑而不阻。多么洁白的肌肤，多么挺拔的双乳，刘木柯情不自禁地又靠过去亲了亲林安宇的乳房。林安宇又一次激动起来，抱着刘木柯吻了起来。

"昨晚上官文喝多了，大吹自己多么有计谋，还说我那大学时的男朋友是他用计谋给弄吹的。"林安宇歪在床头愤愤地说着，"我问他是怎么做的，他居然全说了。他说，我大学临毕业前，他曾经去找过我男朋友，对我男朋友说，他和我是青梅竹马，双方父母都已经答应了这婚事，还说我是一定要回南夷的。而我男朋友不可能去南夷，他离不开湖南，他家里有双亲需要照顾，如果不能去南夷那只能两地分居，与其如此，不如现在就分手。上官文说，他把我男朋友的家庭情况调查得一清二楚，对症下药，让我男朋友知难而退了。他还大言不惭地说，他替我给了我男朋友两千元分手费。这个无赖、骗子！他害了我啊！我想他不是在说醉话，他这是在报复我，报复我没把他放在眼里。今天我离开家的时候，他还阴阴地说，你去吧，不管你到天涯海角，你都是我的老婆。"

刘木柯心想，这上官文确实很阴暗、很狠毒。林安宇嫁给这种人当真是瞎了眼，又是一次阴差阳错啊。

他靠近林安宇，把她抱在胸前说道："这样的人真的很可恶，我们得想办法离开他。"

林安宇侧过脸看着刘木柯说："今天我把自己给了你，是心甘情愿的，我很高兴、很幸福。对今天的事，木哥你可不要有什么负担啊！"

"嗨！和你在一起真快乐。但我担心，"木柯故意停顿了一下，接着说，"担心以后再也离不开你了！"

"我也有这担心啊！我长这么大还没有像今天这样快乐过。真的，木哥！"林安宇靠过去又亲了亲刘木柯。

对刘木柯和林安宇来说，他们都找到了自己的意中人。今天的他们才真正体会到性的乐趣！

三

刘木柯知识面宽，专业基础扎实，综合能力强，又专注于学术研究，没多久，就评上了高级职称，还当上了一系主任。

1998 年年初，林安宇需脱产半年到南方政法大学念研究生，3 月，刘木柯刚好因学者互换也到了南方政法大学。

刘木柯到达南政时，林安宇已在南政待了一个月。他事先故意没有告知林安宇。傍晚，当刘木柯出现在林安宇眼前时，林安宇高兴得差一点儿把手里的书都扔了。

刘木柯带林安宇到学校附近的银河街三一弄小饭店吃了饭，还喝了点儿酒。饭后，二人入住了星园宾馆。

他们像久别重逢的恋人，默默地、默契地完成了性的交流。

暖气开着，室内挺暖和的。林安宇赤裸着上身靠在床头，注视着同样赤裸着的刘木柯，笑了笑说："你真坏，事先也不告诉我一声。""我想让你惊喜一下，做到了吗？"刘木柯挪了挪身体，靠近林安宇。"木哥，让你笑话了，我真的好想你啊！今天能见到你真高兴啊，幸福死了！"林安宇说着抱着刘木柯又亲了起来。

刘木柯告诉林安宇他可以在南政待一个月，可他不想住在学校的专家楼里，他想在南政附近租一套房子，那样就可以天天和林安宇住在一起了。对刘木柯的安排林安宇表示同意。

在之后的一个月里，白天他们正常听课、工作，一到下班时间便凑到一起，先到校外吃饭，天黑后到近思湖畔散步，晚上便住在一起。如果白天没课、没有工作安排时，他们就一起到城区转悠。

第二个周末，他们还一起去了趟桂林。在没有人认识的陌生城市，他们更是毫无顾忌地玩闹。一天晚上，刘木柯正牵着林安宇的手嘻嘻哈哈地在桂林的街道上行走，突然出现一群小混混对林安宇出言不逊，见林安宇身旁只有一位身材并不魁梧的男子，小混混更是没有顾忌地要调戏她。有两个混混还从身上拔出一尺来长的刀子，在二人的眼前晃动。见状，林安宇有些怕，往刘木柯身边靠去。刘木柯本能地出脚，两个手持刀子的混混顿时倒地。外出时，刘木柯都是穿着那种轻便式皮鞋。他的高踢腿力大无穷，而且又快又稳又准，搏击高手都难以抵挡他的连环腿，更不用说几个小混混了。见状，另外四人犹豫了一下，也拔出刀棍一起攻了上来。刘木柯又一抬腿，两个小混混还没明白是怎么回事就又倒下了。而另外两个，也被他的左右拳击中头部，往后退了十几步。刘木柯上前，手到擒来，寸拳轻轻一击，两人也都倒地。刘木柯随后让群众给110打了电话，警察很快到场。据警察说，这六个混混在这一带捣乱很久了，经常调戏、欺负路人，警方早想收拾他们了，但一直找不到机会，今天可让刘木柯给收拾了，并对刘木柯表示敬佩和感谢。刘木柯如此威猛，也让林安宇心生敬畏。她把刘木柯当成了侠客，更确信刘木柯是自己全方位的依靠。

刘木柯和林安宇陷入了热恋，他们无忧无虑、忘乎所以。林安宇脸上重现了被大学男朋友抛弃前的笑容，刘木柯也显得朝气蓬勃、热情四射。

如果说林安宇第一次献身给刘木柯是在报复上官文，而经历了在南方政法大学一个月的同居后，刘木柯和林安宇都爱上了对方。

4月中旬，当刘木柯要离开南方政法大学时，和林安宇谈起了他们今后的生活。

"安妹，我离婚，你也离婚，我们生活在一起，如何?"刘木柯神情严肃地盯着林安宇。

"太好了，我们一起过。"林安宇动情地说，但同时又有些犹豫，"不过，会没有阻力吗？"

刘木柯真的很想和林安宇一起生活。但回到滨越后，他并不急于行动，他在想该如何向包利梅提出离婚的事。他想，自己提出离婚包利梅会同意吗？刘木柯很不了解包利梅，对自己提出离婚后包利梅会作何反应他心里一点儿数也没有。

有一天，刘木柯试探性地提出离婚一事，没想到包利梅冷声道："离婚？不可能，不是你死，就是我死。"刘木柯没有再说什么。可之后的十几天里，包利梅的脸都是阴沉沉的。

刘木柯偷偷地和林安宇通了电话，告诉她包利梅对离婚的反应。林安宇安慰刘木柯，并要他不要着急。

5月中旬，刘木柯又去了一趟南方政法大学。暮春的南政校园里依然是百花盛开。林安宇换上了薄薄的春衣，轻松地哼着小曲跟着刘木柯行走在校园的树荫下。

自从上次向包利梅提出离婚受拒后，刘木柯的心里便有了疙瘩。他隐约觉得，包利梅将是他和林安宇走到一起的严重障碍。但林安宇却不同，近来，她学习愉快，工作顺利，又有刘木柯的疼爱，因而心情特别愉悦。走着走着，见四下无人，林安宇贴上刘木柯，在他的脸颊上偷偷地亲了一口。看到快乐的林安宇，刘木柯也把心里的忧虑暂时忘却。他突然背起林安宇往前冲去，林安宇紧紧扶着他的肩膀，"咯咯咯"地笑着。

7月，各大学放假，林安宇也回到了滨越。回到滨越后不久，林安宇也试探性地向丈夫提出离婚一事。没想到，上官文的回答很果断："休想！"停了一会儿又道："你干什么都可以，就是休想离婚。"听罢，林安宇心里颤了一下，没有再说话。

林安宇只在家里待了一夜，第二天就搬到了学校去住了。在家里的那一夜，上官文想和林安宇同床，但被林安宇拒绝了。对此，上官文也不是很恼火。第二天，当林安宇离开家的时候上官文也不阻拦。

林安宇在学校教工宿舍还留有床位，但她没有搬到那里住。

她选择住在心理咨询室里。当然，刘木柯知道林安宇的行动。但是，当时他自己也就一套住房，他也没有办法为林安宇提供住处。

不过，林安宇只在学校心理咨询室住了三天，就被人拉了回去。原来上官文把林安宇的父母请来了。林安宇的父母来到了学校，林安宇也只好回家了。

林安宇和刘木柯的幽会没有间断过。他们有时在鉴定室匆匆一吻，有时在市区或郊区的宾馆幽会一天。尽管他们只能偷偷地行动，但这并不影响他们幽会的欢愉。

离婚的事又被摆了出来。先是刘木柯再次向包利梅提出，这次，包利梅仍然是阴沉着脸，也不言语。刘木柯以为包利梅的态度会有些改变，可一个星期后，包利梅却不见了。刘木柯不知道包利梅去了哪儿，去干什么。过了几天，女儿刘思雨告诉刘木柯说："妈妈去广东打工去了。"对此刘木柯只能干瞪眼，也无法再提离婚的事。刘木柯再次向包利梅提出离婚后不久，林安宇也再次向上官文提出离婚。上官文用的招数与第一次没有任何区别，只冷冷地应道："安宇，你要干什么都可以，就是离婚没得商量。"

十几天后，包利梅的姐姐、母亲先后给刘木柯打电话，责问他为什么要离婚，还叫他不要忘恩负义，当初他和包利梅结婚可不是被强迫的，不该喜新厌旧，等等。包利梅的母亲泣不成声地教导刘木柯要懂得珍惜，哪怕包利梅有天大的过错，他也要包容。包利梅的两个哥哥也先后赶到滨越，很不客气地要刘木柯好自为之。刘木柯内心十分痛苦，却又无可奈何。他看了看孤零零地坐在饭桌旁的女儿，轻轻地摇了摇头。他真想请教思雨，自己该如何定夺。不过，他知道，女儿还太小了，自己的烦恼不能让女儿分担。

看着天真可爱的女儿，刘木柯陷入了沉思。自己提出离婚确

实对不住包利梅，当初与包利梅结婚确实是自己自愿的。错就错
在自己当时太看淡爱情、婚姻，明知自己与包利梅没有什么感
情，甚至没有任何共同语言，就和她结了婚。也因为自己的不负
责让自己现在必须去做一件违背良心的事。包利梅没有做错什
么，她只是在无声地反抗，自己提出离婚必然是伤害了她。唉！
要是没有碰上林安宇就没有现在这事了。但能怪安宇吗？当然不
能怪她。她让自己正视爱情，让自己正确定位婚姻、家庭。如果
没有她，自己至今还在昏暗的爱情胡同里徘徊。不能怪安宇，应
该感谢她，是她让自己重新燃起爱的希望。和她在一起是那么快
乐，那才是真正的幸福生活。可是，为了自己的快乐就去伤害包
利梅，这也是不公平的啊。都说没有爱情的婚姻是缺德的婚姻，
可这缺德的事是自己先做出的。如果现在的包利梅能和自己一样
醒悟过来，和自己离婚后再去寻找爱情，那当然再好不过。可是
她不愿意啊！她还在黑暗中徘徊，也许她就愿意在黑暗中徘徊。
怎么办呢？自己应该给包利梅大大的补偿。可是，她会接受补偿
吗？如果她愿意，那倒是最好的结局了。可是，安宇那边，那个
上官文要是死活不同意离婚怎么办？看看过去，上官文是有手段
的。很显然，他与安宇之间是没有什么爱情的，但他却是不会答
应离婚的。如果上官文不同意离婚，安宇所要承受的压力要比自
己大得多。上官文可以耍无赖，他有许多帮手，他的父母、安宇
的父母、他们的亲戚朋友，这些人都可能成为上官文的"帮
凶"。在这些"帮凶"的轮番轰炸下，安宇能承受得了吗？她一
定无法承受。现在，自己和安宇的关系还不能公开，自己无法和
她一起面对挑战、压力。刘木柯啊刘木柯，你能怎么做？

　　刘木柯陷入痛苦之中。他只能找林安宇倾诉。而林安宇也知
道，就是上官文不反对，自己提出离婚也会受到双方父母的强烈
反对。她知道，自己将很难承受得了双方父母、亲戚朋友的软硬兼
施。一想到那没完没了的纠缠，林安宇就有些胆怯。听了刘木柯的
倾诉后，林安宇凄苦地说："木哥，暂时就这样吧！得过且过。"

第十五章　天涯海角

一

刘木柯驾驶摩托车载着林安宇从南台开到钟楼，又从钟楼开到南台。冷风习习，他们头上都戴着冬用的头盔，身上都穿着厚厚的羽绒服，在冬日里游逛滨越。冬日里路上车辆、行人稀少，他们便没有什么顾忌地在大道上狂奔。

他们先到莫干山一带溜了一圈。莫干山、莫干湖环道都已被扩宽，莫干山腰、莫干湖畔矗立着一栋栋土洋结合的小楼。虽是冬日，可这区域却是热闹异常。道路旁停放着一排排摩托车、自行车，偶有几部小汽车横七竖八地霸占着人行道。小楼里灯红酒绿，瑟瑟寒风也赶不走萦绕在山湖之间的喧嚣。刘木柯木木地向四周看了看，神情凄凉。他拉着林安宇的手，说了声："我们走吧！"林安宇点点头，没有言语。

摩托车继续从南往北开去。偶尔刘木柯会摘下头盔，加快行车速度，让寒风狂吹自己的脸颊，寻找一种像针刺般的刺激。他也让林安宇这样试试，林安宇听话地取下头盔，却还是把脸紧紧地贴在刘木柯的背上。

北源郊区域风采不减当年。刘木柯听说，市政府已计划出售源泉湖西部的土地给房地产公司，但现在仍然没有看到有开发的迹象。源泉湖四周建筑物稀少，视野宽阔，游人似乎都去莫干山了。冬日的北源郊公园清静、素雅，刘木柯和林安宇都很喜欢这里。刘木柯让林安宇站在湖畔的柳树旁，林安宇侧身面向湖面，风把她的长发吹向一侧，她微微地笑着，用手搭住一根柳枝，刘木柯轻轻地按下了快门。

湖畔有许多羊肠小道，不远处有几户人家。难得的是，南侧的一户人家还把一楼辟为饭店。那是一座二层小楼，青墙红瓦，古色古香。老板五十多岁，和老婆两人住在这里。他说，他们的孩子都出国了，夫妻都下岗了，没什么事做，所以就开了这饭店。开饭店并不是为了挣钱，只是为了打发时间。他还说，这小楼是他家的私宅，解放前建的。不过听说政府要开发北源郊了，他很担心房子被拆。刘木柯和林安宇选择在大厅门前的方桌落座，坐在那里可以边吃饭，边欣赏源泉湖的美景。林安宇一直面带笑容，什么都听刘木柯的。近来他们再不提离婚的事。在这源泉湖畔，他们谈得最多的是去旅游。他们想一起游遍千山万水，走遍天涯海角。刘木柯提议放寒假后一起去三亚，林安宇则表示很渴望和刘木柯同行。

寒假开始的第三天，刘木柯和林安宇就一起去了三亚。寒假期间，从滨越到三亚旅行的人很多，刘木柯提早一周便定了机票。当天，他们分坐民航班车抵达滨越国际机场，而后一起换了登机牌，一起候机，一起登机。

飞机满员。刘木柯向飞机上的各处扫了一眼，确定没有认识的熟人。随后他让林安宇坐在靠窗的位置，自己则紧挨着她坐下。飞机按时起飞。起初，飞机平静地飞着，可十几分钟后，突然抖动起来，而且抖动得越来越厉害。乘务员告诉乘客，因为飞机遇到了气流，要乘客坐在座位上系好安全带。飞机的确抖得厉害，刘木柯算是老乘客了，可他也从来没碰到过如此剧烈的抖动。他看了一眼林安宇，林安宇倒是镇定自若。他让林安宇靠在自己的身上。林安宇动情地对木柯说："要是能死在你的怀里，那还真是幸福！"几分钟后，飞机复归平静。想想林安宇刚刚说过的话，刘木柯心里甜滋滋的，心想，自己一定要努力，一定要让林安宇幸福。

他们入住了亚龙湾的椰梦酒店，白天到三亚的各景点玩儿了玩儿，傍晚时分，一起下海戏水。林安宇身着泳衣，坐在海滩上玩儿着沙子，偶尔也到海水里泡泡。她告诉刘木柯她不会游泳，刘木柯说他可以教她。但林安宇说回滨越再说。刘木柯也知道在这海里学游泳确有不妥，于是他让林安宇在海边玩儿沙子，自己则向大海深处游去。

看着刘木柯渐渐远去的矫健身姿，林安宇低下了头问自己：这个男人可信吗？

天黑后，他们去了天涯海角。海滩上还散布着一小撮一小撮的人群，但四周都静静的，耳边传来的只有"哗哗"的波涛声。背后的马岭山黑漆漆的一片，面前茫茫无边的黑暗却被点点帆影点亮。刘木柯和林安宇坐在一丛椰林边，不远处一束灯光照射过来，他们看到了婆娑的树影，还有那耸立在沙滩上的"天涯石"、"海角石"、"日月石"。刘木柯牵着林安宇的手往石柱走去，他们看到了石柱上的"南天一柱"四个字。面对"南天一柱"，刘木柯深深鞠躬，口中念念有词。林安宇问他在念叨什么，他说，他在祈祷自己对林安宇的爱海枯石烂永不变。林安宇瞬间泪流满面，紧紧地抱着他颤声道："木哥，这辈子我都是你的！"

刘木柯越来越牵挂林安宇，林安宇也越来越依赖刘木柯。当刘木柯受邀出席宴会时，他总会带上几个人，而这其中必有林安宇；参加学术会议时，只要可能，他也会带上林安宇。他创造了一切能和林安宇在一起的机会，林安宇也是如此。但他们都是有克制力的，在公众场合，他们不会显得特别亲热。有时在酒席上他们会含情脉脉地对视，但那只是瞬间的事，他们都在心里提醒自己要克制、要忍耐。

刘木柯用上了手机，许多老师也都用上了手机。刑事司法学院有了自己可以支配的车辆，刘木柯有时也会用学院的车子带林安宇到各地游玩。他教林安宇游泳，可教了好几天都没有教会。林安宇很喜欢跳舞，也很会唱歌，酒量也不错，因此刘木柯总会带林安宇去舞厅、歌厅、酒吧。但为了避嫌，去这些场所时，他顺便还会带上陈道林、沈红轩等同事。

他们常常光临远离南台的"西行咖啡屋"。在那里，他们会讨论一些学术上的问题。当看到成双成对进出咖啡屋的男男女女时，他们也会触景生情，不自觉地谈起婚姻的事。而每当说起这些，两人总会变得愁苦起来。

东南政法大学的每个学院学年年末都会例行聚餐。这一学年，刑事司法学院的年末餐会在江湖岛饭店举行。刘木柯和林安宇不自觉地坐在了同一桌。酒过三巡，有一个叫劳得力的老师出来敬酒，看了看刘木柯，又看了看林安宇，乘着酒兴说道："欣闻才子遇佳人，可喜可贺。我敬一杯！"大家知道这劳得力是个爱开玩笑的人，听他这么说，坐在刘木柯身旁的蔡宏基问道："你说的才子是谁，佳人又是谁啊？"劳得力哈哈一笑："谁是才子，谁是佳人，大家知道的嘛！明知故问。"刘木柯、林安宇觉得他们的行动很隐秘，但其实大家都已看出了他们之间的亲密，而知情人还真的希望他们能走到一起。听了劳得力的调侃，林安宇却是不失大方地说道："谁是才子我就爱谁。"大家都哈哈地大笑起来。学院的老师轮番向刘木柯和林安宇敬酒，而二人来者不拒，欣然接受。

二

冬去春来，转眼进入了 21 世纪。

东南政法大学在滨越市南台区莫干山一带征地，一次征地三千多亩。尽管东南政法大学老校区的面积也有一千多亩，但当新校区建成后，主校区一定是在莫干区的。

刘木柯已是刑事司法学院的副院长，学校要他关注新区刑事司法学院的规划。那一阵子，他刚好又充当了一起十分繁杂的重大刑事案件的辩护律师，夜里经常加班，因此林安宇回家的次数就多了起来。

二月中旬的一天，林安宇告诉刘木柯自己好像怀孕了。听到这一消息，刘木柯没有立即说什么。他看了看林安宇，笑了笑，轻声说道："好事啊！今后可要更加注意身体了！"

林安宇却面带愁容，喃喃自语："这孩子会不会是那骗子的啊？"

其实，刘木柯心中也有疑问。他和林安宇在一起时一直都很小心，为什么林安宇突然就怀孕了呢？但他不好问。现在林安宇自己说出了这话，他就把话接了过来："安宇，你这话的意思是？""你还记不记得上月的一天晚上，我喝醉了，你要加班，你让司机把我送回家？"林安宇陷入沉思。刘木柯用手拍了拍脑袋说："记得，应该，应该是……是……1 月 14 日，那天是星期五，对，那晚上，我还想过，再过一个月就是情人节了。对，我加班，你喝醉了，我让司机把你送回家了。你那天就是和以前一样，小醉吧？""唉，其实那天没喝多少，但晕得很，我回家后就不省人事了。睡梦中，好像有人进入我的房间，上了我的床，我以为是你。第二天起床的时候我衣衫不整，觉得怪怪的，可也没想太多。回家后发生的事只有这么一点点记忆，到底发生了什么事我也不太清楚，我怀疑那骗子上过我的床。这孩子会不会是他的?"林安宇神色悲伤,黯然叹息。刘木柯心中也不是滋味,可转念一想,那上官文尽管可恶,但安宇毕竟是他的法定妻子。何况这孩子是谁的还真不好说。尽管自己每次都很小心,但就一定没有意外吗?而且从道义上说,上官文娶了林安宇,林安宇给上官文生个孩子也是天经地义的。想到这儿,刘木柯不再难过,他安慰林安宇说:"不要难过。不管是谁的,就当作是我和你的吧!"刘木柯很欣赏林安宇的坦诚,林安宇也感激刘木柯的大度。

孩子被留了下来。林安宇怀孕了,各方都坦然面对。非常幸运,她很平稳地度过了孕期。这期间她有刘木柯的关爱,也有上官文的照顾。

2000年10月18日,林安宇顺利产下一女,取名研儿。这研儿长得不像刘木柯,更不像上官文,她只像林安宇,而且随着研儿的长大,越来越像林安宇。上官文没有怀疑女儿不是自己的,刘木柯也不敢确定研儿究竟是谁的孩子。但是,他心里明白,只要是林安宇生的,那就是自己的。对研儿,林安宇和刘木柯都十分疼爱。

2001年年初,包利梅返回滨越。包利梅没有告诉刘木柯这几年在外面干了些什么,刘木柯也没有去问。包利梅照样冷淡地对待刘木柯,刘木柯也没心思和她说话。看到包利梅,离婚的话又涌上心头。但刘木柯瞧了瞧脸上尽是忧愁神情的女儿,想到此时的林安宇也无心讨论此事,于是就没有再提出离婚的事。

包利梅回来后没有去找工作,大部分时间都待在家里。刘木柯偷偷观察,她对自己的女儿倒是尽心照顾。有了包利梅,刘木柯有了更多自由活动的时间。

林安宇雇了个保姆帮助照看研儿。她经常把女儿带出来和刘木柯一起玩儿。研儿天真可爱,刘木柯很喜欢她。当研儿刚咿呀学语时就会喊刘木柯"可可"。刘木柯看了看研儿,然后认真地对林安宇说:"你看,这眼睛、这鼻子、这神态多像我,研儿一定是我的。"听刘木柯这么说，林安宇只是笑笑，没说什么。她也认真地看了看，倒没看出研儿的眼睛、鼻子、神态像刘木柯。

学校已为刑事司法学院配备了车辆，刘木柯有权直接使用车辆。于是，他提议与林安宇一起学车，林安宇欣然应允。

学车期间，林安宇还把研儿带到了驾校。研儿一见到刘木柯就大喊"可可"，刘木柯也把她抱起来亲了又亲。研儿快两岁了，越长越像林安宇，不管是上官文的影子，还是刘木柯的影子，在研儿身上都找不到。研儿已经会给刘木柯讲故事，会哄他开心，会嘟着小嘴生气，还会悄悄地用手从背后遮住刘木柯的眼睛让他猜猜她是谁。

有了车子，刘木柯和林安宇的幽会频率更高了。有时二人外出游玩时也会带上研儿。在研儿面前，刘木柯完全是个大孩子。他童心大发，乐乐呵呵，俨然是研儿的玩伴。后来，研儿上了幼儿园，刘木柯和研儿在一起的时间少了很多。但研儿一有时间就念叨"可可"，她还会叫妈妈挂电话和刘木柯聊上几句。

2003年，刘木柯评上了教授，林安宇评上了副教授。2004年春末，刘木柯、陈开登、林安宇、沈红轩、陈道林一行五人到欧洲考察。考察期间，刘木柯会在晚上偷偷潜入林安宇的房间，两人无拘无束地同居了二十天。在泰晤士河畔、凯旋门前、莱茵河边都留下了他们亲密的踪迹。在国外的二十天，刘木柯和林安宇都觉得很温馨、很浪漫、很刺激。

回到滨越后，两人玩儿得更加狂野。有一次，当林安宇赤裸地站在镜前自我欣赏时，刘木柯提出要给林安宇拍几张裸照，林安宇竟没怎么犹豫就答应了。当然，林安宇提出照片要交给她保管。刘木柯把窗帘拉开，让阳光照射到林安宇的身上。林安宇侧着身，微微笑着，略带羞涩，双手有意无意地托护着双乳，从侧面漫射而入的柔和光线让她的皮肤显得细腻，让本来就已美妙绝伦的乳房显得更富质感。刘木柯轻轻地按下快门，林安宇不停地变换姿势，一口气拍了十多张。安宇从十多张照片里挑了六张，把其他的都删了。还有一次，那是初夏时节，刘木柯和林安宇来到滨越郊外一个僻静处，前面有一座山，山前有一条小山道，小山道被茂密的树木笼罩，顺着狭小的山路攀登，不久就听到了"哗哗"的流水声。只见前方一柱流水从百丈高的悬崖上倾泻而下，注入崖前的潭中，潭中之水因水流不断注入而溢出流入山涧。水潭三面环山，只有正面有一条山道与外界相通。水潭前面有一片平地，长着海金沙、白车轴草、蔓花生，刘木柯认得这些长相可爱、质地柔软的植物。他往潭中瞧了瞧，只见潭水清澈但不能见底。他站在潭前，声嘶力竭地往山涧吼了一声，几只小鸟"啾啾"地从丛林中跃上天空，继而又返回树林。蝉鸣声瞬间停歇，继而又"知了知了"地叫了起来。除了鸟、蝉的回应，回音的萦绕，没听见山涧中有其他人的声响。刘木柯知道，在这里、这个时间，没有其他人。他脱去衣服，只穿着裤衩跳入了潭中。见状，林安宇也脱去上衣，只穿着裙子便要下水，刘木柯连忙制止。原来，虽是初夏，但这潭中之水可是冰冷刺骨，他自己都有些无法承受，何况林安宇呢！刘木柯只在水里待了不到两分钟就出水了。他用毛巾擦了擦身子，见林安宇还半裸着，就把她抱住了。林安宇"哈哈"地笑着，想跑，刘木柯一下子把她按在草地上。看着躺在草地上的林安宇，刘木柯又拿起相机给她拍了起来。林安宇躺着、坐着、站着，阳光被山崖挡去，尽管天空没有一片云彩，但这谷地却也没有一点儿直射的阳光，这里真是一处天然的写真场。刘木柯一连拍了三十多张，最后林安宇挑选了十张，她把这十张半裸照留了下来。

2004 年国庆假期后，刘木柯和林安宇又一次一起去旅行。他们绕着杭州把绍兴、千岛湖、乌镇、西溪湿地游了一遍。在西湖断桥旁，刘木柯诗兴大发，感慨老天有眼，让他结识了林安宇，给了他爱情，给了他满满的幸福。如若没有林安宇，他至今还在黑暗中徘徊。刘木柯又一次山盟海誓，定将林安宇爱到底。林安宇手扶柳枝，眼望碧波荡漾的湖面，甜甜地笑着，继而轻声地吟唱《爱情故事》：是什么样的感觉我不懂，只是一路上我们都在沉默，其实我不要太多的承诺，只要你能说声爱我……

他们初次在公开场合合影留念，合影时他们挨得很近，手握着手，很亲密，很开心。

2004 年年末，刘木柯当上了东南政法大学刑事司法学院院长。当上院长后，他交往的人也多了起来，且他有意无意地去结交更多的人。他经常在电视上露脸，成了一个小有名气的公共人物。有一些人崇拜刘木柯，认为他有能力、有水平、可信任，他们主动找到刘木柯，追随他。其中有几位不知不觉间成了刘木柯的朋友。

这时，用车已经很方便了，刘木柯已将他的那部老摩托车送给了别人。有几位青木、乐平的朋友在国内挣了不少的钱，便想投资移民，他们征求刘木柯的意见，刘木柯设身处地为他们出谋划策，使他们最终作出了移民的决定。这几位朋友在滨越都购置了房产，他们虽然要出国，但国内的房产也舍不得卖掉，因此便将房产交由刘木柯照看。刘木柯没有把房子出租，而是把那几套房子作为了自己的活动场所。从那时起，他与林安宇幽会便没有了场所的顾虑。

三

2005 年，刘木柯和林安宇又策划了一次离婚、结婚的事。可包利梅一听到这话题，没过几天就又离开了滨越，不知去了哪里。上官文依然是冷冷地说："你干什么都可以，就是离婚不可以。死也不可以！"刘木柯和林安宇想正正当当地结合，想名正言顺地生活在一起，但障碍仍然没有排除。看到包利梅、上官文仍是那样的态度，想想他们对自己二人的关系并没有太大的影响，于是离婚一事就又暂时搁置了。

过了一年，上官文在钟楼区北源郊购了房子，林安宇入住北源郊。同年，刘木柯也在南台区乌蓬路一带购置了房产，他想搬到新房去住，可包利梅对此没有任何兴趣，于是，他就自个儿在白马小区与乌葵小区之间轮换居住。

研儿还经常惦记着"可可"，可上官文对研儿亲近刘木柯却表现出老大的不高兴。他要林安宇不要让刘木柯和研儿靠得太近。当然，林安宇不会听上官文的，她还是常常带着研儿去和刘木柯幽会。

林安宇也买了车。有一天，天气十分炎热，刘木柯在约定的地点等林安宇，可迟迟不见她到来。他打林安宇的手机，她没接，他又打，可还是没人接。离约定的时间已过去半小时了，林安宇仍然没有出现，刘木柯心里有些惊慌、有些焦虑。安宇出事了？正担心着，林安宇的车出现了。车子好好的，可人迟到了那么久，还不接手机，为什么？刘木柯问林安宇，林安宇并没有认真解释，只是含糊地说遇到了熟人，聊了几句，手机静音没听到。刘木柯见林安宇面露不悦之色，也就没有再多问。他们一起去吃了午饭，本来还计划到郊外玩儿，可刘木柯见林安宇心事重重的，也就放弃了去郊外游玩的计划。

那次迟到事件后，刘木柯约见林安宇变得谨慎起来。在一起时，他们之间还是说说笑笑的，但上官文的事、包利梅的事、如何度过漫漫长夜的事却轻易不再触及。约会的地点改在刘木柯朋友的房子里，在这里幽会方便多了，但二人却感觉失去了什么。林安宇偶尔会表达对未来的忧虑，也会谈到与上官文同居的难熬。听罢此言，刘木柯总是沉默，然后安慰林安宇说，办法总会有的。

　　2006 年 4 月的一天，林安宇又是久久地不接手机。对林安宇
不接手机，刘木柯倒是理解的，也许是没听到，也许是有其他人
在旁，但他不满于林安宇事后的解释，也不满于她不接的时间拖
得太长。那天，刘木柯有些生气，说了林安宇几句，林安宇反击
说你还不是一样经常不接电话？两人第一次不欢而散。放暑假，
他们照例一起去玩儿，这一年他们去了乌鲁木齐。在乌市住宿登
记时，服务员要求两人都要出示证件。这要求倒出乎刘木柯的意
料，因为他长期带林安宇旅游，还没有需要他们两人都登记的。
林安宇已将身份证收了起来，找了半天。刘木柯心里有些不高
兴，见林安宇磨磨蹭蹭的，便说了声"快点儿啊！"口气不太友
好。林安宇盯了刘木柯一眼，故意放慢了速度。刘木柯知道林安
宇在耍性子，对她笑了笑，可笑得有些勉强。在天山天池边，林
安宇碰到一位幽默风趣、能说会道的英俊小伙儿，她不停地和小
伙儿说话，被小伙儿逗得哈哈大笑。那小伙儿似乎对林安宇也很
感兴趣，在游玩过程中都跟着林安宇。见状，刘木柯很不高兴，
但他没说什么。在回去的路上，刘木柯调侃小伙子紧跟林安宇一
事，林安宇白了刘木柯一眼，说他心眼儿真小。刘木柯知道自己
是吃醋了，就不再辩说。可第二天在骑马时林安宇又不让刘木柯
相陪，却让一个帅小伙从背后紧紧搂着她，为此，刘木柯发了一
大通火。后来几天，林安宇学乖了，见到小伙子就远远地躲开，
同时也和刘木柯保持着距离。晚上睡觉时，两人背靠着背，不再
相拥而卧。回滨越的路上，林安宇表情冷淡，刘木柯几次想调整
气氛，但都欲言又止。

　　二人一起外出的周期开始拉长，但他们已习惯于一同游玩，
秋天的时候，他们一起去了南京，还渡过长江去了泰州。第二年
春天，他们又一起游玩了西安。可这两次游玩都闹出了不和谐。
刘木柯看不惯林安宇的拖拉、不讲理、傲气，尤其是生气于林安
宇不自觉地与年轻帅气的小伙子亲近，林安宇则不满于刘木柯说
话口气的生硬、对自己过多的训斥。两次旅行最终都是悻悻而

归，当时两人都觉得不会有下一次的同行。但是，过了一阵子，刘木柯又约林安宇，而林安宇又会不是很爽快地答应。

研儿似乎成了他们和谐相处的纽带。只有三人在一起时，刘木柯说话的口气才会变得不再生硬，林安宇才会放下因刘木柯对自己不够温柔的不满，做到真正的开怀畅笑。莫干山上、源泉湖畔、东湖、卧牛山……滨越市好多地方都留下了三人共同的足迹。

2007年夏天，刘木柯的女儿刘思雨考上了大学。刘木柯让刘思雨学车，还给她买了一部上海大众帕萨特。可是刘思雨不想开车，也没有去学车。

有一阵子，校园内流传着林安宇和男生长时间留在刑事司法学院心理咨询室里的言论，对此，刘木柯一笑置之。他知道，学生需要心理咨询，找林安宇是正常的，要解决心理问题，在咨询室里聊聊天、说说话是不足为怪的。

2007年7月中旬，刘木柯和林安宇到峨眉山度假。7月的滨越，骄阳似火，炎热难当，但此时的峨眉山却像是滨越的秋末，凉爽宜人。二人乘坐缆车抵达金顶。站在峨眉山山巅，望着凌空绝壁，刘木柯感慨时光流逝，岁月无情。忆当年，他徒步登山，仅花一天时间就从山脚爬到了山顶，迎头金顶上瑟瑟的寒风，昂首面对。如今，他却已两鬓斑白，双眼昏花，只能借助缆车才重抵这峨眉之巅。

林安宇大笑刘木柯乱发感慨，但也说他的有些能力真的有些下降。刘木柯问她什么能力下降，她笑而不语。见四下无人，刘木柯欲拥抱林安宇，林安宇躲开，但最终还是让刘木柯抱住了。

正当二人沉浸在幸福之中时，林安宇的手机响了，是上官文打来的。上官文指责林安宇手机信号差，还告诉她研儿出事了。周末研儿没上学，到楼下玩儿。有人在小区里飙车，研儿被车撞了……林安宇一阵眩晕，几乎昏倒。刘木柯反应快速，扶住林安宇，让她在崖边坐下。

"我要回去。我必须回去，"林安宇站起来往山下跑去，边跑边说，"研儿被车撞了！"刘木柯紧紧跟上，搀扶着林安宇，说道："安妹，冷静，我们这就回去，急是解决不了问题的！"林安宇靠着刘木柯，身子发抖，口中喃喃自语："怎么办啊，怎么办！研儿被车撞了。但愿研儿没事！天哪！"刘木柯把林安宇搀扶到停车场，在那儿搭乘班车回到了山脚，而后收拾行李，搭乘下午的航班回到了滨越。

当林安宇赶到医院时，研儿已过世多时。安宇靠在床边，用手抚摸着研儿。她面容憔悴，神情木讷。刘木柯心里一片冰凉，又似有一把刀在心中绞动，眼泪禁不住流出眼眶。他无法去安慰林安宇，他从未有过如此的悲凉。想起很多年前自己父亲去世时的情景，他觉得那时的自己也没有像现在这样悲伤。

上官文也号啕大哭。林安宇静默了一会儿，又大哭起来，哭着哭着又昏厥了过去。沈红轩、叶琳紧张地施救，刘木柯呆呆地站在那里，不知所措。

上官文和林安宇的家人、邻居、同事陆续赶到，研儿安静地躺着，眼见如此可爱的生命就此离去，围观的人无不潸然泪下。

研儿走了，林安宇觉得自己生命也可以结束了。刘木柯觉得他没有能力去拯救林安宇，他没能通过自己的爱把林安宇从痛苦中解脱出来。

第十六章　毁灭的逻辑

一

过了很长时间，林安宇仍然没有从研儿离世的阴影中走出来。她神情恍惚，对周边人的劝说置若罔闻。她变得脾气暴躁，容易发怒。她好像不认识刘木柯了。刘木柯约她，想请她吃饭、安慰她，可她总是顾左右而言他。有一次她答应去了，可刘木柯在约定的地点等她，她却没有出现。对这些，刘木柯只是轻轻地摇了摇头。他知道林安宇心里难过，他知道她那颗受伤的心还要经过很长时间才能治愈。他继续约见林安宇。有一次，林安宇终于和他单独见了面。但她只是不停地哭，其间还不时将研儿死亡的原因揽到自己的头上。她说是因为自己作孽所以遭到了老天的报应。她还说，如果14日那天自己在家，研儿就不会独自下楼，也就没有那样的灾祸了。刘木柯默默地听着，没有言语。其实，他的内心何尝不需要抚慰呢？研儿的死亡对他也是个天大的打击。不管研儿身上有没有自己的基因存在，他都已经把她当作了自己的女儿。他和研儿特别亲，甚至有些超过了思雨。

此后的幽会，他们没有了亲热的举动。之后，刘木柯好几次出差都没有带上林安宇，出国也没有安排林安宇同行。

2008 年暑假，刘木柯又想带林安宇到外地散散心，可林安宇没有答应。不过，从 2008 年下半年开始，林安宇开始正常工作。她经常找学生谈心。刘木柯知道，此时的林安宇是做不了心理疏导工作的，她找学生谈话，不外乎是利用谈心的机会摆脱自身的愁苦。因此他支持林安宇通过接触学生改善自己的心理状态。

可一段时间后，校园内又有了两年前出现过的传言：林安宇经常长时间和男学生在心理咨询室谈天。对此传言，刘木柯依然不予理睬。此时刘木柯想的是，只要能治疗林安宇的心灵创伤，无论她做什么都是可以接受的。

但林安宇对刘木柯不再亲热，她的眼睛里没有了以前和刘木柯在一起时的那种渴望，没有了那种能够征服刘木柯或被刘木柯征服的期盼。见状，刘木柯内心一片冰凉，他感觉到了林安宇已不再爱自己。他真的不明白，林安宇为什么会有这样的变化？

后来，他们又约了一次，可林安宇比上次还要冷。冷不丁她爆出话语："研儿是被你害死的啊！我不想和你在一起！"

这句话，刘木柯还是第一次听到。他心想，现在的安宇终于把研儿的死归到自己头上了，这样也好，就让她怪罪吧！如果不是自己把她带到峨眉山，可能真的不会有那样的灾祸发生。他虽然不相信鬼神，但此刻也只好用报应说来麻痹自己。因为自己和安宇有不正当的关系，所以老天把研儿带走了。研儿的死，令刘木柯和林安宇都陷入深深的苦痛之中，也把他们之间的爱撕了个粉碎。

刘木柯不死心，又试着约了林安宇几次，还给林安宇买了好多她以前喜欢的东西。可是林安宇不管是对物件还是对刘木柯都没有表现出任何的兴致。刘木柯痛苦地问林安宇："你告诉我，为什么这样对我？我真的做错了吗？天啊！"林安宇冷冷说道："研儿一走，你我之间的缘分就尽了。"

在校园里，林安宇见到刘木柯时常常也是爱理不理的。刘木柯对她笑脸相迎，招来的却是一张冷脸。

刘木柯是研究人的，可对林安宇的表现百思不得其解。起初，他以为过一阵子会有改观，可一年多过去了，林安宇仍然是研儿刚过世时的林安宇。后来刘木柯发现，林安宇好像只对自己一个人冷淡，她对待其他人已经渐渐恢复到研儿去世前的状态。林安宇的心理疾病已经好了，但她却抛弃了刘木柯。刘木柯开始有些生气。

2009年暑假，刘木柯再一次约林安宇外出游玩，这次林安宇居然答应了。为此，刘木柯高兴了好几天。他把林安宇带到了呼伦贝尔大草原，以为看到大草原林安宇会把忧虑、仇恨忘记。但是，没有。在这大草原上，林安宇似乎变得豪放、狂野起来，但这豪放、狂野却是对刘木柯横加指责，刻薄地数落他的不是，甚至诋毁他的人格。面对林安宇莫须有的指责，刘木柯不再接受了，他愤怒了。他原以为林安宇只是心里难受，口是心非，说说而已。可这次，在这茫茫草原上，在他的如此包容下，林安宇不但没有改正，反而变本加厉，因此他和林安宇大吵了一架。第二天，他们就离开草原回到了滨越。

刘木柯利用他那颗聪明的脑袋再一次分析林安宇的变化，可依然是百思不得其解。他只能以林安宇患上了严重的心理疾病来安慰自己。他仍然觉得，林安宇需要帮助，他应该体谅他。

2009年秋天，刘木柯又一次听到人们在议论林安宇。这次，他的心里有些不是滋味。他突然觉得掌握一下林安宇的真实情况也是有必要的。于是，他给林安宇的车子安装了窃听器。原来，林安宇并不像他想象的那么孤单。就是林安宇的车内空间，也常常有男性光顾。很多次，林安宇从学校回去的时候，并没有直接回家，而是把车停在某个地方，下车游逛一个多小时后再开车回家。愤怒之心促使刘木柯对她采取了进一步跟踪。有一次，林安宇在半路上接了一个年轻小伙子，之后一直把车开到南台的一个小区里。刘木柯尾随，发现林安宇和小伙子一起上了楼。刘木柯没有跟上楼，他在林安宇的车旁等候。一个多小时后，两人下楼了。林安宇把那小伙子带到路边放下，而后自己开车离开。刘木柯看了看那小伙子，完全是学生模样，应该是刑事司法学院的学生。安宇把他带到楼上，在一起待了一个多小时，他们在干什么？但愿他们只是为了工作，刘木柯祈祷。他害怕发现更多的东西，但不知不觉间他又一次跟踪了林安宇。这次小伙子是在校园内的一个偏僻处上了林安宇的车，刘木柯注意到，当小伙子上车时，林安宇往四周看了看，显然她是不想让人看到小伙子上车的。而这小伙子与上次他看到的小伙子不是同一个。刘木柯跟上，发现林安宇还是把车开到南台的那个小区，然后停车上楼。刘木柯也悄悄地上了楼，看到林安宇和那小伙子进入了603室。同样，一个多小时后，两人一起下楼，有说有笑。而后，林安宇把那小伙子带到路口放下后离开。

刘木柯的心怦怦地跳着。他坐在车里，痛苦地用双手捶打着自己的脑袋。林安宇在干什么？心理咨询？心理治疗？这些事都应该是在学校咨询室、治疗室里进行的，为什么他们一起到了这儿？这是什么地方？为什么安宇从来没有告诉自己她还有这么一个去处？刘木柯返回小区探了一下，小区的名称叫"柳坑边"。他又问了一下物业，物业说3幢603室的业主叫张琼霞，今年年初出国去了。天哪！林安宇和自己一样，也有人出国后将房子交给她照看。

刘木柯再也无法从跟踪中解脱出来。他再次跟踪了林安宇，还潜入"柳坑边"3幢603室，在该房两个卧室的隐蔽处都安装了纽扣摄像头。

刘木柯紧张地注视着屏幕，这次和林安宇在一起的是第一次出现的那个小伙子。小伙子抱着林安宇进入卧室，猴急猴急地把林安宇的衣服全脱了，而后两人疯狂地揉抱、啃咬、挤压……刘木柯看不下去了。他心中只剩下仇恨：好，安宇，你欺骗了我。你必须和研儿一起到另外一个世界，必要的话我也会去陪你们。

二

之后的日子里，刘木柯没有再约林安宇。而在刑事司法学院大楼里相见时，林安宇似乎对刘木柯也没有以前那么仇视。

2010 年年初，林安宇买了部新车，说是上官文买给她的。

2010 年秋天的某一天上午，刘木柯破天荒接到林安宇主动打来的电话，他愣了一下。林安宇在电话说，有一位他们都相识的朋友第二天要到滨越，要刘木柯和她一起去陪一下客人。刘木柯答应了。

刘木柯是有头有脸的人物，经常有人上门讨教问题，他也不时地为那些想出国投资的人出谋划策。2011 年年初，有几位准备到美国定居的朋友又找到了刘木柯，把他们在滨越的房产交给刘木柯照看，有一个还把一部新买的车也交给他，说："只要回国时有地方住、有车开就行。"言下之意，就是他们不在的时候刘木柯对这些房子、车子可以任意使用。

在这批人中，就有金合佳源 9 幢 1203 室业主钟建文、登俊坊 8 幢 1208 室业主陈昌明、碧园小区 11 幢 1102 室业主林昭国。那部于 2014 年 7 月 14 日上午出现在东南政法大学西门的福特蒙迪欧 2010 款 1.8 GTDi240 基本型车子也是林昭国的财产。

要是前几年能拥有这几套房子，刘木柯会高兴得不得了。可是，现在不一样了。林安宇离开了，拥有这些房子还有什么意思呢？

刘木柯表面看起来很风光，可内心苦得很。林安宇已经厌倦了他，和别人，和那些年轻人风流去了。这让刘木柯觉得受到了莫大的污辱，也感到了爱情的虚无、人性的邪恶。

刘木柯在想，既然从前的林安宇不在了，那么现在这位徒有躯壳的林安宇也就没有存在的必要，他的余生就剩下把这位徒有躯壳的林安宇清除掉这一件事了。什么狗屁院长、什么狗屁学问、什么狗屁教授、什么狗屁人性、什么狗屁信仰、什么狗屁善良，统统见鬼去吧！

2011 年夏天，刘木柯制订了一个计划，一个在他有生之年把现在这个只有躯壳的林安宇杀害的计划。他构思了三天三夜。他想给侦查部门一些挑战。他不想将林安宇的死弄成是意外事故或自杀，那样的话，万一成功骗过了公安机关，那又有什么意思呢？那真的是对不起以前的那个安宇。于是，他决定杀人后碎尸，这样无论是谁见到尸块都要对这事件进行立案侦查。至于地点，可以启用这些移居美国的朋友提供的住所作为杀人现场，这些场所和自己没有直接的关系，警察一时半会儿找不到这些第一现场。杀人可以不用工具，但分尸没有工具不行。而手术刀是最好的分尸工具，提早一两年，随便到哪个医疗器械商店购买都行，两年前就准备好的工具谁查得到？抛尸必须要用到袋子，这袋子也得提前准备，最好到外省去买，否则，警察一定会顺藤摸瓜，找到买袋子的人。现在的侦查人员很会利用视频破案，这也得注意。自己要作案、要抛尸都得使用交通工具，还好，自己有那么多车，有那么多车牌，把这些车子、牌子用起来，一定可以把警察玩儿得团团转。另外，通信工具是会被定位跟踪的，因此能不用手机、电话就尽量不用。网上的踪迹也会暴露行踪，所以要把对网上信息的处理列入策划之中。对于抛尸的地点的选择要有所讲究，可怜的木柯因爱情去杀人，可怜的安宇因爱情而死，所以应该把尸块抛在花前月下。对了，如果要制造混乱，还可以多杀一个人，这个人也必须是女的。这样把两个人的尸块混杂在一起，糊涂的侦查人员大概瞬间就会晕头转向吧。

之后不久，刘木柯单独到河南出差。有一天傍晚，他在街上溜达，看到一间卖袋子的店铺，就进店瞧了瞧，见袋子花样不少、质量不错，就挑了几种，各买几个，带回了滨越。购买手术刀也很顺利。一天，他在滨越的钟楼闲逛，看到一家卖医疗器材的店铺，就进店把手术刀买了。

　　刘木柯想不再关注林安宇，可他办不到，他总是想着林安宇。2012年年初，林安宇开通了微信，还叫刘木柯也开通。刘木柯的心瞬间变得柔软起来，但他知道现在的林安宇不是以前的林安宇了，她对自己可谓是反复无常，粗暴无理至极。不过，他还是听从林安宇的话，开通了微信。有几天，他好像看到了前几年的林安宇。可是，一想到她与陌生人寻欢的场景，他的心就冷了，他冷冷地自语："徒有躯壳的安宇是不能存在的！"

　　可林安宇好像真的在恢复，在同事面前已不再提女儿不幸死亡一事，皮肤重又嫩滑白皙起来，脸色也变得红润。不知情的人已看不出曾经的磨难在她身上留下的印迹。她在微信朋友圈里也很活跃。她发日志，有时也进行一些评论。可是，她对刘木柯仍然是冷淡的，从不主动给他发信息，对刘木柯给她发的信息、发出的邀请常常是不予理睬。

　　2012年春天的某日黄昏，林安宇突然对刘木柯发出的邀请有了回应。那天，刘木柯把林安宇带到了源泉湖南侧的无名小楼。碧波荡漾的湖面、随风摇曳的柳枝、傲然怒放的花草、和蔼可亲的店主，也许是触景生情，林安宇竟温柔起来，陪刘木柯在小楼里吃了晚饭。饭后，他们在湖边游走，刘木柯似乎找回了幸福。但当他想拥抱林安宇时，林安宇却恼怒了，她突然粗暴起来，叫刘木柯滚。刘木柯莫明其妙，一颗刚刚有点儿温暖的心又冷了下去。

　　后来，刘木柯在微信里和林安宇谈和好的事，还问她为什么那样对待自己。林安宇却不肯认真交流，只说她一切都很好，不用刘木柯操心。

7 月 13 日下午，刘木柯约了林安宇，要她 14 日和他一起祭奠研儿。对此，林安宇一口答应。那天晚上，刘木柯准备了一些祭品，都是研儿生前喜欢的东西，有芭比娃娃、公主裙、福娃、彩笔，还有一本书——那是研儿离世前刘木柯答应买给她的《法布尔昆虫记》。第二天，林安宇开车到了学校，然后搭乘刘木柯的车一起前往祭奠场所。研儿离世后，他们便很害怕再提起研儿，更不用说一起祭奠了。这次是他们第一次一起祭奠研儿。他们先到了莫干山，在他们三人曾经一起玩儿过的地方留下了研儿的几支彩笔，接着去了研儿的墓地。摆上供品，点上香烛，焚烧铂金，泼洒酒水。林安宇静静地流泪，刘木柯却号啕大哭起来。研儿离世，刘木柯真的是伤心透顶，从那时起，他就没有了快乐，没有了幸福。随后，刘木柯又把林安宇带到金合佳源 9 幢 1203 室，那里很新，好像还没人住过。刘木柯在大厅里摆上研儿的黑白照片以及那些没有用过的祭品，而后他牵着林安宇的手，林安宇的头靠在他的肩膀上，他们默默地注视着研儿，眼泪又一次禁不住地流了下来。

在研儿面前，林安宇表现出异常的温柔。可当祭奠活动结束后，她的性情突变，她说她不想待在那里，她要离开。刘木柯试图拥抱林安宇以示关心，可林安宇把他狠狠地推开！

三

2012 年秋天，有一个刑事司法方面的会议在重庆召开，刘木柯带上陈道林、林安宇一起参会。一路上，林安宇有说有笑，尤其是和陈道林，不时地嘻嘻哈哈、打情骂俏。刘木柯看在眼里，刹那间脑海里又出现了"柳坑边"的小伙，他暗暗地又恨起了林安宇。在开会期间，林安宇又有意无意地和年轻的学生打成一片，对此刘木柯更是恼火。第二天晚上，大家都喝了些酒。半夜时分，到处静悄悄的，刘木柯给林安宇发了条消息，说要去看她。林安宇没有回复。没多久，刘木柯去敲林安宇的门，林安宇立刻把门打开了。长期压制的欲火让刘木柯再也无法克制，他贴上林安宇，把她按压到床上，亲吻她的双乳，林安宇直挺挺地躺着，没有任何动作，没有发出任何声响，一点儿也看不到在"柳坑边"时的那种神情。刘木柯长长地慨叹一声，发泄完毕，离开了。第二天见到林安宇时，刘木柯想对她笑，可林安宇板着脸，刘木柯一下子没能笑出来。可当林安宇和其他人在一起时，尤其是和年轻男性在一起时她又笑个不停了。

　　刘木柯似乎只能以研儿为桥梁才能和林安宇平静相处。10月17日下午，刘木柯联系林安宇，说18日一起给研儿过生日。对此建议，林安宇没有反对，但她也没有问其他的话，提出其他的问题。那天下午，刘木柯准备了庆生礼物，还详细告诉林安宇如何见面，到哪里庆祝。对刘木柯发出的消息，林安宇照例不回复。第二天，刘木柯在约定的地点——北源郊东门接林安宇，林安宇按时出现了。刘木柯真是不懂现在的林安宇。她为什么对自己这么冷漠？为什么对年轻的男性有那么大的兴致？她为什么如此喜怒无常？她还有没有和那些年轻的小伙子保持不正当的关系？她心中还有自己吗？许许多多的疑问让刘木柯既心焦，又恼怒。他们去了虫门江口，那里有一个小岛，在岛的西侧可以看到大片的防风林、一望无际的大海和绵延的海滩。在西侧海滩上，刘木柯、林安宇席地而坐，唱研儿爱听的歌，祝研儿生日快乐。刘木柯焚烧了几本书，把灰烬撒向大海，嘴里念叨着：研儿，我们很快就会去见你的！这次，他们都没哭。

　　有一天，刘木柯看到一个年轻的小伙子又坐进了林安宇的车里。他打了个寒战，额头上的冷汗涔涔而下。他知道林安宇和那小伙子又去干什么了。原来，她对自己的肉体不感兴趣了，她已经喜欢上了年轻人。刘木柯心里很恨，想到了那几个从河南买回的袋子，还有那几把手术刀。

当晚，刘木柯和林安宇在微信里聊天。一接触到具体的林安宇，刘木柯就把火压住了。他写道：安妹，研儿走了，我知道你无比痛苦。可是，我何尝不是？我也心痛，无比地心痛啊！我一直以为我们应该患难与共。我们不应该对抗，更不应该成为相互仇视的对手。我们有过美好的过去，我们也应该有美好的未来。我相信，研儿在天之灵也希望我们能够这样。你回到我的身边吧！过了七分钟，林安宇才回复，写道：一切都已成了过去。刘木柯马上回复：你就把研儿的死归到我头上吧。只要你觉得好受，怎么骂我、数落我都可以。林安宇回复：研儿的死本来就是你造成的！看罢此回复，刘木柯的心里难过了一下，他知道，研儿的死他是有责任的，但她怎么能把责任都归到自己身上？但刘木柯没有反驳，他又写道：一切的错都归我吧！天哪！随后他收到林安宇的回复：什么天不天的，你为什么对我那么粗暴？刘木柯反问自己，他何时对林安宇粗暴了？没有啊！但他回道：是的，我粗暴，我不对，我改正。林安宇说：你为什么早不说这话？刘木柯回：以前你从来没说我粗暴啊。林安宇回：你欺负我，你不负责任！刘木柯心想，自己何时欺负林安宇了？自己什么地方不负责了？但他还是回复道：好，我认错。我改正。林安宇阴沉地回道：来不及了！

刘木柯火了，回了一个字：臭。林安宇反问：臭，谁臭了？刘木柯只好说：好吧，好吧。我臭。回复的同时，他突然觉得林安宇不可理喻，她这是移情别恋后故意刁难自己。接着，他也冷冷地写道：好自为之吧！林安宇回复：你去死吧！刘木柯真的好失望。他呆呆地坐在那儿，突然把手机往床上一摔，吼了一声："去死吧！"他眼前甚至浮现出把林安宇的衣服剥开切割其肉体的情景。

接下来的几天里，他发给林安宇的微信都处于被拒收状态，且林安宇不接他的电话。他想原谅林安宇，但却不知道该如何去原谅。安宇啊，你为什么如此喜怒无常！

日子继续过着，工作也在正常运转。林安宇依然只对刘木柯喜怒无常，对其他人却是再正常不过。别人不知道刘木柯与林安宇是如此一种糟糕的关系，更无人知晓刘木柯内心的苦痛。

2013 年春，刘木柯又率队到昆明参加学术研讨会，他还是把林安宇带上了，同去的还有陈开登和叶琳。林安宇变得比以前喜欢喝酒了，而且不太考虑后果。有一天晚上，她喝多了。刘木柯和叶琳送她回房，她竟当着叶琳的面紧紧地依偎着刘木柯。叶琳离开后，刘木柯在林安宇的房间里待了很久。后来，林安宇酒醒了，面对刘木柯的表情又变得冷漠。看着躺在自己眼前的林安宇，刘木柯百感交集。他占有了林安宇，但林安宇仍然像死尸般躺着，任由他蹂躏。

2014 年年初，林安宇好像又有了一些变化。她恢复接收了刘木柯的微信。中秋节那天，刘木柯给林安宇发了消息：节日快乐！没想到，林安宇有了响应，不过仍然是态度生硬，爱理不理。

刘木柯常常问自己，怎么办？他的答案是必须把这个只有躯壳的林安宇除去。不过，如果林安宇真的能够变回原来的林安宇，那他是舍不得动手的。

刑事司法学院一年一度的聚会于"五一"放假后在江湖岛饭店进行。因中央出台八项规定，学校不再把聚餐时间统一安排在年末。聚餐总是要喝酒的。但现在的风气与以前不太一样，以前提倡猛喝，现在提倡少喝。此次聚会为师生联谊会，学院特地邀请了几位学生代表参加。

刑事司法学院来了近百名教职工，加上邀请的学生，一共摆了十桌。刘木柯和几位副院长、学科带头人、办公室主任坐主桌。林安宇作为学科带头人理应坐在主桌，可她却和学生坐在了一起。刘木柯让办公室主任去请林安宇，可她不予理会。席间，刘木柯不时地注意林安宇的举动。只见她很爽快地喝酒，和老师们喝，更和学生们喝。她似乎喝多了，一会儿趴在桌上，一会儿靠在旁边男生的肩膀上。最后，她将车钥匙给了一位男学生，让其送自己回家。刘木柯目送着几个学生搀扶着林安宇进入电梯，心里很不是滋味。

过了一个小时，估计林安宇应该已到家，刘木柯给林安宇打电话，可她不接，给她发消息她也不回。于是他打车去了北源郊，在 14 幢西单元楼下候着。又过了一个多小时，林安宇的车出现了，车进入车库后停了下来，林安宇下车，就她一个人。刘木柯没有上前去和她打招呼，他躲在黑暗处，拨打林安宇的手机。只见林安宇拿出手机看了看，没有接听，刘木柯又拨了一次，林安宇还是没有接听。

刘木柯很愤怒，从来没有那样愤怒。林安宇自己能开车，说明她是清醒的。她清醒，她知道他给她打电话、发信息，可她却全然不理。这是什么意思？她分明没有把他放在眼里。在江湖岛饭店时，她不和他坐在一起，却故意和学生坐在一起，她这是在故意气他。前面那两个多小时她去哪里了？她是不是又去了"柳坑边"？刘木柯越想越气，他真想冲过去，把林安宇揪到湖边，推到湖里。不过，他忍住了。他走出北源郊，神情沮丧地往源泉湖走去。清风拂面，远方依稀有灯火闪烁，躲在岸边石缝里的青蛙都跳了出来，"呱呱呱"地叫个不停，湖畔不再清静。天空暗沉沉的，没有月亮、星星的影子，只有一些乌云在不停地翻滚。刘木柯突然痛苦起来，他扪心自问，他是对得起林安宇的，他是爱林安宇的。他没有做错什么。他把林安宇当作人生的追求、精神的寄托、生命的全部。"我爱的东西绝不能被别人占去。"他心里想着。

之后几天，刘木柯神情恍惚，天黑后，总不自觉地往源泉湖方向走，一会儿到北源郊林安宇家楼下看看，一会儿又到源泉湖畔徘徊。一天，他无意间看到林安宇和一个年轻人坐在树丛前的石凳上，二人很亲切地在谈些什么。林安宇给那小伙子正了正衣领，小伙子轻轻地亲了亲林安宇的脸颊。天哪，那小伙子刘木柯见过，就是 2009 年曾在"柳坑边"出现过的那个学生。原来林安宇一直和那个学生保持着不正当的关系！刘木柯觉得自己被深深地伤害了。可恶的林安宇，她怎么能这样？刘木柯真想冲过去，抓起一块石头，砸烂他们的头。

刘木柯直愣愣地站在那儿，过去的岁月在他的脑海中一幕幕掠过。苦难的童年、不幸的婚姻、无辜的女儿、可爱的研儿、曾经亲切地称自己木哥的林安宇……名誉、地位、事业，一切的一切都将不复存在。

再见了，安妹！是谁违背了在天涯海角前发下的誓言？安妹，就像你说的那样，你这辈子是我的，谁也别想侵占！

尾声

　　孟可很感谢刘木柯的主动交代，尤其是对犯罪动机的详细剖析。如果刘木柯顽抗抵赖，专案组哪怕有如此多的证据也是无济于事的。

　　孟可想在结案前找到那些尚未找到的尸块。他和刘木柯说了这事，刘木柯表示可以协助。

　　审讯完刘木柯的第二天，孟可就让魏清开车，携上器械，带上顾煊、刘铁英、薛登攀、刘木柯还有自己一起奔赴寻尸一线。孟可信任刘木柯，他本不想给刘木柯上铐。不过，他还是问了一下刘木柯。刘木柯说，上吧，没有什么面子问题，也不要因此影响了工作。

　　他们先赶赴广东。在刘木柯的指引下，汽车从饶平高堂出高速，慢行二十多分钟后，刘木柯叫魏清停车，说抛尸的地方就是前方右侧的悬崖下。魏清停车，大家向四周瞧了瞧，这里风景优美，经过的车辆稀少，甚是幽静。山风从前方吹来，颇为凉爽。

孟可正要发话，魏清说他先下去看看再说。大家往崖前一探，发现悬崖甚是陡峭。魏清把绳索的一端绑在一棵大树上，另一端绑到自己的腰上，扶着树枝慢慢往下滑。过了十多分钟，魏清在山下用对讲机呼叫："没错，尸块就在我刚才下山的正下方，是一颗头颅，找到了。你们用不着从我刚才下山的地方下来。你们往前走十多米，那里有个缺口，从缺口下去三十多米后再往右转就可以看到我了。"

根据魏清的指引，大家很顺利地下了山。只见袋子连同头颅散落在一大片芒萁和芦苇丛之间。虽然尸块被抛弃在这里的时间也就一个多月，可在这炎炎夏日里，尸块已部分白骨化。孟可让刘木柯看了看，刘木柯认得那袋子，也认得那整齐的切口。随后顾煊进行了拍照，薛登攀把头颅收起放入包装袋里。

车子调头，往回开。孟可看了看时间，让魏清把车子往饶平高堂镇开去。临近午饭时间，孟可想在高堂镇与刘木柯共进午餐。

在一个小巷子里有一家挺干净的小饭店。孟可他们的车就停靠在小饭店旁。孟可把铐在刘木柯手上的手铐解了下来，拉着他一起走进饭店。上午从滨越出发时，刘木柯还显得轻松自在，刚才在山上也是一副满不在乎的样子。可是，此刻，当孟可拉着他往小饭店走去的时候，他却面带愁容。孟可问他怎么了，他回答说，他突然感觉自己很残忍。他对不起那位叫陆碗青的女子，对不起她的家人。他没有人性，不该杀了林安宇。他想快一些死去。他还说，生死已经由不得自己，但在生命的最后时刻他希望还能做些有益的事。他突然想起前天交代孟可的事，再次要求孟可尽快把自己存折里的钱转十万元给陆碗青的家人。

孟可要了几瓶啤酒，让没有开车的人都喝了几口，并说，喝酒不是因为破案，而是因为伤感，伤感自己的战友将不再是战友。刘木柯心中很不是滋味，可他想想，这一切又能怪谁？谁都不能怪，要怪就怪自己鬼迷心窍。

他们没有直接回滨越，而是拐去了平南。平南市南溪县位于滨越市与平南市之间，从田园市往北行驶八十多公里，出高速，往西进入 S288 省道，再行驶十多分钟就到了抛尸现场。那是一段坡路，现场位于路的左侧。这南溪山没有高堂山那么陡峭，但这里的植被比高堂山更茂盛，三角梅、黄瑞木、鹅掌柴等灌木把山体遮盖得严严实实，哪儿还有尸袋的影子！孟可从车里搬出了搜索器材，按照刘木柯指定的范围努力搜寻。天快黑的时候，终于找到了，几株粗壮的鹅掌柴间长着几簇茂密的八仙花，那袋子就卡在八仙花里。估计卡住袋子时八仙花尚小，可随着八仙花成长最终把袋子包得严严实实。刘木柯指认了袋子，随后刘铁英拍照，薛登攀提取了尸块。

第二天，他们去了虫门江口。抵达江口时，刘木柯指着右边的岛屿说，那边是天堂，风景如画；这边是地狱，死尸遍地。果然，在右边的岛上，有一片银色的沙滩，海浪拍打着海岸，发出阵阵"啪啪"声。而左边，到处漂浮着杂物，塑料袋、塑料泡沫、铁桶、木头、水缸、破桌、破椅、动物尸体等。刘木柯指了指抛尸的位置，可哪里还能见到尸块呢？孟可知道这片江域的复杂，随车带了一些捕捞器，但看了看面前庞多繁杂的漂浮物，摇了摇头，他知道，单靠他们几个人，单靠这几个小小的捕捞器是解决不了问题的。找尸块的任务，还得交给海上捕捞公司去完成。

经鉴定，那些从高堂和南溪带回的尸骨确认是陆碗青和林安宇的。

孟可问刘木柯还有什么牵挂。起初，刘木柯只说牵挂陆碗青的家人，希望能将钱尽快给他们。过了一会儿，他说，他想见见女儿，还说要和包利梅说几句话。他一会儿黯然叹息，一会儿喃喃自语："研儿一定是我的亲骨肉，一定是，你看她那眼睛、笑容多像我啊!"

孟可安排刘木柯见了刘思雨。刘思雨那总是忧愁的脸上更增添了凄苦,见到父亲,她没说什么话,只是抓着刘木柯的手,眼泪不停地流。要离开的时候,她说:"爸爸啊,妈妈多疼你啊!你知道吗?她爱你,你知道吗?她不离婚是因为爱你,你知道吗?爸爸啊,你对不起妈妈啊!"刘思雨的声调无比凄凉。刘木柯终于克制不住,泪流满面。

几天不见,包利梅又瘦了一圈,深色的衣服穿在身上显得松松垮垮。她形容枯槁,神色凄然,冰冷的脸上挂满了泪痕。她挪步到刘木柯的身旁,手足无措,用手拍了拍刘木柯的袖子,然后转过身,往边上走了几步,擦了擦眼泪,又转身,走到刘木柯的跟前。她颤声低语:"我应该答应你离婚啊!我害了你啊!"瞬间,刘木柯眼前出现了一位孤苦、善良的女人,她跟随自己二十多年了,没有从自己这里得到任何快乐!自己自私自利,为了追求所谓的爱情,把一个默默爱自己的人无情地伤害了。自己给包利梅什么了?二十多年了,自己给过她一句温暖的话了吗?自己关心过她吗?自己何时有给她一点点的体贴?她内心痛苦,却总是默默地承受着。天哪!没有良心的人是他自己啊!突然间,刘木柯有了太多的牵挂。他感到了死不瞑目的痛苦。他对包利梅太无情无义了。他标榜自己多么多么地不幸,可真正不幸的人又是谁呢?

此时,他耳旁萦绕着林安宇的歌声:从生到死有多远,呼吸之间;从迷到悟有多远,一念之间;从爱到恨有多远,无常之间;从古到今有多远,谈笑之间;从你到我有多远,善解之间;从心到心有多远,天地之间。当欢场变成荒台,当新欢笑着旧爱,当记忆飘落尘埃,当一切是不可得的空白,人生是多么无常的醒来,人生是无常的醒来……

啊!为什么没有在一念之间从迷到悟?为什么没有无常的醒来?该死的刘木柯啊!

　　孟可在痛苦中深思：多么有才干、多么智慧的木柯，却走上了这样的不归路，为什么？因为情。情是一把"双刃剑"，陷入其中不能自拔就会走上邪路、绝路。爱恨无常，昨日的爱可能演变成今天的恨。情感、折磨、意外、疾病成了人类陷入苦难的四大因素，其中又以情感最为复杂，最难把握。孟可告诫身边的人，也告诫自己，要慎重对待情感。

　　同时，孟可也在慨叹，如此具有专业素养的刘木柯，如此处心积虑地预谋策划，但终究还是会留下很多破绽。在信息技术广泛被运用的背景下，对付犯罪将变得更加容易。在当代科学技术面前，犯罪分子将无处藏身。

　　也许，悲剧还会发生，一出接着一出。

　　时间的针脚密密麻麻，扎向心灵，迈向深渊。

2014 年 9 月 18 日

于南台